10|18
12, avenue d'Italie — Paris XIIIe

Sur l'auteur

Caroline Roe est née à Windsor, au Canada, et a vécu à Washington, Ottawa et Detroit avant de s'installer à Toronto. Elle est titulaire d'un diplôme de langue moderne de l'université de Toronto et d'un doctorat en études médiévales. Professeur, traductrice, écrivain, elle fait ses débuts en littérature en 1986 sous le pseudonyme de Medora Sale. Elle reçoit alors l'Arthur Ellis Award du meilleur premier roman policier en 1986 pour *Murder on the Run,* premier volet de la série Harriet Jeffries. Découvrant par hasard l'existence de l'évêque Berenguer de Gérone et celle de son médecin juif Isaac dans l'Espagne médiévale, elle s'en inspire pour débuter en 1998 la série des *Chroniques d'Isaac de Gérone* sous son nom. *Le Glaive de l'archange* fut pressenti à la fois pour l'Anthony Award aux États-Unis et pour l'Arthur Ellis Award au Canada. En 1999, Caroline Roe obtient le Barry Award du meilleur livre policier pour *Antidote à l'avarice*.

POTION POUR UNE VEUVE

PAR

CAROLINE ROE

Traduit de l'anglais
par Jacques Guiod

10|18

INÉDIT

« Grands Détectives »
dirigé par Jean-Claude Zylberstein

Du même auteur
aux Éditions 10/18

Titre original :
A Potion for a Widow

ISBN 2-264-03475-0

Pour mes nièces pleines de ressources,
Emily et Alison Sale

PERSONNAGES

Clara de Finestres, jeune fille d'une bonne famille de Barcelone
Gil de Finestres, son père, fonctionnaire de Sa Majesté
Serena de Finestres, son épouse
Guillem, leur jeune fils
Dalmau, serviteur de Serena
Oliver de Centelles, officier royal chargé de la sécurité sur la frontière Aragon-Castille
Mundina, sa fidèle nourrice
Berenguer de Cruilles, évêque de Gérone
Bernat sa Frigola, son secrétaire
Isaac, son médecin
Judith, épouse d'Isaac
Raquel, leur fille
Miriam et Nathan, jumeaux, fille et fils de Judith et Isaac
Naomi, Leah et Ibrahim, leurs serviteurs
Yusuf, assistant et disciple d'Isaac, pupille du roi
Daniel, soupirant de Raquel
Luis Mercer, marchand de Gérone
Luis Vidal, autre marchand de Gérone
Domingo, sergent de la garde épiscopale
Martín de Tudela, Castillan, patient d'Isaac

Mère Benedicta, tenancière d'une taverne des faubourgs de Gérone

Bernat d'Olzinelles, ministre en charge du trésor royal et trésorier du roi

Bernat de Relat, trésorier de la maison de la reine

Crispiá, prêtre dominicain, musulman converti et ami de Yusuf

AVEC L'ARMÉE ROYALE EN SARDAIGNE :

Pedro d'Aragon, roi d'Aragon

Eleanora de Sicile, reine d'Aragon

Maria López de Heredia, dame de compagnie de la reine

Tomasa de Sant Climent, autre dame de compagnie de la reine

Manuel, noble

Marc, membre du personnel médical

Gueralt de Robau, jeune écuyer

Asbert de Robau, chevalier, son père

Seigneur Pere Boyll, noble

Soldats, serviteurs, citadins

NOTE HISTORIQUE

En 1354, le roi d'Aragon Pedro (ou Pere) le Cérémonieux était préoccupé par les problèmes qui agitaient la Sardaigne, partie de son vaste royaume. De vieilles dissensions avec les gouverneurs catalans de l'île s'étaient changées en une révolte ouverte. Après plusieurs avertissements à ses sujets, le roi partit en juin avec sa flotte afin de soumettre la ville portuaire d'Alghero.

Bien que Don Pedro fût capable de lever des sommes considérables destinées aux vaisseaux et au ravitaillement, la perspective d'une nouvelle campagne en Méditerranée n'était pas du goût de tous. Quelques années auparavant, sous la direction stratégique de Bernat de Cabrera, un des conseillers de Pedro depuis son accession au trône à l'âge de dix-sept ans, les royaumes d'Aragon et de Venise étaient entrés en guerre contre Gênes. Les forces aragono-vénitiennes avaient remporté quelques spectaculaires batailles navales, mais avaient aussi perdu beaucoup d'hommes et de navires. En outre, la façon de conclure la guerre de Cabrera avait suscité les difficultés actuelles que la Couronne connaissait avec la Sardaigne.

Pedro décida de diriger personnellement cette nouvelle campagne. Il avait espéré voir la foudre s'abattre sur la ville d'Alghero, une rapide reddition de la part de sa population, une résolution sans détour de ses problèmes. La pauvreté de l'équipement avait entraîné l'échec de l'attaque initiale, et les forces du roi s'étaient installées en vue d'un siège prolongé. La chaleur de l'été avait amené des fièvres malignes, qui avaient tué un nombre indéterminé de soldats aragonais ainsi que plusieurs officiers et dangereusement affaibli les autres. Le moral était au plus bas ; l'air sarde passait pour malsain dans l'esprit des Aragonais. Quelques malades furent renvoyés dans leurs foyers afin de se rétablir et un certain nombre d'officiers partirent avec eux, mais oublièrent de revenir. Les lettres de Pedro et d'autres écrits témoignent de l'amertume qu'il éprouva devant un tel manque de loyauté.

Le ravitaillement manqua pendant cet été-là, surtout pour ceux qui étaient frappés par les fièvres. Don Pedro écrivit avec insistance à ses représentants à Valence et en Catalogne pour leur demander de l'aide. Valence et Barcelone lui firent une réponse empressée sous forme de vaisseaux, de denrées alimentaires et de remèdes. Ainsi renforcé, le siège dura jusqu'à la reddition en novembre de la ville d'Alghero.

La reine, Eleanora de Sicile, intrépide femme de vingt-neuf ans, accompagna son époux sur le champ de bataille. Bien avant ses noces avec Don Pedro, ceux qui la connaissaient parlaient avec admiration de son intelligence, de son esprit et de sa capacité à gérer les affaires publiques. Il est certain qu'à ce stade de leur vie commune, Eleanora de Sicile était le plus influent conseiller du roi, supplantant en cela le malheureux Bernat de Cabrera, qu'elle n'aimait pas et dont elle se défiait.

Don Vidal de Blanes, abbé de Sant Feliu, abbaye bénédictine située juste au-delà de la porte nord de la ville de Gérone, fut nommé procurateur de la province de Catalogne pendant la durée de la campagne, avec toute liberté d'action en l'absence du roi. Don Vidal ne tarda pas à remplacer Huc de Fenollet, souffrant, comme archevêque de Valence. Vers 1356, Vidal de Blanes détenait l'une des plus importantes charges ecclésiastiques des royaumes réunis d'Aragon.

La vie quotidienne ne changea pas pour autant pendant cette période. La Catalogne et Valence étaient des nations maritimes, pleines de cartographes et de charpentiers de marine. Leurs marins et leurs habiles navigateurs s'étaient déjà rendus dans pratiquement chaque port de la Méditerranée, ainsi qu'à Londres et Bruxelles et dans les autres villes commerçantes de l'Atlantique. Les déplacements en mer étaient chose commune. Des vaisseaux tels que la galée de la reine — d'un fonctionnement coûteux, mais rapide — transportaient épices, soieries et denrées périssables convoitées par les pirates mais très lucratives ; aux navires plus vastes et plus robustes revenaient les cargaisons plus lourdes telles que la laine et le vin. Cependant la différence entre navires marchands et vaisseaux de guerre, ou entre commerçants, officiers de marine et pirates n'était pas aussi nette qu'elle l'est aujourd'hui. Bateaux et cargaisons changeaient facilement de catégorie, et les affaires du royaume ne s'en portaient pas plus mal.

Les avocats et notaires établissaient des contrats et rédigeaient des testaments, les marchands achetaient et vendaient, les artisans fabriquaient toutes sortes de choses, de l'armure à la robe de soie, et les voleurs dérobaient ce qu'ils pouvaient, ainsi qu'ils l'avaient toujours fait. Les marchands d'esclaves vendaient sur les marchés de Barcelone ou attaquaient les villages côtiers pour y trouver adultes et enfants qu'ils proposaient en Afrique du Nord et en Asie. À l'âge de huit ou neuf ans, garçons de toute classe et fillettes des milieux pauvres apprenaient un métier ou entraient en servitude pendant une période donnée afin d'y acquérir aptitude et expérience.

La politique étrangère de leurs dirigeants n'avait que peu d'impact sur leur existence, à moins que, par un malheureux hasard, ils ne soient entraînés dans des événements auxquels ils ne comprenaient rien.

HEURES CANONIALES

Au XIVe siècle, le temps s'exprimait presque toujours sous formes d'*heures*, ou moments réservés au culte dans la vie monacale. Toutes les trois heures, à partir de minuit, les cloches sonnaient et la vie s'arrêtait pour le service correspondant à cet instant. Ces cloches pouvaient toutefois s'entendre dans toute la ville et la campagne environnante, scandant ainsi la vie quotidienne.

Le nom des heures a parfois changé au cours des siècles, mais l'ordre habituel, celui que nous adoptons dans cette série, est le suivant :

Minuit	Matines
3 h	Laudes
6 h	Prime
9 h	Tierce
Midi	Sixte
15 h	None
18 h	Vêpres
21 h	Complies

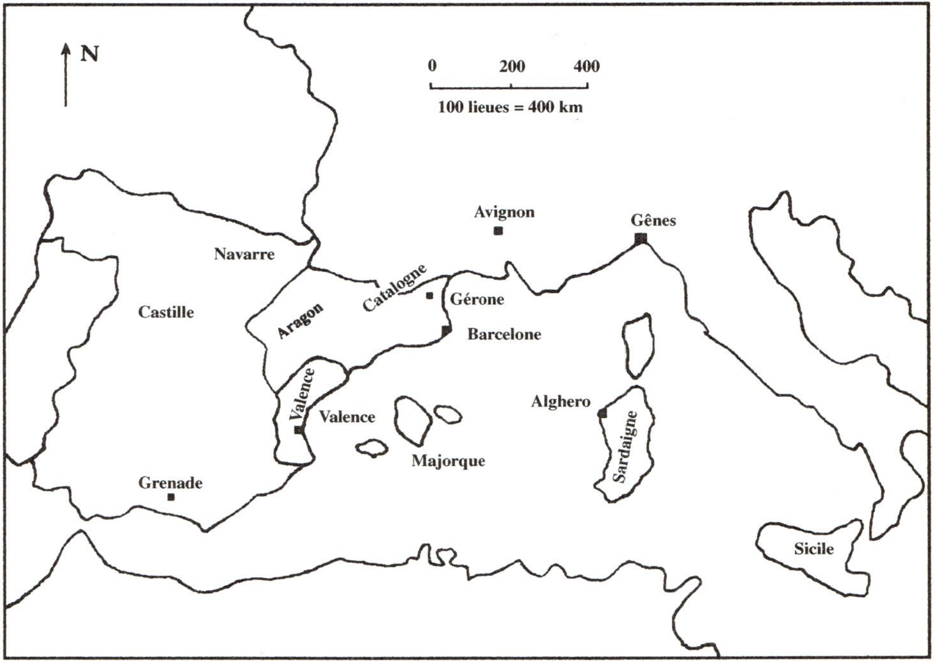
N
0
200
400
100 lieues = 400 km
Navarre
Castille
Aragon
Catalogne
Avignon
Gênes
Gérone
Barcelone
Valence
Valence
Majorque
Alghero
Sardaigne
Grenade
Sicile

PRÉLUDE

Barcelone, septembre 1350

Clara était assise de travers sur le rebord de fenêtre de pierre froide, ses genoux remontés sur sa poitrine. Elle regardait l'ourlet de sa robe bleu foncé, souillé d'une boue séchée que le soleil matinal illuminait impitoyablement. Elle n'avait plus pensé à cette boue. Elle s'y trouvait quand, à la fin de l'hiver, elle avait replié cet habit outrageant et l'avait dissimulé. Et elle était toujours là. Ainsi que la longue déchirure dans l'étoffe.

Même neuve, elle avait toujours détesté cette robe. La couleur en était terne, le motif disgracieux. Elle avait eu une centaine d'idées pour l'embellir, mais sa mère lui avait dit avec fermeté que, tant qu'elle n'apprendrait pas à ravauder et à tenir en bon état ses vêtements de tous les jours, il était hors de question qu'elle consacre plus de temps et de fil de soie à une broderie fantaisie. Clara soupira. Elle ne viendrait jamais à bout de son raccommodage. Elle était vive et ne ménageait pas ses habits.

Elle jeta la robe à terre et songea à la cacher derrière le lit. Les nouveaux propriétaires de la maison l'acquerraient avec les meubles — de beaux objets que, pour une raison inconnue, il leur fallait laisser derrière eux. Non, maman la trouverait certainement. Clara espérait une chose, c'était d'avoir grandi pendant l'été. Si l'on ne pouvait plus mettre la robe à sa taille, maman la réserverait pour y tailler une tunique destinée à son petit frère.

Aussi vite qu'elle le put, elle sauta à terre, dénoua et déboutonna sa nouvelle robe d'été et enfila celle d'hiver. *Je vous en supplie*, implora-t-elle en silence, *faites qu'elle ne m'aille pas.* On l'avait déjà rallongée et il ne restait plus beaucoup d'ourlet. Mais même si son corps de onze ans avait grandi de près d'une largeur de main, il avait toujours la même minceur. La robe ne la serrait pas plus qu'en avril, quand elle l'avait rangée. Maman l'examinerait avec soin, lui dirait d'enlever la boue, réparerait la déchirure et supprimerait l'ourlet. Elle allait parfaitement pour tous les jours, dirait-elle, avant de lui demander une fois encore si elle croyait que le tissu pousse dans les arbres.

Papa lui aurait acheté une pièce de tissu pour y tailler une nouvelle robe, mais papa était mort, et il leur fallait partir pour la campagne maintenant que l'année de deuil touchait à sa fin. Maintenant que papa était mort, disait maman, la maison n'était plus à eux. Il paraissait étrange que quelqu'un qu'ils n'avaient jamais rencontré pût posséder une maison qui avait toujours été la leur.

La porte de sa chambre s'ouvrit, et les réflexions de Clara sur les nombreuses injustices de la vie tournèrent court. Sa mère se tenait sur le pas de la porte. Elle avait un gros panier à provisions au bras et Guillem, le petit frère de Clara âgé de deux ans, s'accrochait à son autre main. Elle entra et referma doucement la porte derrière elle.

— Clara, écoute-moi, murmura-t-elle en posant son panier à terre. Je veux que tu prennes quelques effets... du linge, une babiole peut-être. Nous devons partir. Tout de suite.

— Mais, maman, vous aviez dit...

Clara se tut. Le jour où était arrivée la nouvelle de la mort de papa, sa mère avait eu le même regard.

— Sois aussi silencieuse qu'une petite souris, ma chérie, dit-elle en souriant comme s'il n'y avait aucun problème. Les serviteurs ne doivent pas nous entendre. Les affaires de ton frère sont dans le panier. Je vais l'emmener avec moi comme si je me rendais au marché. Attends ici. Dès que tu m'apercevras par la fenêtre, prends ton balluchon et rends-toi chez les sœurs. Elles sauront quoi faire.

— Mais, maman, j'essayais ma vieille robe... Je dois me changer !

— Tu ne comprends pas, ma chérie. Il n'y a pas le temps. Va telle que tu es. Mets un tablier pour masquer la déchirure, dit-elle en se saisissant du tablier en question. Attends, je vais te le nouer. Embrasse ton frère. Dès que tout ira bien, je viendrai te chercher. Je te le promets.

Elle s'accroupit et regarda sa fille droit dans les yeux.

— Personne ne doit savoir que tu t'en vas. Assure-toi que l'on ne te suit pas. Ne dis à personne le nom de papa. As-tu compris ? Pour ta sécurité, la mienne et celle de ton frère.

— Où allez-vous, maman ? dit-elle en s'accrochant au bras de sa mère.

— Si quelqu'un te le demande, réponds que tu l'ignores.

Elle serra sa fille dans ses bras.

— Dis-leur que tu crois que je suis partie à Majorque. Que je ne peux croire à la mort de papa et que je pense qu'il se trouve là-bas.

— C'est vrai ?

— Aussi vrai que ce monde existe, fit-elle avec

amertume. Il te faut un peu d'argent, ajouta-t-elle en tirant une petite bourse de son vêtement avant d'en refermer le bouton. Cache ça sous ton tablier, que personne ne le voie. Les sœurs veilleront sur toi.

Elle prit le bambin et s'enfuit d'un pas léger malgré le poids de son fils. Clara entendit le gazouillis de son frère alors qu'ils dévalaient l'escalier. Hébétée, elle empila du linge propre et sa robe d'été dans son plus beau châle, le noua, s'arrêta un instant et dissimula encore un peu de linge dans son corsage.

En toute hâte, elle franchit la porte d'entrée et se mêla à un groupe d'une dizaine d'hommes qui marchaient d'un bon pas vers le centre de la ville. Ils bavardaient entre eux et ne s'intéressaient nullement à elle. Rassurée, elle les suivit. Au bout de sa petite rue tranquille, ils se joignirent à une foule bruyante qui prenait la direction opposée au couvent. Elle fut entraînée, pressée de toute part par des passants, plus grands qu'elle, sans pouvoir réagir.

La foule s'arrêta. Tout autour d'elle, des gens criaient et sautillaient. Elle essaya de se faufiler à travers eux, se heurta à un gros garçon et lâcha son baluchon. Avant même qu'il atteignît le sol, une main sale jaillie de la multitude s'en empara. Elle entrevit une jupe déchirée, des jambes nues, puis son baluchon dans les bras d'une fille de sa taille.

Elle s'accroupit pour se frayer un chemin et rejoindre la fillette et manqua de tomber entre deux paires de jambes. Apeurée, impuissante, elle se redressa et regarda désespérément alentour.

Des larmes coulaient sur ses joues. Elle voulut lever le bras assez haut pour les essuyer avec sa manche. Soudain, d'énormes mains la saisirent à la taille et la hissèrent au-dessus de la populace. Elle haleta, trop effrayée pour hurler. Puis elle se retrouva sur la solide épaule d'un homme portant la tunique d'un artisan prospère.

— Allez, lui dit-il, ne pleure pas. Tu les verras mieux de là.

— Messire, je vous en prie, murmura-t-elle. Je me rends chez les sœurs. Je dois y aller sur-le-champ.

— Elles te pardonneront si tu es en retard, mon enfant. Nul ne peut traverser cette foule. Dès que ce sera terminé, je te remettrai sur la bonne voie.

Quelque part devant elle éclata une fanfare de trompettes qui lui fit oublier ses larmes et sa situation. Un cri, et là, devant, tout près d'elle, deux mules portaient le roi et la reine. Elle avait déjà entrevu Sa Majesté, au printemps. Le roi revenait de Valence après une longue absence et était accompagné de sa fiancée, une princesse sicilienne. C'était la première fois qu'elle voyait la reine. Sa Majesté était parfaitement à l'aise sur sa monture et se tenait aussi droite qu'un peuplier. Elle était grande et belle, comme la mère de Clara, et aussi mince, à l'exception de son ventre qui s'arrondissait. En la voyant, la foule poussa de nouvelles acclamations, car ce ventre renfermait l'espoir de tout un royaume de donner un héritier au trône et de mettre un terme aux guerres civiles. Elle portait une robe d'un vert si doux que Clara l'eût crue taillée dans l'eau de la mer.

La reine aperçut Clara perchée au-dessus de la masse de ses sujets et sourit ; elle se pencha pour dire quelque chose à Sa Majesté. Don Pedro tourna la tête, sourit à son tour, acquiesça et se replongea dans ses réflexions.

Quand ils furent partis, la foule se dispersa en se bousculant.

— Vers quel couvent allais-tu ? lui demanda l'homme.

Toute magie s'était dissipée.

— Par là, répondit Clara qui sentait revenir la panique.

Elle savait où résidaient les religieuses. *Tu vas*

jusqu'au bout de la rue et tu prends la route à main droite. Ensuite, tu tournes à gauche à la fontaine, le couvent est là, au bout de cette rue. Ils s'en éloignaient de plus en plus.

— S'il vous plaît, laissez-moi descendre. Je devais y aller directement.

— Tu ne vis pas au couvent ?

Elle secoua la tête.

— Tu habites quelque part ?

— Non, messire. Je veux descendre, s'il vous plaît, dit-elle en se débattant.

Il referma les mains sur ses chevilles.

— Reste tranquille un instant. Ton couvent ne prend pas de petites filles comme toi. Si tu ne sais pas où aller, celui de l'autre côté de la route t'ira très bien. Les sœurs sont bonnes, dit-il, et promptes au pardon.

Il traversa la foule qui fondait comme brume devant lui, la déposa devant un grand portail et actionna la cloche. Dès que l'on ouvrit, il s'enfuit comme s'il avait honte d'avoir porté secours.

Quatre religieuses se tenaient dans le petit parloir et examinaient Clara.

— Ta mère t'a dit de venir ici, fit celle qui avait une voix fatiguée.

— Pas exactement, ma sœur, répondit Clara. Ma mère m'a dit d'aller chez les sœurs et qu'elles sauraient quoi faire.

— Les mots précis n'ont pas d'importance, répliqua la sœur à la voix lasse. Ne nous fais pas perdre notre temps.

— Et quel est ton nom, mon enfant ? lui demanda la sœur postée près de la fenêtre.

De toute évidence, elle regardait au-dehors.

— Clara, ma sœur.

— Tu diras ma révérende mère quand tu t'adresseras à la prieure, expliqua la sœur fatiguée.

— Pardonnez-moi, ma révérende mère, dit Clara avec une courbette. Mon nom est Clara.

— Rien que Clara ? Tu n'as pas d'autres noms ?

« *Ne dis à personne le nom de papa.* » Les paroles angoissées de sa mère résonnaient à ses oreilles. Jamais elle ne l'avait vue en proie à une telle frayeur. Tant pis, mieux valait mentir aux sœurs que trahir la confiance de cette voix tremblante.

— Je ne sais pas, ma révérende mère.

— Ah, je vois, fit la prieure en se détournant de la fenêtre. Quel âge as-tu ?

— Onze ans.

— Tu en es sûre ? Tu as l'air d'en avoir huit ou neuf, tout au plus, fit la sœur fatiguée.

— J'ai onze ans, ma sœur. Ma mère dit que je suis petite pour mon âge.

— Que fais-tu ?

— Ce que je fais ? répéta Clara, un peu plus paniquée.

— Que sais-tu faire ? expliqua la prieure. Que t'a-t-on enseigné ?

— À lire et à écrire, dit Clara avant de réfléchir à ses carences. Enfin, un peu, précisa-t-elle. Je sais coudre, mais...

— Pas très bien, l'interrompit la sœur lasse d'un air impatient.

Clara était trop intimidée pour la corriger.

— Tu n'es jamais allée au travail ?

— Au travail ? Non, ma sœur.

— Et tu n'as pas d'argent, ajouta la prieure, d'une voix plus douce toutefois.

— Ma mère m'en a donné avant qu'elle... avant de partir.

Clara tendit sa bourse à la religieuse.

— Combien, sœur Domenica ? s'enquit la prieure.

— Cinq sous, ma révérende mère.

— Pauvre âme. Elle a dû lui donner tout ce qu'elle possédait.

Clara éclata en sanglots.

— Allons, ma petite, dit la prieure. Nous sommes tous entre les mains de Dieu, et Il Se plaît à veiller sur nous. Sœur Domenica, je crois que Clara a besoin d'un dîner et d'un lit. Notre décision attendra bien demain.

Le lendemain matin, juste après tierce, Clara se retrouva dans le parloir en compagnie de la prieure. Elle exécuta sa plus belle révérence et lui souhaita le bonjour ainsi qu'on le lui avait appris.

La prieure sourit.

— Clara, tu dis avoir onze ans. Je pense que tu te trompes, cependant, ce matin, je vais te parler non pas comme si tu avais onze ans, mais comme si tu étais une jeune femme de quatorze ou quinze ans. Regarde dans le jardin.

Surprise, Clara marcha jusqu'à la fenêtre. Il y avait là une multitude d'enfants dans le soleil matinal : certains jouaient, d'autres étaient silencieux, quelques-uns se chamaillaient. Les plus âgés s'efforçaient de faire régner l'ordre avec l'aide des deux sœurs silencieuses qu'elle avait rencontrées la veille.

— Oui, ma révérende mère ?

— La peste a emporté la moitié d'entre nous il y a deux ans, et un autre quart encore l'été suivant. Une des nôtres est morte il y a deux mois. Nous sommes aujourd'hui quatre sœurs, plus deux postulantes qui s'occupent des bébés et une poignée de servantes parmi les plus courageuses de la chrétienté. Tous ces enfants sont comme toi. Ils ont perdu leur père ou leur mère, parfois les deux. Comme toi, il n'y a personne pour veiller sur eux. Nous en avons accueilli plus que de raison parce qu'il le faut bien. Si j'avais les coudées franches, j'aimerais te garder toujours, Clara. Tu m'as l'air d'être une fille franche et intelligente, vive et courageuse. Nul doute que tu nous serais d'une grande assistance.

— J'aimerais être religieuse, dit Clara.

— Ce que je veux dire, c'est que c'est impossible. Tu n'as pas de dot, et nous ne pourrions nourrir ces pauvres créatures ou nous-mêmes si nous prenions comme sœurs des orphelines sans le sou. Le pain coûte cher et, sans lui, nos enfants mourraient.

— Qu'est-ce que je vais devenir, alors ? demanda-t-elle, désemparée.

— Tu vas travailler, comme le doivent faire bien des femmes. Nous te placerons, même si tu n'as que onze ans, tu es plus âgée que la plupart des petites couturières sans formation. Si tu le souhaites, nous déposerons tes cinq sous à l'abri dans notre trésor, avec ton nom marqué dessus. De temps à autre, des personnes charitables nous font des dons destinés à augmenter la dot de filles comme toi. Je veillerai à ce que tu reçoives ta part de cet argent, de sorte qu'à l'âge de dix-huit ans tu auras assez pour épouser un respectable artisan. Comprends-tu ce que je te dis ?

— Je dois partir d'ici et travailler, dit Clara en pensant à la fille de cuisine, pâle et maigre, dans la maison de sa mère — ou plutôt dans ce qui était la maison de sa mère.

— Ne prends pas l'air aussi apeuré, mon enfant. Ce ne sera pas tout de suite. Tu pourras séjourner quelques mois parmi nous. Nous devons te trouver la meilleure place possible. En attendant, nous t'apprendrons un certain nombre de choses, et tu pourras nous aider à veiller sur les petits.

CHAPITRE PREMIER

Gérone, 22 juillet 1354

— Puis-je demander ce qui tourmente Votre Excellence ?

Isaac le médecin se tenait à l'entrée du cabinet de l'évêque de Gérone, la main reposant doucement sur l'épaule de son disciple.

— Entrez, maître Isaac, dit l'évêque. Rien ne me tourmente. Je veux dire que mon corps va bien et que je n'ai pas de soucis personnels, ce dont je suis très reconnaissant à Dieu. Rien ne me tourmente hormis la perspective du tourment.

— Dois-je attendre dehors que l'on ait besoin de moi, seigneur ? demanda Yusuf.

Le garçon était pourvu d'une bonne dose de curiosité, mais il avait entendu assez de discussions politiques ou philosophiques entre les deux hommes et y avait perdu tout intérêt.

— Non, Yusuf, dit Berenguer. Tu es au milieu de tout cela et j'aimerais que tu restes. En fait, tu en es à l'origine, peut-être même la cause.

— Moi, Votre Excellence ? demanda Yusuf paniqué. Mais qu'ai-je fait ?

— Un instant, et nous le découvrirons. Bernat ! appela Berenguer.

Secrétaire de longue date de l'évêque, Bernat sa Frigola entra par une autre porte.

— Apportez-moi les lettres de Don Vidal.

Le petit franciscain disparut pour revenir presque aussitôt avec une poignée de documents. Il disposa chacun d'eux, soigneusement déplié, sur le bureau de Son Excellence. Trois fragments du meilleur papier de Gérone, couverts d'écriture. Ils provenaient d'un lot que Don Vidal de Blanes, abbé de Sant Feliu et maintenant procurateur provisoire de Sa Majesté, avait emporté avec lui à Barcelone quand il était allé servir le roi.

— Les lettres, Votre Excellence, murmura-t-il.

— Lisez-nous la partie qui traite de Yusuf, dans la dernière.

— Certainement, Votre Excellence. « En ce qui concernc le dominicain qui fut soigné pour les fièvres par votre médecin et le petit Maure, Yusuf... Comme je le craignais, le jeune homme a parlé au père Salvador, qui s'interroge sur le statut de Yusuf. »

— Son statut ? s'étonna Isaac.

— Il s'en explique, dit Berenguer. Poursuivez, Bernat.

— « Le père Salvador désire savoir si ce garçon est esclave et sinon, pourquoi il vit au Call. »

— Chacun sachant que Yusuf, en tant que pupille du roi, ne peut logiquement être esclave, cette question n'est que pure malveillance, grommela Berenguer. Il est parfaitement au courant des complications que le baptême soulèverait.

— Il ne pourrait plus vivre ni étudier dans notre maison, dit Isaac. Ou dans toute autre maison du quartier juif.

— Et cela créerait des problèmes s'il souhaitait retourner dans sa propre famille. Que lui as-tu dit pour éveiller en lui une telle peur ? demanda l'évêque en se tournant vers le garçon. Don Vidal désire aussi le savoir. Sinon il ne pourra agir sagement.

Les deux clercs, l'évêque et son secrétaire, regardaient le garçon ; son maître et professeur, incapable d'en faire autant à cause de sa cécité, pencha la tête pour mieux entendre. Yusuf rougit d'être ainsi scruté, cligna des yeux puis essaya de se concentrer sur les paroles qu'il avait prononcées quatre ou cinq mois auparavant.

— Pour commencer, je crois qu'il a dit que j'étais un joli garçon, un compliment dans ce genre, puis il a voulu savoir si je venais de Gérone.

Après avoir débité cela à toute allure, il reprit son souffle et poursuivit sur un rythme plus raisonnable :

— C'était à l'époque où il se remettait des fièvres, mais était encore affaibli et assez agité.

— Y avait-il quelqu'un d'autre dans la pièce ? voulut savoir Isaac.

— Non. Il a attendu votre départ, seigneur.

— Continue.

— Je lui ai répondu que non. Il m'a demandé d'où je venais, et j'ai dit Grenade. Il m'a demandé ensuite si j'étais esclave. Non, ai-je dit. Puis il a voulu savoir quand je rejoindrais ma famille. J'ai dit que je l'ignorais. Il s'est alors passé quelque chose — je pense que mon maître m'a appelé —, et avec soulagement je suis parti.

— Merci, Yusuf, dit l'évêque. Maintenant que nous savons à quoi nous avons affaire, nous pouvons agir.

— Que suggère Votre Excellence ? demanda Isaac, très calme, mais la voix tendue.

— Je crois me souvenir que Sa Majesté a invité ce garçon à passer un certain temps en Sardaigne, pour y apprendre les manières de cour et pratiquer l'art des armes et de la guerre, dit paresseusement Berenguer.

— Oui, Votre Excellence, répondit Yusuf, visiblement mal à l'aise. C'est exact. Mais quand elle l'a fait, j'ai répondu que je préférerais l'éviter. J'ai manqué de courtoisie en parlant ainsi à Sa Majesté. Changer d'avis à présent et lui demander si je pourrais venir... ce n'est pas possible.

— Ce n'est rien, dit Berenguer. La plupart de ses courtisans ne peuvent se tenir à une idée plus de quelques instants. Le roi ne sera ni fâché ni surpris si tu changes d'avis. Envisagez la question, maître Isaac. Nous en rediscuterons quand le secrétaire de Don Vidal arrivera porteur des pensées du noble abbé sur cette affaire et bien d'autres.

— En Sardaigne ? Ridicule !

La voix de l'épouse du médecin trancha la chaleur pesante de l'été. Tous ceux qui étaient assis à table dans la cour ombragée levèrent le nez de leurs assiettes.

— Qui va en Sardaigne ? demanda Nathan, un des jumeaux âgés de huit ans. C'est près de Constantinople ? Est-ce qu'il va voir Daniel ?

— Yusuf, lui dit sa sœur, Miriam. Tu ne peux pas écouter ?

— Je peux aller en Sardaigne, papa ? Et puis, j'écoute mieux que toi, Miriam. Quand je suis à l'école...

— C'est pour sa sécurité, dit Isaac qui s'efforça de couper court aux chamailleries des jumeaux. Cela ne sera pas pour très longtemps, j'espère, et nous regretterons tous son absence.

— Il ne s'en ira pas, trancha Judith. Je ne l'enverrai pas participer à une guerre qui ne le concerne pas. Toute cette distance, en bateau, seul... C'est encore un enfant.

— Il a treize ans, précisa Isaac. N'est-ce pas, Yusuf ?

— Peut-être, répondit Yusuf, gêné. Je n'en suis pas très sûr.

— Quel âge avais-tu quand tu es parti pour Valence avec ton père ?

— Je n'en suis pas très sûr, répéta Yusuf en pâlissant.

— Tu as dit que tu avais sept ans, intervint Raquel. Tu nous aurais menti ?

La sœur aînée des jumeaux porta sur lui un regard accusateur.

— Je ne pense pas, répondit-il d'un air malheureux. Quelqu'un m'a dit que j'avais sept ans l'année de la peste.

— Nous ne pouvons continuer ainsi, déclara Judith. Chacun va dire n'importe quoi. Tu te rappelles le jour où tu as perdu ta première dent de lait ?

— Oui, dit-il. J'étais en train de jouer, dans la cour.

— Quelle cour ?

— La nôtre. C'était la veille de notre départ pour Valence. Je l'ai confiée à ma mère, et en échange elle m'a donné un baiser et une pièce d'argent. Sur le chemin de Valence, j'avais un trou étrange entre les dents. Et puis j'ai perdu ma pièce. Ensuite...

— Je ne crois pas qu'il ait plus de douze ans, conclut sèchement Judith. Je l'ai toujours cru plus jeune qu'il ne le prétendait.

— Il est assez vieux pour suivre Sa Majesté en Sardaigne et naviguer sur la mer, dit Isaac. Il en est de plus jeunes que lui à la cour et sur les vaisseaux du royaume, qui apprennent les arts de la guerre et de la navigation. Nous n'avons pas le choix, ma mie.

— Il ne s'en ira pas, s'obstina Judith.

— Voilà une excellente idée, dit le secrétaire de Don Vidal.

Le jeune homme à la vue perçante avait parcouru une bonne douzaine de lieues ce matin-là et, malgré la fatigue, la poussière de la route et la chaleur du jour, il réussissait à paraître propre et élégant.

— Pour plusieurs raisons, ajouta-t-il en prenant une grande rasade de la boisson fraîche déposée devant lui, sa seule concession aux rigueurs de la journée.

— Vraiment ? dit Berenguer.

— J'ai quitté Barcelone jeudi dernier, Votre Excellence, ayant d'autres affaires en route à traiter pour Son Excellence, Don Vidal. La dernière fois que je lui ai parlé, Don Vidal venait d'apprendre des nouvelles accablantes dc Sardaigne. Il y a eu une recrudescence de fièvres parmi les soldats ; non seulement des hommes sont morts, mais les réserves destinées à secourir les malades s'épuisent. Sa Majesté a un besoin urgent de remèdes, de vin, de volailles et de sucre. Les galées partiront dès que les marchandises auront été chargées à bord et les vaisseaux armés en hommes. Le pupille de Sa Majesté peut voyager en toute quiétude sur l'un d'eux.

— Quand cela sera-ce ?

— La première galée devrait être en mesure d'appareiller dès lundi prochain ; une autre la suivra au cours de la même semaine.

— J'ai une solution très simple pour un tel problème, dit Berenguer.

— Une solution très simple ? répéta le secrétaire. Envisageriez-vous de renvoyer ce garçon à Grenade ? Êtes-vous certain que Sa Majesté l'approuverait, vu les circonstances ?

— Je n'y songeais pas, répliqua sèchement Berenguer. Comme vous et moi le savons, il n'a besoin que d'une licence pour demeurer où il se trouve. Sa majesté lui en accordera une, sans aucun doute. Ou bien...

— En l'absence de Don Pedro, le procurateur de Sa Majesté y pourvoira certainement, ajouta le secrétaire. Don Vidal a, évidemment, envisagé cette possibilité. Toutefois, certaines considérations...

— Par exemple, pourquoi le père Salvador a-t-il attendu près de cinq mois avant de parler d'une chose qu'il trouve si répugnante ? dit l'évêque d'un air narquois. À propos, comment explique-t-il ce retard ?

— Il dit que, connaissant vos scrupules en matière de religion, il savait que vous n'agiriez pas à la hâte, mais avait espéré qu'une décision serait déjà prise aujourd'hui.

— En un mot, il attendait...

— Que Leurs Majestés fussent parties pour la Sardaigne : elles seraient alors trop préoccupées pour se soucier d'un problème aussi insignifiant. Et dans le cas présent, Son Excellence Don Vidal pourrait bien rédiger une lettre accordant au garçon la permission de demeurer où il se trouve.

— Il les connaît mal s'il pense sincèrement que Don Pedro trouvera l'affaire insignifiante, fit remarquer Berenguer. Mais je comprends l'hésitation de Don Vidal. Une telle lettre donnerait à des âmes calomnieuses l'occasion de l'accuser de placer le roi devant l'Église. Voilà qui est grave pour un ecclésiastique promis à un bel avenir...

— Certaines possibilités ont été mentionnées, dit modestement son secrétaire, avec l'air satisfait de celui qui envisage pour lui-même un avenir brillant dans le sillage de son supérieur.

— L'archevêque de Valence n'est pas un personnage négligeable, reprit Berenguer. Ce serait regrettable si l'affaire était traitée par un subordonné à cause de la mauvaise volonté ou même de l'incompétence de quelqu'un.

— Puisque ce garçon jouit de la protection de Sa Majesté, Don Vidal suggérait qu'il en profite pleinement. S'il est en Sardaigne, rien, dirons-nous, de malheureux ne pourra lui arriver avant l'intervention de Sa Majesté.

— Il doit partir le plus rapidement possible, trancha Berenguer. J'en parlerai au médecin.

— Je sais qu'il sera en sécurité auprès de Sa Majesté, dit Judith d'une voix teintée d'inquiétude, mais le voyage ! Se déplacer avec tout cet argent... Il pourrait se faire tuer sur la route de Barcelone.

— Quel argent, maman ? demanda Raquel.

— Les autorisations ne sont pas gratuites, dit sèchement sa mère. Yusuf devra porter sur lui une lourde bourse d'or.

— Le pupille de Sa Majesté n'a pas besoin d'or pour assurer sa sécurité, la corrigea Isaac. Avec cette lettre, on ne verra pas d'argent changer de main.

— C'est vous qui le dites. Il voyagera en mer.

— Il prendra une galée rapide, ma mie, protégée par un revêtement de cuir brut.

— Pourquoi du cuir brut, papa ? demanda Raquel qui cherchait à détourner l'attention de sa mère.

— Une épaisse couche de cuir brut peut parer aux attaques les plus violentes, expliqua Isaac. De nos jours, même le vaisseau de Daniel se présente ainsi.

— Ce n'est pas le cuir brut qui le défendra contre la tempête, affirma Judith.

— Ce n'est pas la saison. Et puis, il voyagera sur la galée personnelle de Leurs Majestés.

— Et en quoi la reine pourra-t-elle le protéger ? insista Judith.

— Maman, je vous en prie, faut-il vraiment parler

des malheurs qui frappent les voyageurs ? C'est très désagréable.

— Il ne sert à rien de s'inquiéter pour Daniel. Il est déjà à Constantinople, dit Judith avec une belle indifférence à la logique. Il est parti depuis au moins quinze jours.

— Trois semaines et quatre jours, précisa Raquel.

— Et il est allé sur un navire marchand, pas un vaisseau de guerre. Qui pourrait s'en prendre à lui ?

— Qui ? Les pirates. La tempête. Des bateaux d'autres pays. Les Génois. Les Maures. Ils sont tous en quête de cargaisons et d'esclaves. Pourquoi maître Éphraïm l'a-t-il envoyé si loin ?

— Peut-être parce que les quelques âmes courageuses qui survivent à ces expéditions commerciales — et certaines villes en regorgent — reviennent riches de connaissances et de biens terrestres, dit sèchement Isaac. Ce n'est pas si mal pour un jeune homme sur le point de se marier, même si cela effraie, au point de lui faire perdre tout sens commun, ma fille qui, en temps normal, se montre courageuse comme une lionne.

— Papa, vous vous moquez de moi et de mes frayeurs.

— Pas de toi, Raquel, seulement de tes frayeurs. Les dangers qu'encourt Daniel ne sont pas aussi grands que tu le penses. Prie pour sa sécurité et trouve-moi Yusuf. J'enverrai avec lui quelques-unes de mes mixtures les plus efficaces. Elles pourraient servir à Leurs Majestés et à leurs hommes. Vous deux irez vérifier ce que j'ai et cueillir ou acheter ce qui est nécessaire. Rapidement. Nous n'avons que peu de temps — et aucun à consacrer à des pleurs inutiles.

— Demain, ce sont les préparatifs du sabbat, dit la mère avec rudesse. Et il faut encore préparer les habits de Yusuf.

— Dois-je donc tout faire ? demanda Raquel.

— Cela ne te fera pas de mal, et nous serons tous très occupés, lui répondit sa mère avec peu de compassion.

Le lendemain matin, le soleil se leva sur les collines dans un ciel qui frissonnait déjà de la chaleur à venir. Vers tierce, cuivré et menaçant, il se tenait au sud-est, pas assez haut toutefois pour pénétrer les rues étroites et encaissées de la ville.

Une autre heure s'écoula : çà et là, les rayons du soleil touchaient le pavé et entraient par les fenêtres du rez-de-chaussée. Les pierres commençaient à se réchauffer ; dans la ville, la chaleur s'accumulait. Les femmes parties tôt au marché ralentissaient le pas. Les chiens se trouvaient un coin ombragé pour y somnoler toute la journée. Quand les cloches sonneraient sixte, les travailleurs des champs quitteraient tôt leurs tâches pour aller prendre leur dîner ; après quoi, tout labeur cesserait jusqu'à ce que le soleil entamât sa descente vers les collines à l'ouest.

Berenguer de Cruilles était assis devant sa fenêtre aux volets ouverts et réfléchissait aux problèmes que Bernat lui avait exposés le matin même. Il avait expédié les affaires courantes, signé des lettres d'autorisation et approuvé des dispositions établies par des subalternes méticuleux. Au lieu de travailler, il autorisait son esprit à battre la campagne, attiré par le vent parfumé des collines et les bruits assourdis de la rue. Sa rêverie fut interrompue par un coup sec frappé à la porte et le mouvement du loquet de son cabinet. Bernat. Encore lui.

— Votre Excellence a-t-elle un instant pour considérer la requête du père Pau ? Il attend à l'étage inférieur.

— Il fait chaud, Bernat. Je ne puis me rappeler un été où il ait fait si chaud. Comment voulez-vous que j'étudie une requête, surtout quand elle est aussi absurde ? Dites à Pau que s'il souhaite une réponse qui ne soit pas un simple non, il lui faudra revenir quand il fera plus frais.

— Comme le voudra Votre Excellence, dit Bernat avec un discret sourire.

Berenguer déduisit de cette mimique qu'il n'aimait pas Pau.

— Ah, Votre Excellence, il y a aussi un gentilhomme qui désire vous voir.

— Un gentilhomme ?

— Un ami, qui a l'air fourbu et crotté par son voyage.

— Votre Excellence ! s'écria une voix derrière le secrétaire.

Un grand et gros homme aux épaules carrées, aux traits marqués et aux abondantes boucles châtaines se tenait à la porte. Il avait l'allure martiale, mais était vêtu comme un homme de paix de condition modeste.

— Monseigneur... mon bon Oliver ! s'écria l'évêque. Qu'est-ce qui vous amène ici par cette chaleur ? Mais d'abord, asseyez-vous et prenez un rafraîchissement. Vous m'avez l'air d'avoir la gorge sèche.

— Je vous en serais reconnaissant, Votre Excellence, même si ma robuste mule et moi-même avons déjà fait halte pour boire à votre fontaine. J'ai également cherché à me débarrasser de la poussière du voyage, ajouta-t-il en regardant tristement sa tunique.

— Avec peu de succès, semble-t-il, mais nous vous pardonnerons. Vous venez seul, bailli ?

Oliver posa brièvement les yeux sur le secrétaire de l'évêque.

— Si vous voulez bien m'excuser, Votre Excellence, je dois veiller à ce que l'on s'occupe de la mule de votre hôte, dit Bernat en filant vers la porte. Les rafraîchissements sont là.

— Un excellent collaborateur, dit Oliver. Très efficace, même s'il n'apprécie pas trop de me voir vous interrompre.

Il déplaça un siège pour qu'il fût caressé par la brise qui entrait par la fenêtre et y prit place.

— Et je serais très heureux de m'asseoir avant de me confier, ajouta-t-il. La route a été longue et pénible.

— Puis-je savoir d'où vous venez ?

— Quelque quinze lieues à l'ouest, dit-il vaguement.

— Une quinzaine de lieues ce matin, en pleine chaleur, Oliver ? Votre mule doit être aussi robuste que l'acier trempé.

— C'est la pleine lune, Votre Excellence, et nous en avons parcouru les cinq premières à sa lueur.

— Un voyage solitaire, bailli, fit remarquer l'évêque. Sur des routes peu sûres.

— Je n'étais pas vraiment seul. J'avais avec moi un compagnon. Un homme dont vous vous souvenez peut-être, ajouta-t-il d'un air détaché. Nous avons choisi un endroit tranquille pour nous reposer, mais ce ne fut pas un choix judicieux, semble-t-il. Mon compagnon s'est révélé incapable d'aller plus avant.

— Incapable à quel point ? s'inquiéta Berenguer.

— Je ne puis le dire. Parce que je l'ignore. Je me suis endormi. Quand je me suis éveillé, j'étais seul. Je ne sais rien de plus, Votre Excellence.

— Quand vous êtes-vous mis en chemin ? Après que tout le monde fut endormi ?

— Tout le monde, ou presque. Les cloches sonnant matines nous ont tirés de notre couche. Nous avons mangé un morceau ou deux arrosés de vin et d'eau et nous sommes partis — tout était déjà prêt. Quelques mots au garçon d'écurie, puis nous avons conduit les mules jusqu'à la route afin de ne pas réveiller la maisonnée. Je dirais que nous fûmes en selle très vite après minuit. La nuit touchait à sa fin quand nous avons fait halte. Je veux dire que la lune commençait à pâlir avec l'aube.

— Sa mule a-t-elle également disparu ?

— Oui, mais pas la mienne. Il faudrait être magicien pour emmener ma Neta en pleine nuit alors que je dors à côté. Son braiment éveillerait les morts.

— Votre compagnon avait peut-être des raisons à lui de s'en aller.

— C'est possible. C'est pourquoi je ne m'alarme pas de sa disparition, Votre Excellence. Mais je suis venu vous demander une faveur.

— Vous n'avez qu'à parler, bailli, dit Berenguer avec amabilité.

— Je demande une couche dans un coin tranquille, Votre Excellence, et du foin pour ma Neta, et ce jusqu'à lundi. Nous devons nous rendre à Barcelone, mais il n'est pas nécessaire que nous y soyons avant lundi, au coucher du soleil. Je pensais séjourner ici le plus de temps possible. Passer un dimanche paisible à Gérone, en fait.

— Vous êtes le bienvenu, profitez de ce que nous pourrons vous offrir. Bernat veillera à ce que vous ayez tout ce dont vous avez besoin. Vous comptez repartir lundi ?

— Oui. Je ne puis attendre plus longtemps.

— Dans ce cas, peut-être vais-je vous trouver un autre compagnon.

— S'il a le regard vif et s'il est habile à l'épée, dit Oliver, il sera le bienvenu. Et s'il n'est pas dépourvu de courage, évidemment.

— Je crois que vous lui reconnaîtrez toutes ces qualités. Ce qu'il n'a pas en expérience, il le compense par son esprit et sa vivacité. Pour un garçon de treize ou quatorze ans, il s'en tire assez bien, ma foi.

— Treize ou quatorze ans !

CHAPITRE II

Lundi 4 août

Au pied de la colline, la place somnolait paisiblement. Derrière la masse de la cathédrale, à l'est, le ciel commençait à s'éclaircir. Le discret grincement d'un gond de porte indiqua un mouvement dans la ville endormie : la poterne est du Call s'ouvrit pour laisser passer trois formes sombres. En entrant dans la lumière, elles révélèrent les silhouettes enveloppées de capes légères d'un homme barbu, grand et large d'épaules, d'un jeune garçon et d'une femme grande et mince. L'homme tenait à la main un long bâton ; les deux autres portaient un petit balluchon. Après un bref intervalle de temps, apparurent à leur tour trois formes, corpulentes au point d'en être grotesques, que l'alchimie des rayons de lune changea en un garçon de plus petite taille et deux femmes, tous lourdement chargés de paquets et de paniers.

Un oiseau solitaire chanta dans le jardin épiscopal.

Raquel, la grande jeune femme, rejeta son capuchon et se dirigea vers les trois derniers venus.

— Maman, pourquoi emportez-vous tout cela ? demanda-t-elle en la débarrassant d'un balluchon fait d'un morceau de lin.

— C'est un repas froid pour la route, dit Judith. Je connais les rations qu'on vous distribue en chemin. Je ne donnerais pas ça à un chien. Yusuf aura besoin de manger.

— Avec ce que vous lui avez préparé, il en aura assez jusqu'à son retour de Sardaigne. Où sont les autres ? ajouta-t-elle en regardant alentour.

— Aux écuries, dit son père. Je les entends à présent.

La nuit régnait encore sur cette partie de la place, mais le bruit de sabots ferrés sur les pavés trahit la présence de deux gardes : leurs montures demeurèrent pratiquement invisibles jusqu'à ce qu'elles émergent de l'ombre des murailles et entrent dans la lumière née à l'est.

— Son Excellence viendra-t-elle dire au revoir à Yusuf ? demanda doucement Raquel.

— Je le crois, répondit Isaac. Il serait déçu si ce n'était le cas.

Arriva alors le capitaine de la garde épiscopale, qui traversa la place d'un pas rapide et se dirigea vers eux.

— Et où est mon élève ? demanda-t-il avec vivacité, comme un homme qui a bien dormi et déjeuné de bon cœur.

— Ici, messire, dit Yusuf en réprimant un bâillement.

— Je t'ai apporté ton épée, dit-il en s'inclinant légèrement comme s'il l'offrait à un roi de fraîche date. Ceins-la bien. Jusqu'à ton retour, tu es au service de Sa Majesté et dois t'en aller armé, prêt à tout.

Il lui passa le baudrier sur l'épaule et attendit en silence qu'il le referme. Ceci fait, il lui tendit l'épée et attendit qu'il la mette en place.

— Merci, messire, dit Yusuf. J'avais oublié que j'en aurais besoin, murmura-t-il, gêné.

— Sa Majesté s'attend à ce que l'on fasse usage

de ses généreux présents. Je sais que tu me feras honneur, et je ne doute pas de ton courage, mais rappelle-toi ce que je t'ai enseigné.

— Je me souviens de tout, répondit le garçon avec une certaine suffisance.

— Quand un ennemi est-il le plus dangereux ?

— Quand il semble être défait, dit très vite Yusuf.

— Oui. Et cela se produit chaque fois que nous croisons le fer, non ? Je fais une pause pour reprendre haleine et tu baisses la garde. J'aurais pu te tuer à dix reprises ou plus encore.

— Oui, capitaine.

— Et ne t'arrête pas pour te réjouir quand tu sembles être sur le point de l'emporter : avance et achève ton adversaire. Un tel comportement a entraîné la chute de maint jeune guerrier plein d'impudence. La guerre n'est pas une partie d'échecs, Yusuf. Un ennemi rusé feindra la faiblesse pour t'attirer dans un piège. Ne fais confiance à personne et serre les coudes, dit-il en lui donnant une tape sur l'un d'eux.

— Oui, capitaine. Je vous le promets, messire.

À cet instant, un sergent et un autre garde arrivèrent à cheval, suivis de garçons d'écurie menant quatre mules chargées de bagages ainsi que la jument baie de Yusuf dont la belle robe luisante était à peine visible dans la lumière qui s'affermissait.

— Où est le bailli ? demanda le sergent, arraché par le capitaine à ses tâches habituelles pour veiller sur le chargement précieux et la personne tout aussi précieuse du pupille du roi.

— Oliver ? Je ne l'ai pas vu, répondit le capitaine. Il doit être avec Son Excellence.

— La journée s'annonce plus chaude qu'hier, reprit le sergent. Et les mules sont lourdement chargées. Il va nous falloir partir bientôt si nous voulons être à Barcelone avant la tombée de la nuit. Ou nous procurer d'autres bêtes de somme.

— Écoutez, Domingo, si cela ne peut se faire en un jour, tant pis. Allez jusqu'où vous pourrez, vous terminerez la route demain. Ce que l'on attend de nous, c'est d'amener ces paquets sans dommage à Barcelone.

— On pourrait partir tout de suite, sergent, dit un des gardes. Et laisser Oliver Climent nous rattraper.

— Voilà qui déplairait à Son Excellence, dit le sergent. Elle désire que nous étendions notre protection au bailli de son ami.

— Le bailli de son ami m'a l'air capable de se protéger tout seul, murmura le second garde, un dénommé Gabriel, à l'air peu angélique, cependant.

— Qui est cet Oliver ? s'enquit Judith qui, jusqu'à présent, avait étonnamment gardé le silence. Est-il digne de confiance ?

— C'est le subordonné d'un ami de monseigneur l'évêque, expliqua Isaac, et il est apparemment robuste et habile à l'épée. Son Excellence tient à ce qu'ils voyagent de concert.

— Et il leur faudra rôtir au soleil parce que cet Oliver traîne au lit, dit Judith. Regardez... il fait presque jour. Ils n'auront pas besoin de la lune pour éclairer le chemin, le soleil sera bientôt là.

— C'est vrai, maîtresse Judith, dit le sergent. Et les palefreniers n'ont pas fini de charger les mules. Holà ! leur cria-t-il. Qu'attendez-vous, paresseux ? Au travail !

Il s'avança vers la montagne de bagages en provenance du palais et de la cathédrale.

— Vous croyez que ces coffres vont grimper tout seuls sur les bêtes ?

Quand le chargement fut achevé, deux gros paniers et trois balluchons étaient encore posés à terre.

— Qu'est-ce que c'est ? demanda le sergent.

— Ils partiront avec vous, répondit Judith.

— Maman craint que vous ne mouriez de faim sur la route de Barcelone, expliqua Raquel. Elle a préparé un petit dîner froid.

— Et comment allons-nous l'emporter ? Les mules en ont déjà trop pour une telle distance et par une telle chaleur.

— Ma fille et mon époux chevaucheront à vos côtés pendant la première partie du trajet, dit Judith. Ils n'ont pas de bagages avec eux. Leurs mules pourront porter le repas et revenir avec les paniers.

— Ils vont venir avec nous ? Son Excellence a négligé de nous en parler.

— Mon père a pensé que Yusuf aurait peut-être du mal à nous quitter, dit Raquel.

— Ce n'est pas un bébé, fit remarquer le sergent.

— Non, mais il va manquer à mon père. À moi aussi. Ne vous inquiétez pas. Nous ferons demi-tour quand vous vous serez arrêtés pour déjeuner.

— Ah, voici Son Excellence, fit Judith avec soulagement. Enfin.

Elle n'avait cessé d'observer le visage du sergent, où l'exaspération avait cédé la place à une incrédulité qui se changeait maintenant en colère.

Comme l'évêque descendait le flanc de la colline, deux autres mules vinrent rejoindre les voyageurs impatients.

À cet instant — heureusement pour sa réputation —, Oliver Climent arriva. Il montait un lourd cheval, d'apparence puissante, et conduisait sa mule croulant sous les bagages. Dans un tourbillon d'activité, les derniers paquets furent attachés et les derniers adieux échangés. Il ne restait plus qu'à partir quand, l'air passablement agité, le secrétaire de Son Excellence dévala le flanc de la colline, un petit paquet à la main.

En soupirant, le sergent mit pied à terre pour aller voir quel était ce nouveau problème.

Au nord, de l'autre côté de la place, un portier à moitié endormi bâillait et entreprenait d'ôter la barre et de déverrouiller la porte menant à Sant Feliu puis à la Via Augusta, cette grande route romaine qui joignait les terres mauresques et castillanes, au sud et à l'ouest de Valence, aux frontières nord-est de la Catalogne — non pas que le portier se souciât de l'origine et de la destination de la route en question.

— Sommes-nous si en retard que les portes de la ville s'entrouvrent déjà ? cria Oliver.

— Je ne sais rien de votre vie, bailli, dit le portier en se tournant vers lui. Je sais seulement que je dois ouvrir tôt ce matin.

— Mais pas pour nous, certainement ?

— Pourquoi ferais-je ça ? répondit le portier en crachant dans la poussière de la chaussée. Je n'ai pas senti le poids de votre argent. Il y a dans cette ville d'autres gens qui ont des affaires importantes à mener, et l'un d'eux attend la venue de tant de richesses qu'il paiera un bon prix pour me tirer du lit avant que chacun s'éveille. Maintenant laissez-moi retourner à mes occupations.

— Rien ne me ferait plus plaisir, dit Oliver.

À cet instant, un autre personnage traversa la place et dévala la colline en direction de la porte nord.

— Holà, appela-t-il, portier ! Mon charretier est-il arrivé ?

— Pas encore, maître Luis, répondit l'homme. Tout est calme jusqu'à maintenant.

Il acheva de fixer le deuxième battant au montant du grand portail de pierre, jeta un coup d'œil à l'extérieur, ne vit ni n'entendit la moindre charrette, puis se retira dans sa petite loge, prêt à bondir pour extirper au charretier un ou deux sous supplémentaires.

La place recouvra le calme qui était habituellement sien en ce début de matinée. Hormis le murmure de la conversation que tenaient le sergent, l'évêque et son secrétaire, le seul bruit était celui de sabots dans le lointain et du pépiement des oiseaux. Le médecin mit pied à terre et se joignit aux autres. Les quatre hommes parlèrent à voix basse, puis hochèrent la tête et se séparèrent, et l'on n'entendit à nouveau plus que les oiseaux et le cavalier qui se rapprochait.

Ce demi-silence fut rompu par un cri rauque, un claquement de sabots, puis le bruit sourd, insupportable, d'un corps qui se heurte à quelque chose de dur. Pendant un moment interminable, chacun se figea.

— Qu'est-ce que c'était ? demanda Judith.

— Par là, dit Yusuf en désignant la porte nord.

Un homme était apparu sous l'arche de pierre. Son capuchon était retombé sur ses yeux ; son bras gauche serrait un paquet contre sa poitrine, et de sa main droite il se tenait au mur.

Il fit un autre pas puis tituba.

— Encore un ivrogne, dit un garde.

— Je ne crois pas, le corrigea le sergent en faisant faire demi-tour à sa monture. C'est du sang que l'on voit derrière lui sur le pavé.

Une mule apparut au coin de la rue, les rênes traînant sur la chaussée.

Alors que les autres discutaient entre eux, Oliver Climent mit pied à terre et courut vers l'homme qui chancelait. Il le prit par la taille et le souleva, aussi facilement que si c'était un enfant. Puis il se retourna vers les autres et cria :

— Allez chercher un chirurgien ! Il a été poignardé. Trouvez qui a fait ça !

Deux des gardes éperonnèrent leur monture et disparurent. Après un autre regard au blessé, le sergent les suivit.

Oliver déposa doucement le blessé sur le flanc.

— Quelqu'un est parti quérir un chirurgien ?

Il dénoua son capuchon et en fit un oreiller qu'il plaça sous la tête de l'homme.

— L'aveugle et sa fille en feront plus pour lui que tous les chirurgiens du monde, dit le capitaine. Ils sont tout près de moi. Maître Isaac, on a besoin de vous.

— Papa, fit Raquel, un homme a été grièvement blessé...

— C'est ce que j'entends. Où est donc ce satané garçon ?

— Yusuf ? s'étonna Raquel.

— Mais non, le petit Judah, le garçon de cuisine. Il doit apprendre à tenir le rôle de Yusuf. Ah, Judah, conduis-moi au blessé.

— Dois-je venir aussi, papa ?

— Bien entendu, répondit-il avec un certain énervement. À moins que tu ne penses qu'il a seulement besoin d'être lavé ou qu'on lui fasse la conversation. Ce sont pour l'heure les seules capacités du petit Judah.

— Oui, papa, dit-elle, surprise par la colère de son père.

Raquel s'agenouilla sur le pavé, derrière le blessé ; son père s'accroupit en face d'elle et se pencha jusqu'à ce que son oreille touchât le flanc de l'homme.

— Il frissonne de froid et de douleur, dit le médecin.

— Je vais le couvrir.

Oliver prit la cape enroulée derrière sa selle et protégea le ventre et les jambes de l'homme.

— Papa, dit Raquel, je pense qu'il faut enlever le couteau.

— Je suis d'accord qu'il ne peut vivre avec un couteau comme celui-ci enfoncé en lui. Cela vaut la peine d'essayer, dit Isaac en se relevant, même si les chances de le sauver sont plutôt minimes. Mais nous sommes entre les mains du Seigneur, et nous devons porter secours même quand c'est apparemment au-delà de toute espérance.

— Nous allons l'emmener au palais, décréta Berenguer. On ne peut le laisser agoniser ici sur le pavé, comme une bête.

L'évêque se pencha au-dessus de lui et rejeta doucement son capuchon.

— Mon brave homme, nous allons vous conduire... Le Seigneur nous vienne en aide ! s'écria-t-il. C'est Pasqual. Il faut tout faire pour le sauver.

— Oui, Votre Excellence, dit Isaac. Mais il a une vilaine blessure.

Le médecin se tourna vers le capitaine.

— C'est le greffier de la bourse de commerce, n'est-ce pas ?

— Oui. Pasqual Robert.

Le capitaine chercha alentour des bras et des dos robustes.

— Vous deux, cria-t-il aux palefreniers venus regarder, aidez-nous à l'emporter au palais !

— Où est Yusuf ? demanda Isaac.

— Il est parti à la maison chercher ce dont vous pourriez avoir besoin, lui répondit sa femme, qui se tenait derrière lui.

— Brave garçon...

Judith se retint d'ajouter que c'était elle qui l'en avait prié ; elle se consacra plutôt à la tâche qu'elle s'était assignée, ramasser les effets du blessé, éparpillés sur le pavé lors de sa chute, et en faire un tas bien propre.

Dès qu'il eut vu Pasqual conduit au palais épiscopal, Oliver siffla son cheval et, le visage sombre, s'en alla trouver les officiers.

Essoufflé, Yusuf arriva peu après au palais. Il portait un grand panier plein de linges propres, d'herbes et de feuilles destinées à étancher le sang, de teintures contre la douleur, mais aussi de remèdes contre les fièvres et l'infection qu'il avait emportés de son propre chef. Il les déposa près de Raquel et recula d'un pas.

— Puis-je vous aider, seigneur?

— Non, répondit Isaac, mais attends ici, nous pourrions avoir besoin de toi, ajouta-t-il en se consacrant à nouveau à son patient.

— Oui, seigneur.

Le garçon s'approcha de la fenêtre pour observer le ciel, qui passait du noir au gris. Il se pencha et leva les yeux, découvrant la lune, pâle sur fond clair. De l'autre côté du palais, le ciel allait virer au rose à l'approche du lever du soleil. Il était conscient que, derrière lui, on ôtait le couteau de la blessure et que, travaillant avec une rapidité qu'il savait ne pouvoir égaler, Raquel étanchait le sang et refermait les chairs. Il l'entendit murmurer quand elle voulut faire boire le patient pour apaiser sa douleur. Il en savait assez sur les blessures pour comprendre qu'on ne pouvait rien de plus pour lui aujourd'hui. Ils ne s'attarderaient certainement pas. Il était déjà tard, et son impatience à partir était énorme.

Il entendit alors le lourd pas botté d'un officier dans le couloir.

— Quelles nouvelles? dit une voix hors de la pièce.

— Voilà qui est fait, répondit une voix familière.

La porte s'ouvrit et Oliver, le bailli, entra.

Ils allaient partir. Yusuf se retourna pour dire adieu à son maître et à Raquel, mais il s'immobilisa. Oliver n'était pas venu le chercher. Au lieu de ça, il avait tiré une chaise et s'était assis à côté de Pasqual comme s'il avait l'intention de passer toute la journée avec lui.

Perplexe, Yusuf revint à la fenêtre et tenta de comprendre. Oliver et Pasqual paraissaient être devenus très intimes en si peu de temps. Étrange. Aux yeux de Yusuf, Pasqual Robert était un être totalement dénué d'intérêt. Il connaissait la plupart des habitants de la ville et, en dehors de ce que chacun savait, n'avait jamais appris quoi que ce fût d'intéressant à propos de ce greffier. C'était un homme paisible, d'une taille légèrement inférieure à la moyenne, plutôt mince. Un homme timide qui, telle une souris, allait de son emploi à son logis en longeant les murs plutôt qu'en traversant les espaces découverts. Vraiment pas de quoi inspirer une telle dévotion, songea-t-il. Il y avait certainement autre chose.

Il comprenait que son maître passât des heures, voire des jours, au chevet d'un étranger. Le médecin se sentait une obligation sacrée envers tout individu qui, malade ou blessé, remettait sa vie entre ses mains. Ainsi en était-il pour Raquel, même si, décida-t-il avec une certaine perspicacité, certains patients lui inspiraient moins de dévotion que d'autres. Mais pourquoi cet étranger venu d'on ne savait où et en route pour Barcelone s'inquiéterait-il pour Pasqual, le greffier ?

Yusuf les imaginait traîner là toute la journée, puis rentrer chez eux et se lever une fois encore en pleine nuit pour prendre la route le lendemain à l'aube. Trop énervé pour rester là à ne rien faire, il sortit dans le couloir.

Le père Bernat, le secrétaire franciscain jamais au repos de l'archevêque, se tenait près de la porte, inoccupé. Cela ne lui ressemblait pas. Tout le monde, hormis son maître et Raquel, se comportait de façon étrange.

— Pourquoi le bailli veille-t-il sur Pasqual ? demanda Yusuf.

Il avait découvert depuis quelque temps que la plus grande faiblesse de Bernat était le commérage et qu'il savait ainsi tout ce qui se passait aux abords du palais.

— Pasqual Robert a travaillé pour lui il y a peu,

lui répondit Bernat. La dernière fois qu'il était ici, Oliver a demandé à Son Excellence de lui recommander quelqu'un de sérieux, et Son Excellence a suggéré Pasqual. Son Excellence est très contrariée, ajouta Bernat comme si c'était là l'aspect le plus grave de cet incident.

— Devait-il nous accompagner ? Personne n'en a parlé.

— Je l'ignore, dit le secrétaire en secouant la tête. Mais sa mule et lui ont disparu la semaine dernière. En pleine nuit.

— Je ne veillerais pas quelqu'un qui disparaît ainsi, répliqua Yusuf dans un bâillement. De toute façon, si nous attendons Oliver Climent pour partir, je ferais mieux de retourner à côté au cas où l'on aurait besoin de moi.

Quand Yusuf revint dans la pièce, le médecin était penché au-dessus de Pasqual, l'oreille collée à sa poitrine et la main posée sur son cou. Raquel se tenait à hauteur de l'oreiller, un linge dans une main et un gobelet d'eau dans l'autre. Le patient allait plus mal. Son visage était gris, ses traits tirés ; son corps semblait s'être ratatiné sur ses os. Mais ses yeux grands ouverts fixaient Oliver. Il avait saisi son bras robuste et lui parlait d'un ton précipité, à voix basse.

Le médecin se redressa.

— Raquel, murmura-t-il.

— Oui, papa ? fit-elle en tendant le verre et le linge à Yusuf.

— Sortons un instant dans le couloir. J'entends Son Excellence. Veille sur lui, Yusuf, et viens me chercher si besoin est.

— Oui, seigneur, répondit-il, s'étonnant toujours que le médecin pût deviner sa présence dans une pièce.

Il écoutait son maître, mais essayait également de

suivre ce que disait Pasqual. Il y avait un sentiment d'urgence dans sa voix, mais il parlait si vite et avec un accent si étrange que Yusuf ne saisissait que des bribes.

Le blessé s'arrêta pour reprendre péniblement son souffle. Yusuf se pencha au-dessus de lui, porta le gobelet à ses lèvres et lui tamponna doucement le visage. Cela fait, il recula d'un pas avec tact.

— Je vais sur-le-champ le signaler, dit Oliver à voix basse quoique de façon très compréhensible. Mais ne pouvez-vous dire qui vous a fait ça ? Avez-vous entrevu quelque chose ? Ses habits ? Et sa voix ? Était-il à cheval ?

Un bruit à la porte fit sursauter Yusuf, et il vit que Son Excellence l'évêque était entré dans la pièce en compagnie de son maître et de Raquel.

— Je le connais, murmura le blessé avant de tousser douloureusement.

Yusuf s'empressa de nettoyer un peu de sang au coin de ses lèvres. Raquel chuchota à l'oreille de son père.

Pasqual réussit à reprendre son souffle et continua de murmurer. Il s'arrêta et sourit. Ou peut-être, pensa Yusuf, était-ce une grimace de souffrance. Il semblait pourtant que ce fût un sourire. Puis il ferma les yeux comme pour concentrer sur sa respiration le peu de ressources qu'il lui restait.

— C'est maintenant ou jamais, Votre Excellence, dit le médecin en se retirant dans le couloir avec sa fille alors que deux autres prêtres entraient dans la chambre pour administrer les derniers sacrements.

Yusuf reposa linge et gobelet et s'empressa de sortir derrière eux.

Pendant le court instant passé dans cette salle, le jour s'était levé. Comme il ouvrait la bouche pour s'adresser à son maître, la clameur des cloches submergea toute chose. Quand elle cessa, il réalisa que, partout dans le palais, chacun était debout, vêtu, et vaquait à ses affaires. Les conversations allaient bon train, sans rapport aucun avec les événements survenus à l'aurore.

— Que sonnaient-elles donc ? demanda-t-il, soudain inquiet qu'il ne fût encore plus tard qu'il ne le pensait.

— Prime, dit Bernat d'un air absent.

— Il s'en va rapidement, dit avec douceur Isaac. Nous ne pouvions rien de plus pour lui.

— Personne n'en doute, reprit Bernat. Il est difficile de vivre longtemps avec une lame de cette taille plantée dans le dos.

— Vous avez vu l'arme ? demanda Isaac.

— Oui. C'est un bon couteau avec une lame d'une longueur inhabituelle : elle est d'un excellent métal et acérée à l'extrême.

— L'homme qui la portait ne se serait pas contenté de l'exhiber.

— Sans aucun doute, dit Bernat.

La porte s'ouvrit et Oliver apparut, suivi de l'évêque.

— C'est fini, annonça Oliver.

— Nous l'ensevelirons avec tous les honneurs, mon ami, lui assura l'évêque. C'était un brave homme. Je sais que vous devez partir, bailli, mais j'aimerais tout de même régler quelques problèmes. Bernat ?

— Certainement, Votre Excellence, dit Oliver.

— Oui, Votre Excellence, ajouta le secrétaire.

— Tu es prêt, Yusuf ? murmura Isaac.

L'enfant se rapprocha de l'aveugle.

— Oui, mais avec tout ce temps qui passe, voilà que j'ai faim.

— Ne t'inquiète pas. Judith ne nous laissera pas dépérir, dit Isaac en riant avant de poser doucement la main sur l'épaule de Yusuf, prêt à s'en aller.

Mais Berenguer paraissait désireux de régler quelques détails dans le couloir.

— Quand je suis entré dans la pièce, il était en train de parler, mais d'une voix si basse que je n'ai rien compris. Quels ont été ses derniers mots ? A-t-il nommé son agresseur ?

Oliver Climent secoua la tête.

— Il bredouillait comme quelqu'un dont l'esprit s'égare, Votre Excellence. Ce qu'il disait n'avait pas beaucoup de sens.

— Quels ont été ses mots exacts ? insista Berenguer.

— Si je m'en souviens bien, Votre Excellence, il a dit « le chien » et « une nouvelle robe » ainsi que « le chêne ». Et puis d'autres choses dont je ne puis me souvenir. Ah si. Il a parlé d'une balle et d'un poney.

— Des souvenirs d'enfance, intervint Bernat.

Berenguer semblait sceptique.

— Rien d'autre ?

— Sur la fin, dit Oliver, il a murmuré : « Dieu m'épargne et me pardonne de vous avoir failli. Priez pour moi, je vous en supplie. »

Yusuf leva les yeux, étonné, et s'apprêta à parler quand il sentit la main de son maître serrer son épaule. Oliver, il s'en rendait compte, le regardait fixement, et ce regard n'avait peut-être rien d'amical.

— Cette triste affaire vous aura retardés, dit l'évêque. Votre escorte vous attend. Le capitaine de ma garde vous accompagnera jusqu'à Caldes. Il reviendra avec maître Isaac et sa fille. Je ne les aurais pas laissés circuler seuls.

— Votre Excellence est trop bonne, murmura Isaac.

— J'ai encore quelques mots à dire à Oliver. Puis je descendrai pour vous voir partir.

Berenguer s'éloigna d'un pas résolu, suivi de près par Bernat et Oliver Climent.

— Venez-vous avec nous, seigneur? demanda Yusuf.

Isaac se tourna vers son apprenti.

— Pendant quelque temps quand la matinée est encore fraîche. Son Excellence a pensé que c'était une bonne idée. Et cela lui a permis de me faire confiance pour une autre affaire. À présent, Yusuf, raconte-moi ce que Pasqual a *réellement* dit.

— Comment saviez-vous qu'Oliver mentait? lui demanda Yusuf.

— C'est toi qui me l'as dit. Tu as sursauté comme un lapin effrayé quand le bailli a pris la parole. Je crains qu'il ne l'ait remarqué, d'ailleurs.

— Eh bien, seigneur, il... Pasqual a parlé dans une langue étrangère. À la manière d'Aragon ou de Castille, je pense. Très vite aussi. J'ai eu du mal à comprendre. Quand ils conversaient ensemble, Oliver lui répondait de la même façon.

— Tu as dû comprendre quelque chose, sinon tu n'aurais pas sursauté.

— Oui, convint Yusuf, mais je n'ai pas entendu parler de poney, de chien, de robe ou de chêne. Il me semble qu'il lui a demandé de se tenir sur ses gardes, mais je n'en suis pas certain. À la fin, il parlait très lentement, et je crois qu'il a dit : « Soyez serein, mon ami. C'est une farce, une farce... le Seigneur Se rit de moi. Priez pour moi et veillez sur mes petits. » Ce ne sont peut-être pas les mots exacts, mais c'est le sens général.

— Se rit de moi? répéta Raquel.

— Se rit de moi, confirma Yusuf.

Le petit rassemblement qui attendait sur la place s'était réorganisé. Les bêtes de somme avaient été délestées de leurs bagages et erraient en quête d'une touffe d'herbe, sous le regard endormi de l'un des garçons d'écurie. Les gardes avaient mis pied à terre et leurs chevaux avaient rejoint leurs cousines, les mules. Narcís, le plus jeune des gardes, était allongé, son paquetage derrière sa tête : il dormait. Le capitaine s'était absenté.

Naomi serra Yusuf dans ses bras quand il réapparut et lui tendit un panier d'où s'échappaient les arômes les plus prometteurs.

— Mangez ça tout de suite, jeune maître, dit-elle en soulevant l'un des coins de la serviette qui en recouvrait le contenu. C'est un dur voyage, et vous avez besoin de prendre quelque chose. Vous donnerez ensuite le panier et la serviette à ce bon à rien de Judah, il les rapportera à la maison. Je dois m'en aller à présent, les jumeaux vont se lever et ne trouveront rien à déjeuner. Vous devez me promettre de bien manger pendant que vous êtes absent, sinon vous tomberez malade et le maître ne sera pas là avec ses potions pour vous soigner.

Il lui jura de continuer à manger, bien qu'elle ne soit pas en Sardaigne pour s'en assurer, lui adressa un adieu plein d'affection et souleva la serviette. Le panier contenait les pâtisseries épicées de Naomi, de la pâte à pain fourrée de fromage et de toutes sortes de choses parfumées, puis frite. Il en tendit une à Raquel — qui avait travaillé dur — et une autre à Judah, le garçon de cuisine, qui avait toujours faim. Et soudain il prit conscience de la présence des gardes et du palefrenier resté avec les mules. Et aussi de son maître et de sa maîtresse, qui devaient être affamés. Les pâtisseries disparurent, tout comme la miche de pain tendre qu'il découvrit sous elles. Même les chevaux et les mules se rapprochèrent de lui pour mâchonner les quelques miettes qu'ils pouvaient quémander ou voler.

— Où se trouve Son Excellence ? finit par demander Yusuf.

— Et Oliver Climent ? ajouta le jeune garde.

— Va chercher l'un des pages, Narcís, et demande-lui quand nous devons nous remettre à charger les bêtes, ordonna le sergent. Cela devrait les faire bouger.

Après un autre interminable intervalle, un petit page dévala le flanc de la colline en provenance du palais épiscopal et murmura quelques mots à l'oreille du sergent. Le palefrenier lança un sifflement aigu et son camarade arriva sans se hâter pour l'aider à recharger les mules. Pour la deuxième fois, Judith serra Yusuf dans ses bras, prit le bâton de son mari et donna à Raquel des instructions précises à propos du retour de ses deux plus beaux paniers.

Le capitaine monta en selle, leva le bras et, avec trois heures de retard, la petite troupe quitta la ville.

CHAPITRE III

Quand ils arrivèrent en pleine campagne, le petit groupe était déjà dispersé. Raquel venait en tête : elle serrait dans sa main les rênes de la mule de son père et conversait avec le sergent. Isaac racontait à Yusuf les voyages qu'il avait effectués dans sa jeunesse, sur terre comme sur mer, et au cours desquels il avait acquis quelques-unes de ses plus utiles connaissances médicales. Oliver se tenait à l'arrière avec le capitaine, derrière les bêtes de somme. Gabriel, Narcís et Miquel, le troisième garde, chevauchaient de part et d'autre, vaguement en alerte.

— Vous vous appelez Domingo, n'est-ce pas ? demanda timidement Raquel, bien qu'elle eût déjà fait la connaissance du sergent sur la route de Tarragone, plusieurs mois auparavant[1].

Malgré cela, cette question lui paraissait hardie.

— Eh oui, répondit-il en souriant, c'est effectivement mon nom. Mais pas pour tout le monde. Si ces deux tire-au-flanc, ajouta-t-il en désignant Gabriel et Narcís, osaient m'appeler ainsi, je leur parlerais du pays. Mais vous, maîtresse, ne vous en privez pas.

— Sommes-nous partis plus tard que vous ne le

1. Voir *Antidote à l'avarice*, 10/18, n° 3351.

souhaitiez ? demanda Raquel afin d'éviter les questions trop personnelles. Ou vous attendiez-vous à un tel ajournement ?

— Je ne m'attendais surtout pas à ce que quelqu'un se fasse assassiner sous nos yeux, répondit sèchement le sergent. Non, je ne pensais pas partir si tard. Même si c'est une chose à laquelle je suis toujours prêt quand j'accompagne Son Excellence, ajouta-t-il au bout d'un moment.

— Vraiment ? Je n'aurais pas cru qu'elle fût si...

— Non, Son Excellence est toujours à l'heure, mais ses gens s'attroupent toujours autour d'elle pour lui demander mille sottises et rendre le départ impossible. La seule façon de l'éviter, c'est de s'en aller avant qu'ils soient éveillés. Je ne croyais pas rencontrer de difficultés aujourd'hui, cependant.

— En quoi serions-nous si différents ?

— Mes hommes sont debout et prêts à partir dès que je leur en donne l'ordre. La plupart du temps, le palefrenier s'occupe déjà de cette jument avant même que le soleil soit levé. Je ne pensais pas non plus qu'il y aurait de problèmes avec le bailli. À en juger par son comportement, ajouta-t-il, il a passé sa jeunesse dans l'armée, mais il est vrai que je ne m'aventurerais pas à le questionner sur son passé.

— Pourquoi ? s'étonna Raquel.

— Je dirais, en dépit de ses manières amicales, que nous ne sommes pas sur un pied d'égalité. S'il est bailli, maîtresse Raquel, eh bien moi je suis comte. Mais revenons à votre question : je pensais nous voir partis à la lueur de la lune. Nous ne serons pas ce soir à Barcelone, ajouta-t-il d'un air lugubre.

Raquel se retourna pour jeter un coup d'œil à Oliver, taciturne.

— Cela va le contrarier.

— Possible, fit Domingo, mais ça ne changera rien. Nous irons le plus loin possible, ferons la sieste et chevaucherons jusqu'à ce qu'il fasse trop sombre.

— Vous ne trouverez jamais d'auberge.

Raquel se rappelait les embarras que cela avait créés lors de son précédent voyage.

— Pas besoin d'auberge. Il n'y a pas de grandes dames à protéger cette fois-ci. Nous sommes six hommes armés. Les nuits sont chaudes et sèches, et nous trouverons bien un coin tranquille pour dormir en attendant que la lune soit assez haute pour nous éclairer la route de Barcelone. Quatre ou cinq lieues dans ces conditions et nous serons aux portes de la ville avant l'aurore, je vous le garantis. Et ce sera aussi bien comme ça, maîtresse Raquel.

— Pourquoi, Domingo ?

— Comme vous le savez, il fait plus chaud là-bas qu'ici à cette époque de l'année. Pas aussi chaud qu'à Grenade, naturellement, ajouta-t-il. J'y suis allé quand j'étais jeune. J'étais garde d'un émissaire de Sa Majesté. Il faisait vraiment chaud.

— À quel point ?

Raquel défit un peu son voile et se prépara avec délice à écouter le sergent égrener ses souvenirs.

Près de deux heures plus tard, le capitaine rattrapa Isaac.

— Maître Isaac, nous approchons de notre destination. Si vous voulez faire vos adieux, nous allons les laisser s'en aller.

— Oh, déjà, dit le sergent en feignant la surprise. J'ai tant pris plaisir à revivre de vieilles campagnes en compagnie de maîtresse Raquel que j'ai à peine remarqué où nous nous trouvions, ajouta-t-il galamment. Mais avant de nous séparer, capitaine, pourquoi ne pas nous arrêter un instant pour apprécier les mets que nous transportons ?

Le capitaine leur fit faire halte sous des arbres dont le feuillage projetait son ombre sur une petite rivière. La chaleur et la sécheresse de l'été avaient réduit le courant à quelques ruisselets, mais sa musique et sa fraîcheur étaient agréables quand il courait sur les pierres et le sable de son lit. Les gardes déchargèrent les paniers et les balluchons de nourriture. Et un instant plus tard, chacun se régalait d'abricots sucrés, de poires fermes, de bœuf braisé et de poulet rôti froid ainsi que de pain en abondance.

— Nous ne pouvons emporter tout ça avec nous, dit Raquel en voyant ce qui restait. Maman et Naomi ne seraient pas contentes.

— Nous pourrions vider ces beaux paniers, suggéra le sergent, et les renvoyer avec vous : nous mettrons les restes de nourriture dans les paniers de bât des mules. En répartissant les charges, nous devrions avoir suffisamment de place. Êtes-vous d'accord, maître Isaac ?

— Je laisse ce genre de décision stratégique à Raquel, dont les connaissances en ce domainc dépassent dc beaucoup les miennes, dit Isaac en souriant.

— Excellente idée. Je vais m'en occuper pour m'assurer que tout est bien empaqueté, déclara Raquel. Mangez le reste au souper avant que cela ne se gâte.

Raquel réorganisa le contenu des paniers de bât.

— Voilà qui est fait. Nous sommes prêts à partir, mais avant tout je dois dire au revoir à mon nouveau petit frère.

Elle serra contre elle Yusuf qui, au cours de l'année passée, était devenu son ami et allié, puis elle tira le voile devant son visage pour dissimuler ses larmes.

— Fais attention à toi, murmura-t-elle, et ne baisse jamais la garde.

— Oh, vous avez écouté ! dit Yusuf, indigné.

— Bien entendu. Je vais maintenant laisser papa te dire au revoir.

Isaac enlaça le jeune garçon et se recula.

— Je ne te donnerai pas d'autre recommandation. Tu as survécu grâce à ton esprit et ton intelligence, et tu continueras ainsi, je le sais. Je te demande seulement de respecter le dernier conseil du capitaine.

— De serrer les coudes ? s'étonna-t-il.

— Non, de n'accorder confiance à personne, lui susurra-t-il à l'oreille. Adieu, mon garçon. Si tout va bien, nous nous reverrons avant peu. Mes bénédictions t'accompagnent, s'empressa-t-il d'ajouter avant de se détourner.

— Il reviendra avant les fêtes [1], dit Raquel avec une légèreté feinte. Vous parlez comme s'il partait pour des années.

— Une fois entamé, un voyage peut mener en des endroits inattendus, ma chérie, expliqua son père en montant sur sa mule impatiente.

Yusuf demeura un instant immobile, la main sur le pommeau de sa selle, déconcerté par les mots de son maître. Il regarda ses compagnons : Miquel, Gabriel et Narcís, les trois gardes, son vieil ami, le sergent Domingo, et celui qui était apparemment l'ami de l'évêque, Oliver. Il secoua la tête, éperonna sa jument et partit avec les autres en direction du sud.

Les trois autres cavaliers abandonnèrent l'ombre des arbres. Pendant leur brève halte, la chaleur s'était faite plus pesante. La poussière soulevée par les chevaux et les mules flottait encore dans l'air; il n'y avait pas un souffle de vent. Raquel se cala sur sa mule et regarda autour d'elle. Les jeunes gardes s'en étaient allés, le capitaine songeait trop à sa tâche pour

1. Raquel parle des fêtes du mois de Tichri, le plus important du calendrier hébraïque, avec Roch Hachana (le Nouvel An), Yom Kippour (le Grand Pardon) et Soukkoth (la fête des Cabanes). *(N.d.T.)*

s'intéresser à elle et la campagne était déserte. Elle écarta légèrement son voile, mais le moindre contact de l'étoffe sur ses joues brûlantes était plus qu'elle n'en pouvait supporter. Elle le rejeta jusqu'à ce qu'il ne tienne plus que par une seule épingle accrochée à une boucle de cheveux.

— Le paquet que l'on vous a remis, maître Isaac, dit le capitaine, doit être déposé dans une ferme proche d'une petite route située légèrement à l'écart de la nôtre. Il vaudrait mieux que votre fille et vous-même l'apportiez sans mon assistance.

— Certainement, capitaine, dit Raquel avec une assurance un peu artificielle.

— Prenez la première route à droite et suivez le cours d'eau jusqu'à ce qu'elle fasse un coude. Vous verrez un étang et une petite cascade. L'entrée de la maison se trouve juste après.

— Son Excellence m'a donné des instructions à partir de ce moment, dit Isaac. C'est une mission toute simple, semble-t-il.

— Oui, mais si vous n'y voyez pas d'objection, maître Isaac, j'aimerais vous suivre à distance raisonnable au lieu d'attendre ici. Si tout se passe bien là-bas, je vous rattraperai quand vous quitterez la maison.

— Certainement, capitaine, dit le médecin. Nous serons heureux de savoir que vous êtes là.

Comme l'avait dit le capitaine, la distance n'était pas très importante. La route suivait un ruisseau bordé d'arbres et était si étroite que même un petit char à bœufs aurait eu du mal à l'emprunter. Mais il faisait une fraîcheur agréable à l'ombre des arbres, les champs qui s'étendaient par-delà le ruisseau étaient plantés de céréales et les pentes des collines, d'oliviers et de vignes aux fruits encore verts. Au lieu de s'inquiéter pour Yusuf, de se tracasser pour Daniel ou de se demander si elle désirait vraiment qu'on l'épouse — ses réflexions habituelles quand son esprit n'était pas occupé par des affaires plus pressantes —, Raquel se prit à rêver à une vie dans un cadre aussi paisible, loin des tracas du monde.

Ses rêves d'existence idyllique furent soudain brisés par des éclats de voix. Des cris et des injures résonnaient dans les collines, s'amplifiant alors qu'ils approchaient de leur destination.

— Qu'y a-t-il, papa ?

— Quelqu'un de contrarié ? suggéra Isaac avec une certaine ironie.

Derrière eux, le capitaine éperonna sa monture et se retrouva bientôt à leur hauteur.

— Ça vient de la ferme, dit-il. Je vous précède pour m'assurer que tout va bien.

— Oui, dit le médecin, nous n'aimerions pas arriver au beau milieu d'une rixe.

Un ordre, et le cheval du capitaine partit au triple galop, leur projetant poussière et cailloux au visage. Aiguillonnées par la volée de graviers et le soudain départ de leur compagnon d'écurie, les mules adoptèrent une allure rapide. Nouvellement acquise à l'art de l'équitation, Raquel fit tout pour contrôler la mule de son père et se tenir en selle sur la sienne. Les bêtes revinrent au petit trot et s'engagèrent sur un chemin parfaitement entretenu.

Devant eux, le cheval du capitaine se remit au pas. Les mules le rattrapèrent, perdirent tout intérêt pour la course et se dirigèrent vers l'herbage qui longeait le chemin.

Les cris avaient pour origine un cavalier de haute taille. Sa monture et lui-même étaient couverts de poussière et suaient abondamment, comme s'ils venaient de parcourir une distance considérable. Il hurlait après un vieux serviteur qui défendait la porte de la maison contre vents et marées.

— Je ne partirai pas tant qu'on ne m'aura pas fait

entrer, vieil imbécile ! lança l'homme à cet improbable héros.

— Le maître ne veut pas d'étrangers dans sa demeure quand il n'est pas en résidence, répondit le serviteur avec courage mais d'une voix chevrotante. Et peu importe celui que vous cherchez, il n'y a ici personne de la sorte.

Le capitaine mit pied à terre, tira son épée et s'approcha du cavalier.

— Que se passe-t-il ici ?

Les deux protagonistes se tournèrent vers lui et découvrirent un homme armé, botté, en éperons et portant l'uniforme de capitaine de la garde épiscopale.

— Ce gentilhomme menace ma vie si je ne fais pas apparaître une personne qui n'existe pas, dit le vieillard. Quelqu'un qui ne vit pas et n'a jamais vécu ici. Je suis responsable des biens de mon maître et je ne dois laisser entrer personne en son absence.

— Ce qui se passe ici ne regarde pas la garde épiscopale, dit l'homme à cheval. Et cela ne regarde pas plus ses compagnons qui m'ont l'air plutôt douteux, ajouta-t-il en fixant Raquel qui sentit le rouge lui monter aux joues. Je veux rendre visite à une connaissance, c'est tout.

Raquel se rappela alors son voile et s'empressa de le rabattre sur son visage.

— La paix et le bon ordre dans le diocèse me regardent justement, dit le capitaine avec calme. Si je ne puis passer devant la propriété d'un gentilhomme sans être attiré par la profération de menaces, ce sont mes affaires. Je pense, messire, que vous vous êtes trompé de maison. Et je vous suggère de partir et de décharger votre bile ailleurs, sans vous en prendre au médecin et à sa fille.

D'un geste de la main, il engloba le vieillard, Isaac et Raquel.

— Et moi je te suggère, bâtard, d'aller en enfer et d'y rester pour l'éternité avec ta catin de mère ! cria l'homme qui, furieux, éperonna son cheval et s'enfuit au triple galop avant même que le capitaine pût réagir.

— Vous savez, papa, je crois qu'il s'agissait de maître Luis, dit Raquel. Cet homme a un caractère des plus désagréables.

— C'était bien maître Luis, confirma le capitaine. Je me demande quelle mouche l'a piqué pour qu'il agisse ainsi.

— Il a vraiment l'air hors de lui ce matin, dit Isaac.

— Oh, il est rarement jovial, reprit le capitaine, mais de là à afficher un tel comportement...

— Peut-être est-il affecté par la chaleur.

— C'est possible. Si vous voulez bien m'excuser, je dois me retirer.

— Certainement, capitaine.

Isaac attendit que le bruit des sabots eût disparu dans le lointain.

— M'adressé-je bien à Dalmau ?

— Oui, messire, puis-je vous être d'un quelconque service ?

Isaac mit pied à terre. Privé de son bâton et sur un sol étranger, il hésita. Raquel sauta à bas de sa mule pour lui venir en aide.

— J'ai quelque chose pour vous, Dalmau, dit le médecin. C'est de la part de Son Excellence l'évêque.

Il sortit un paquet du sac de cuir dissimulé sous sa tunique et le tendit de façon telle que Dalmau pût en voir le sceau.

— Si vous voulez bien entrer, messire, dit le vieux serviteur, vous et votre fille, j'ai moi aussi quelque chose à vous remettre. Prenez mon bras, ajouta-t-il. Je vais vous conduire à l'intérieur et je vous raccompagnerai tout à l'heure.

Isaac partit avec le vieil homme, et Raquel les suivit. Dalmau ne s'intéressa pas à la lourde porte principale et les conduisit vers une petite entrée percée dans la muraille. De l'autre côté, c'était une cour, fraîche, avec un ruisseau et des arbres.

— Si vous voulez bien attendre ici un instant, maîtresse, dit le serviteur, nous allons bientôt revenir.

Ils foulèrent des dalles bien plates puis s'arrêtèrent. Dalmau tambourina à une porte.

— Ouvre, espèce d'imbécile, siffla-t-il, c'est moi !

Il y eut le bruit d'une barre que l'on soulevait puis que l'on retirait, le grincement d'une grosse serrure. Une porte s'entrebâilla et une bouffée d'air frais frappa le médecin au visage. Posant avec précaution le pied sur ce sol inconnu, il entra derrière le serviteur.

— Qui est-ce, Dalmau ? appela depuis l'étage une voix craintive.

— C'est le médecin aveugle, madame, l'envoyé de l'évêque. Il apporte un paquet pour le maître. Le précédent gentilhomme s'était trompé de maison. Il est parti.

— Je vois, fit-elle, soulagée. Donne au médecin le paquet posé sur la table et offre-lui un rafraîchissement.

— Ta maîtresse est aimable.

— Oh, ce n'est pas la maîtresse, mais la gouvernante.

— Je suis surpris, fit Isaac avec courtoisie. Elle a la voix d'une...

— C'est vrai, messire, si vous voulez bien m'excuser de vous interrompre. Je pense qu'elle s'est trouvée déchue, comme tant de gens de nos jours. Désirez-vous boire ?

— Merci, mais nous devons repartir avant que la chaleur du jour n'empire.

— Alors voici votre paquet, messire.

Isaac l'enfouit sous sa tunique et Dalmau le raccompagna jusqu'à la cour.

— Que penses-tu de tout ça ? dit Isaac quand la porte dans la muraille eut été à nouveau barricadée.

— C'est une charmante petite propriété, papa. La maison est solide et sûre. Très sûre. Le maître doit réellement craindre les voleurs et les maraudeurs. Les portes sont barrées et fermées à clef, ajouta-t-elle, et de lourds volets obscurcissent toutes les fenêtres du rez-de-chaussée.

— C'est certainement parce que les serviteurs redoublent de précautions quand leur maître est absent, dit Isaac d'un air détaché. La maison est alors placée sous leur responsabilité. Ils m'ont certainement fait partir le plus vite qu'ils le pouvaient.

Mais ni lui ni Raquel ne demandèrent pourquoi l'évêque de Gérone recevait et envoyait du courrier par l'intermédiaire d'une petite ferme jolie et prospère.

Le soleil ne cessait de monter dans un ciel dépourvu de tout nuage, la température grimpait et la progression de la petite troupe en route pour Barcelone commençait à ralentir.

La brise tomba. Le paysage frémissait dans la chaleur qui s'élevait de la route et des champs arides. La mule la plus chargée — une bête robuste, au pas sûr — trébucha à deux reprises. Le sergent leva le bras et commanda qu'on fît halte.

— Si nous continuons ainsi, nous allons perdre notre meilleure mule, dit-il en lançant un regard noir aux autres comme s'ils n'étaient pas de son avis. J'ai dit à Son Excellence que nous étions trop chargés, et nous n'avions pas encore ces réserves de nourriture.

— On va s'arrêter ici, sergent ? demanda Miquel, le plus âgé des trois gardes.

— Ici ? Sans eau ni ombre ? Le soleil t'aura tapé

sur le crâne. Mais non ! Il y a un endroit idéal à un bon quart de lieue d'ici. De l'autre côté de cette colline. Mais il faut décharger la mule un peu avant qu'elle ne se mette à boiter.

— Je vais marcher, dit Yusuf. Ma jument portera les paquets.

— Une excellente idée, mon garçon, répondit le sergent. Mais il me semble qu'il vaudrait mieux que ce soit quelqu'un de plus lourd, monté sur un cheval plus puissant, qui fasse ce sacrifice.

Il regarda alentour et sourit.

— Narcís, tu vas pouvoir te dérouiller les jambes.

Narcís haussa les épaules.

— Je savais que ce serait moi, grommela-t-il.

Deux coffres, petits mais très lourds, destinés à Sa Majesté passèrent de la mule sur le cheval de Narcís, et le groupe repartit paisiblement vers la colline. Celle-ci était plus haute qu'on ne s'y serait attendu. Quand ils parvinrent au sommet, chacun avait mis pied à terre pour alléger les bêtes.

— J'ai une ampoule au talon, pesta Narcís quand ils se furent arrêtés sur la cime.

À mi-pente se dressait un petit taillis touffu. Un torrent rapide le traversait, entouré de terres herbeuses partiellement abritées par les arbres.

— Voilà, dit le sergent. On y sera dans une minute.

Ce fut une longue minute. Quand ils s'arrêtèrent enfin à l'ombre des arbres, ils déchargèrent les animaux, les lâchèrent pour qu'ils aillent boire et paître, puis les laissèrent sous la surveillance de Narcís, qui avait ôté ses bottes et contemplait ses pieds d'un air sombre. Domingo et Oliver se dévêtirent et entrèrent dans l'eau pour se débarrasser de la poussière et de la sueur. Miquel et Gabriel firent de même. Oliver trouva un endroit plus profond où il se rinça soigneusement dans l'eau froide avant de secouer sa chevelure trempée et de s'étendre au bord du torrent.

Yusuf les regardait. De par sa nature ou son éducation, il n'était ni timide ni prude, mais à côté d'Oliver, dont les membres, le cou et la poitrine le faisaient ressembler à un lutteur de foire, il se sentait petit, insignifiant. La fierté exigeait toutefois qu'il ne restât pas au bord du torrent comme une vierge effarouchée. À la hâte, il ôta chaussures, tunique, chemise et culotte, en fit un tas et se précipita dans l'eau avant de s'asperger vigoureusement. Avant qu'il ne sortît de l'eau et ne se revêtît de sa chemise, le soleil avait séché Oliver. Celui-ci se leva et mit sa chemise, rinça sa culotte dans l'eau et l'accrocha à une branche pour qu'elle sèche.

— Je te recommande d'en faire autant, mon gars. Tu me remercieras quand il sera temps de partir.

Les autres étaient secs et à moitié vêtus.

— On mange, dit le sergent, ensuite on dort. Quand il fera assez frais, on se remettra en marche.

— Et ce sera quand ? demanda Narcís, relevé de ses fonctions et sortant tout juste de l'eau.

— Quand je le dirai, répondit sèchement le sergent.

Quand ils avaient empilé les bagages, ils avaient mis de côté les paniers de bât contenant la nourriture. Oliver et Domingo les emportèrent vers un endroit agréable et soulevèrent les couvercles.

— Ils sont remarquablement lourds, dit Oliver.

— Voilà la raison, répondit le sergent en tirant des paniers deux cruchons bien bouchés. Et en voilà une autre.

Deux plats en terre, enveloppés dans des serviettes de lin, furent disposés devant eux.

— Il y a là des fruits secs, du jambon et du pain que nous envoient les cuisiniers de Son Excellence.

— On devrait les garder pour le souper et le déjeuner de demain, proposa Oliver, puisque nous avons perdu tout espoir d'atteindre Barcelone aujourd'hui.

— D'accord, répondit le sergent. Venez, tas de fainéants !

Les cruchons contenaient du vin. Le sergent en déboucha un et envoya Narcís mettre l'autre au frais dans le torrent. Quand il revint, un impressionnant festin était déployé devant eux. Un des plats contenait du poulet et du canard, coupés en morceaux et cuits dans une sauce épaisse et épicée, aussi frais grâce à la terre que s'ils avaient été rangés dans un cellier bien abrité. Dans l'autre, il y avait des lentilles et du riz cuits avec des oignons, de l'ail et des herbes parfumées. Ils se jetèrent sur la nourriture.

Quand tout le monde eut mangé et que le vin eut considérablement diminué, les conversations moururent d'elles-mêmes. Narcís s'endormit ; Domingo et Oliver continuèrent de parler de chevaux à voix basse, puis sombrèrent dans le sommeil. Miquel et Gabriel étaient de garde — Miquel près des bagages, et Gabriel en haut de la colline, d'où il pouvait surveiller les environs. Tout était paisible. La chaleur avait interrompu les chants des oiseaux et les activités des petites bêtes. *Des gens raisonnables*, se dit Yusuf, *seraient chez eux à somnoler dans une pièce fraîche et confortable*.

Après avoir conclu qu'il était le seul être vivant éveillé dans cette partie du monde, Yusuf remarqua du coin de l'œil un léger mouvement. Sans bouger la tête, il vit quelque chose de brun tapi sous un buisson épais. Il affina son regard. Brun foncé avec des yeux. D'une bonne taille, semblait-il, mais trop petit pour être un homme. Un chien ? Un renard ? Un animal plus menaçant ? Il faillit jurer de frustration. Une fois encore, il n'avait pas son épée à côté de lui — en dépit des excellents conseils reçus le matin même. Se servant de son corps comme d'un bouclier qui le protégeait de ce regard inquisiteur, il saisit très lentement un morceau de bois.

Il remarqua qu'Oliver Climent le regardait. Le bailli, la main sur le pommeau de son épée, secoua la tête de manière presque imperceptible. Yusuf lâcha le bâton.

Un bras blanc et maigre jaillit du buisson et attrapa le morceau de pain qu'un des gardes avait laissé à terre. Oliver fut tout aussi prompt. Sa main robuste se referma sur le petit poignet.

— Sors d'ici, dit-il sur le ton de la conversation, sans pour autant desserrer son emprise. Nous ne te ferons pas de mal.

Le propriétaire du bras ne bougea pas et n'émit aucun son.

— Si tu ne sors pas, c'est moi qui vais devoir te tirer.

Il ne se passait toujours rien.

— Puisque c'est ce que tu veux...

Oliver tira d'un coup sec et l'on vit apparaître un jeune garçon petit et malingre : il avait de longs cheveux hirsutes et portait une tunique brune et grossière trop grande pour lui. Des larmes creusaient des sillons dans la crasse de son visage.

— Tu as faim ? demanda doucement Oliver, sans lâcher le poignet.

Le garçon le regardait de ses grands yeux sombres.

— Quelle question ! Bien sûr que tu as faim. Tiens, tu vas nous rendre un grand service, à nous et à nos mules, en nous aidant à manger ceci. Ce que nous ne mangeons pas, nous devons l'emporter, et nos bêtes sont déjà surchargées.

Tout en parlant, il arracha un morceau de pain, le déposa sur un linge et mit dessus un peu de poulet. Avec un autre morceau de pain, il attrapa des lentilles et du riz et posa le tout près du poulet.

— Bon, si je te lâche, est-ce que tu vas rester ici pour manger ?

Toujours pas de réponse de la part de l'enfant.

— Je jure par le Seigneur Tout-Puissant et par tout ce que je tiens pour vrai qu'il ne te sera fait aucun mal. Nous sommes les envoyés de l'évêque de Gérone, et l'évêque ne permet pas à ses hommes de nuire aux enfants. Resteras-tu assez longtemps pour manger ?

Il hocha la tête.

— Dis-le. Tu peux parler ?

— Je vais rester.

La voix était rauque, hésitante, comme si l'enfant n'avait pas parlé depuis longtemps, mais Oliver jugea la réponse acceptable et le relâcha. Le garçon se saisit du morceau de poulet et se mit à manger comme un animal affamé.

— Ce garçon n'a rien mangé depuis belle lurette, de toute évidence, déclara le sergent. Mais je me demande s'il est raisonnable de lui donner tant à la fois, Oliver. Tiens, mon gars, ajouta-t-il, bois du vin et reprends ton souffle, sinon tu seras malade.

Il prit le cruchon que lui tendait le sergent et but un peu, puis il le reposa et contempla le reste de la nourriture.

— Nous nous rendons de Gérone à Barcelone pour mettre cette canaille sur un bateau, dit le sergent d'un air dégagé en désignant Yusuf.

Le petit vagabond chercha à se relever.

— Non, non, calme-toi, mon garçon. Ce n'est pas un prisonnier. C'est le pupille de Sa Majesté, et il la rejoint pour passer quelques mois à ses côtés en tant que page. Ce n'est pas vrai, Yusuf ?

— Ça l'est, messire, répondit Yusuf qui s'efforçait de mettre de la sincérité dans chacun de ses mots. J'y vais de ma propre volonté, je le jure. Et là, dans la prairie — j'ignore si tu l'as vue —, c'est ma jument. La baie aux membres bien déliés. Ils s'occuperont d'elle à Barcelone et, à mon retour, je la monterai pour regagner Gérone.

— C'est vrai ? murmura le garçon en se tournant vers Oliver.

— Oui. Je te le jure sur mon âme immortelle. Nous sommes d'innocents voyageurs. Et je crois que tu pourrais manger un peu plus.

Il y eut un long silence, ponctué par les ronflements et les grognements de Narcís toujours assoupi, pendant lequel le garçon termina le poulet, le riz et le pain.

— Je vous remercie beaucoup, señores, dit-il d'un ton étrangement solennel. J'avais très faim.

— Mais je t'en prie, dit Oliver qui le dévisageait. Je m'appelle Oliver. Le sergent de la garde de Son Excellence a pour nom Domingo, le garçon s'appelle Yusuf, celui qui ronfle encore est Narcís et là-bas, les deux bons à rien sont Miquel et Gabriel. L'un d'eux devait veiller. De toute évidence, il ne t'a pas vu.

— J'étais de l'autre côté du torrent, expliqua le garçon. Je pensais vous demander un morceau de pain, mais quand je vous ai vus si nombreux...

— Oublions ça, fit le sergent. Maintenant que tu sais qui nous sommes, peut-on connaître ton nom ?

— Certainement, messires, dit l'enfant après un bref instant de panique. Je m'appelle Gil.

— Et tu parcours cette route avec le consentement de ton maître ? Non, ne te sauve pas.

Oliver l'avait à nouveau saisi au poignet car il s'était une fois encore relevé brusquement.

— Nous n'avons pas non plus pour tâche de retrouver les fuyards, à moins que Son Excellence ne le demande.

— Ah bon ? fit Oliver, intéressé. Je ne la croyais pas capable d'utiliser ses hommes à de telles fins.

— On ne me l'a jamais demandé, en tout cas, dit le sergent, très à l'aise. Et je ne reçois d'ordre de personne d'autre, mon garçon, pas même de ton maître. Mais pourquoi t'enfuir ? Tu dois savoir que tu fais une proie facile pour les voleurs et les malfaiteurs. Sans parler des marchands d'esclaves.

— C'est justement pour ça que je me suis enfui, dit l'enfant dont les yeux se portaient alternativement sur Oliver Climent et sur le sergent. La cuisinière m'a dit qu'elle avait entendu ma maîtresse en parler avec un marchand d'esclaves.

— Pourquoi aurait-elle agi ainsi ? demanda le sergent en l'examinant attentivement. Es-tu un esclave à vendre ?

— Oh non, mais parfois je suis maladroit, dit-il en baissant les yeux. Je casse des choses. La dernière fois que j'ai brisé un objet, la maîtresse était si furieuse après moi qu'elle m'a battu et m'a enfermé dans la réserve pendant un jour et une nuit.

— Ce n'est pas une raison pour te vendre, fit remarquer Domingo.

— Oh si, dit Oliver. Réfléchissez. Si elle le vend, elle se débarrasse de lui tout en gagnant quelques pièces. Il faut seulement qu'elle trouve un meilleur aide, c'est tout.

— C'est surprenant qu'on ne vende pas plus de garçons de cuisine avec un tel raisonnement.

— Mais comment expliquerait-elle ton absence à ta famille ?

— Je n'ai plus de famille, messire. Elle allait dire aux... aux frères de l'orphelinat que j'étais mort.

Narcís s'était éveillé et écoutait avec grand intérêt le récit du petit fuyard.

— Mais c'est impossible ! intervint-il. Même si tu n'as pas de famille, un petit chrétien ne peut être vendu...

— C'est exact, reconnut Oliver, mais les navires qui appareillent de Barcelone ont à leur bord des enfants chrétiens qui seront vendus à bon prix sur toutes sortes de marchés. Quelques pièces échangées quand le vent est favorable, et le garçon — ou la fille

— se retrouve embarqué avant même que de comprendre. Si l'on interroge le capitaine — ce qui n'arrive pratiquement jamais —, il peut toujours répondre que c'est un petit Maure capturé lors d'une bataille. Qui dira le contraire ?

— L'enfant, répliqua le garde. Il lui suffit d'affirmer qu'il est chrétien au premier fonctionnaire qu'il rencontre.

— Non, parce qu'il sait déjà qu'on lui coupera la langue s'il s'amuse à cela, répondit Oliver. Tu es un homme de la terre, mon bon Narcís. Ce sont là les coutumes des gens de mer. À propos, sais-tu lire et écrire, mon garçon ?

— Oui, dit l'enfant avec une certaine hésitation. Un peu.

— Dans ce cas, je te suggère d'apprendre. C'est utile de savoir écrire. Te couper la langue ne servirait alors à rien parce que tu pourrais jeter sur le papier tes accusations. Un esclave sans langue peut travailler, mais on ne tirera rien d'un esclave sans mains, et l'argent que le marchand aura investi sur sa personne sera perdu. C'est une question de bon sens, à leurs yeux, bien entendu. Donc tu t'es sauvé, ajouta-t-il en le dévisageant. Tu es intelligent. J'aurais fait de même, tu sais.

— Ça se comprend, vu les circonstances, intervint le sergent. Mais d'où t'es-tu enfui ?

— Je ne puis le dire, señores, dit l'enfant qui avait, une fois encore, l'air paniqué. Je ne sais pas exactement où était la maison.

— Mais tu as été élevé par des frères dans un orphelinat ?

— Oui. Mes parents sont morts. Ensuite, les frères qui s'occupaient de moi m'ont placé comme garçon de cuisine.

— Pourquoi ne pas te mettre en apprentissage, mon gars ? lui demanda Oliver.

— Les frères ont peu d'argent pour les apprentis, et ils le donnent pour ceux qui sont...

Il parut chercher un mot.

— ... Ceux qui sont plus aptes à apprendre un métier, murmura-t-il en rougissant.

— Ah, je suis sûr qu'ils se trompent. Tu m'as l'air intelligent. Très habile, aussi. Presque autant que moi, et ils sont peu à avoir des mains aussi prestes que les miennes. C'est une bénédiction que je sois honnête, ajouta Oliver, sinon j'aurais fait un brillant coupe-bourse.

— Vous avez peut-être le cœur trop tendre pour ça, dit le sergent.

— Oh, je n'en suis pas si sûr. Alors, Gil, où vas-tu à présent ?

— Il y a d'autres royaumes au nord et à l'est. C'est là que je vais.

— Assurément, mais tu devras faire preuve de beaucoup de prudence en chemin, car certains sont nos ennemis. Dès que tu ouvriras la bouche pour parler, l'on saura d'où tu viens. Moi-même, j'ai une petite idée là-dessus, mais si tu n'as pas envie d'en parler, je ne dirai rien.

— C'est vrai ? demanda Narcís.

— Je le taquine. Je ne peux rien dire, sauf qu'il est catalan, de cette région, comme nous tous. Mais dans les autres royaumes, ils parlent avec d'étranges accents : tu pourrais ne pas les comprendre. C'est un point à ne pas négliger.

Gil rejeta les mèches qui lui tombaient devant les yeux et eut un rire insolent à l'adresse d'Oliver.

— Je sais tout des étrangers, señor. Et je comprends la langue de nombre d'entre eux. Ce n'est pas parce que je ne sais pas bien lire et écrire que je suis totalement ignorant !

— Mille excuses.

— C'est un garçon intelligent, dit le sergent. Trop pour aider à la cuisine.

— Suis-je libre de partir ? demanda-t-il brusquement en se tournant vers Oliver.

— Bien entendu. Tu te croyais mon prisonnier ? Je voulais seulement savoir qui avait une petite main aussi habile. Et m'assurer que tu avais à manger.

— Dans ce cas, messires, je vous remercie pour le rafraîchissement. Vous m'avez empêché de mourir de faim, et je vous en suis reconnaissant. Maintenant, je dois reprendre la route.

Il prit un petit balluchon dissimulé sous les broussailles et se releva : il était plus grand qu'on ne l'aurait cru.

— Un moment, dit Oliver.

Il mit de la nourriture dans une serviette de lin qu'il noua aux quatre coins et la tendit à Gil.

— Ceci te sera utile, où que tu ailles. Mais attends, j'ai une idée. Nous nous rendons à Barcelone, comme je l'ai dit, et je te propose de te joindre à nous. Je peux te trouver un endroit en ville où tu feras des progrès et où tu ne craindras rien.

— Je ne peux pas retourner à Barcelone, dit Gil d'une voix perçante avant de partir en courant vers la route.

— Pourquoi l'avez-vous invité à se joindre à nous ? demanda le sergent. Je n'y vois pas d'objection, je suis curieux, tout simplement.

— C'est étrange, mais je préférerais ne pas le voir vendu en esclavage ou assassiné en chemin.

— C'est probablement le sort qui l'attend...

— Il n'a jamais appris à faire attention, dit Yusuf, qui semblait soucieux. C'était stupide de sa part de s'approcher si près de nous. Nous aurions pu être n'importe qui. Et quand il a essayé de se sauver, c'était déjà trop tard.

— Il mourait de faim, expliqua Oliver. Un cerf affamé vous mangera dans la main droite même si vous tenez un couteau dans la gauche.

Ils avaient à peine repris leur sieste qu'un cri strident les interrompit.

— C'est le garçon, dit Oliver, qui bondit, l'épée à la main, et s'élança à toute allure vers la route.

L'air résigné, le sergent se releva et le suivit.

Gil se trouvait à mi-pente de la colline, sur la route de Gérone. Deux hommes dont les chevaux attendaient au bord du chemin étaient agrippés à lui.

— Vous m'obligerez, messires, leur lança Oliver, en enlevant vos mains de mon valet d'écurie !

Son épée brilla au soleil et l'un des hommes le relâcha.

— Et toi, Gil, espèce d'imbécile, retourne auprès des chevaux ! Quant à vous, messire, laissez-le partir.

— Je vous suggère la même chose, ajouta le sergent qui, en bâillant, dessina dans la poussière de la pointe de son épée.

Quoique en chemise, ils formaient une paire assez menaçante.

— On savait pas qu'il était à vous, messire, dit le second homme en libérant Gil. On croyait que c'était un fugitif.

— Gil ? Certainement pas. Il a probablement vu quelque chose d'intéressant quand nous sommes passés par là il y a un certain temps. N'est-ce pas, mon gars ?

— Oui, messire, répondit l'enfant. Il y avait un cheval blanc dans la prairie, mais il est parti maintenant.

— C'est que c'est un animal intelligent, conclut Oliver. Il fait trop chaud pour être en plein soleil. Je vous souhaite la bonne journée, gentilshommes.

Un bras négligemment jeté sur l'épaule de Gil, il ramena l'enfant vers le taillis.

— Je me moque de savoir combien d'orphelins ou de fugitifs passent par ici, grogna le sergent. Je vais dormir. Narcís, dit-il en le poussant de sa botte, va relever Gabriel.

Dès qu'il vit le garde debout, il s'allongea, son paquetage sous la nuque, et s'endormit presque aussitôt.

— Moi aussi, je vais dormir, dit Oliver qui prit son sac et s'installa sous un gros arbre, un peu à l'écart. Mais dis donc, mon gars, viens ici un instant, je voudrais te parler.

Gil le regarda, mi-curieux mi-soupçonneux, et le suivit. Il s'assit à côté de lui, les genoux remontés jusqu'au menton et la tunique serrée autour des mollets.

— Je peux comprendre pourquoi tu ne veux pas revenir à Barcelone, dit Oliver.

— Je n'ai pas dit que je venais de là...

— Chut. Tu es né et tu as grandi dans cette ville, et ta situation était plus élevée que celle d'aide de cuisine. C'est dans ta voix. Mais puisque tu ne veux pas en parler, nous n'en parlerons pas. Je conviens que tu trouves imprudent d'y retourner. Tu sais mieux que moi pourquoi.

— Oui, messire.

— Mon nom est Oliver Climent. Pas messire. Et ce qui compte, en dehors du fait que je suis désireux de t'aider, c'est que j'ai une amie en qui j'ai une confiance absolue. Et à qui je pourrais te confier avec une égale confiance.

— Qui ? demanda Gil, un peu tendu.

— On l'appelle tante Mundina. Et elle te prendra chez elle. Elle vit à Santa Maria, et nous allons passer devant chez elle. Elle saura comment utiliser deux mains habiles comme les tiennes. Et tu mangeras à ta faim chez tante Mundina.

— Mais je dois aller à Gérone, dit Gil sur un ton désespéré. C'est la seule ville où...

Il s'arrêta, et ses yeux s'emplirent de larmes.

— Allons, mon gars, ne pleure pas. Si tu dois te rendre à Gérone, nous nous arrêterons chez tante Mundina à notre retour. Car nous allons revenir, je te le jure. L'évêque n'aimerait pas perdre quatre gardes, leurs chevaux et ses meilleures bêtes de somme.

Gil eut un sourire timide.

— Pourquoi faites-vous tout ça ? Je ne comprends pas.

— Je suis furieux de voir qu'un enfant puisse être vendu comme une marchandise à un riche étranger — car tu es un joli garçon, et c'est ce qui arriverait —, tout ça parce qu'une femme de la ville ne pense qu'à l'argent.

— C'est ce que m'a répété la cuisinière.

— Mais dis-moi, si tu le peux, pourquoi Gérone ?

— Je crois que ma mère a de la famille là-bas, dit enfin le garçon.

— Et tu espères la retrouver ? Je ne crois pas que ta mère soit morte. Elle t'a mise chez les frères parce qu'elle ne pouvait plus te nourrir. Cela n'a rien de honteux, ajouta Oliver, c'est une chose trop fréquente.

Gil garda un silence obstiné — ou apeuré.

— Tu espères qu'elle vit chez un parent. Peut-être lui a-t-il dit qu'il ne pouvait accueillir qu'une personne, pas deux.

— Non. Ma mère est morte. Et même si elle était en vie, elle ne serait pas là. Je veux dire, si elle se cachait, on la rechercherait en premier lieu dans la maison d'un parent, non ?

— Et pourquoi se cacherait-elle ?

— Elle ne se cache pas, répéta l'enfant. Elle est morte. Je le sais.

— Qui est ce parent ? lui demanda Oliver. Je connais certaines personnes à Gérone, et le sergent connaît tout le monde, même les mendiants qui quêtent aux portes avec leurs chiens.

— Je n'ai jamais entendu son nom. Mais lui doit savoir le nom de ma mère. Je demanderai si quelqu'un la connaît.

— Mais toi, insista Oliver, ta maîtresse ne va-t-elle pas te chercher dans la maison de ce parent et demander à te reprendre ?

— Elle ignore le nom de ma famille. De même pour les frères. Elle ne me retrouvera pas ainsi. Personne ne peut me trouver si je vais là-bas, dit-il tandis que ses paupières s'alourdissaient. J'y serai en sécurité, personne ne me...

Soudain, le garçon s'endormit avec la brusquerie d'un jeune chien. Comme il basculait, Oliver le rattrapa. Sa tête se posa doucement sur la cuisse de l'homme.

Oliver plaça son paquetage derrière sa tête et s'allongea en prenant soin de ne pas bouger la jambe. Il était las, mais il mit tout de même beaucoup de temps à s'assoupir, car bien des éléments du récit de cet enfant lui paraissaient mystérieux, à commencer par son nom.

CHAPITRE IV

— Un habile médecin ne devrait pas jouer les messagers, je le sais, dit Berenguer qui ne semblait nullement contrit.

— J'ai été heureux de me mettre au service de Votre Excellence.

— Ces échanges doivent s'effectuer de manière discrète, poursuivit-il. Et moins de gens sont au courant, mieux c'est. Bernat ou mon capitaine, ou encore mon excellent sergent les portent habituellement, mais le capitaine est devenu trop connu dans cette région.

— En un mot, vous ne faites pas autant confiance à vos gardes qu'ils pourraient le croire, dit Isaac, amusé.

— Certains membres de mon escorte sont peut-être trop curieux. Je pourrais sans doute confier à nombre d'entre eux l'or de la cathédrale ou des secrets que j'ai en ma possession, mais pas les documents de Sa Majesté. C'est pour Don Pedro que vous m'avez rendu ce service.

— Nous devons assister de notre mieux Don Pedro. Et cet incident ne fut pas sans intérêt.

Il raconta à l'évêque comment maître Luis, fou furieux, avait été repoussé par un vieillard courageux.

— Maître Luis est une épine à mon côté, dit

l'évêque. Mon épreuve quotidienne. Il renforce mon âme. Le connaissez-vous ?

— Vaguement, répondit Isaac. Il n'est pas de mes patients.

— Il est toujours à ma porte, à demander que je fasse quelque chose à l'encontre de ses voisins au comportement mauvais. Quant aux gens de cette maison, je doute qu'il les connaisse. Cela fait au moins vingt ans qu'ils ne vivent pas sur leurs terres. La propriété est tenue par un bailli et quelques domestiques. J'en déduis qu'une personne liée à cette maison — peut-être même le maître — est un loyal serviteur de Sa Majesté.

— De toute évidence, Votre Excellence.

— C'est cependant un autre serviteur du roi qui me préoccupe aujourd'hui.

— Pasqual Robert était donc au service de Sa Majesté ? s'enquit Isaac.

— Il l'était, dit Berenguer. Et Sa Majesté ne sera pas heureuse d'apprendre qu'il a été assassiné à l'une de nos portes, à quelques pas de nous, sans que nous ayons la moindre idée de l'identité de l'auteur de ce crime.

— Nous avons entendu des bruits, dit prudemment Isaac. Bien que, s'il s'agit de son meurtrier, vous cherchiez un assassin capable de courir aussi vite et aussi silencieusement que la pensée elle-même.

— Comment ?

— Oui, Votre Excellence. Comment aurait-il pu échapper à vos officiers autrement ?

— Ont-ils mis beaucoup de temps à s'élancer après lui ?

— Pas beaucoup, Votre Excellence.

— Cela m'a paru très long, pour ma part — assez long pour qu'un assassin franchisse la rivière et disparaisse.

— Je ne le crois pas, Votre Excellence.

— Vous vous fourvoyez, maître Isaac. Nous avons entendu ce bruit terrible, et maître Pasqual n'est apparu que plus tard. Pendant tout ce temps, nous étions pareils à des blocs de pierre, à ne rien faire.

— Le temps joue des tours à nos sens, Votre Excellence, murmura le médecin. Avez-vous pu voir s'il y avait du sang sur sa mule ?

— Mes yeux ne sont pas assez perçants, maître Isaac. Et je m'intéressais plus à cet homme qu'à sa mule. Quelqu'un le sait, sans aucun doute. Bernat ! appela-t-il, et son secrétaire ouvrit la porte de la pièce adjacente.

— Oui, Votre Excellence ?

— Y avait-il du sang sur la mule de Pasqual ?

— Un instant, Votre Excellence.

Et Bernat disparut.

— Nous parlions du temps qui a effectivement passé, Votre Excellence, dit Isaac, plutôt que du temps qui a semblé passer à cause de votre surprise.

— Vous n'avez pas été étonné, maître Isaac ?

— Je peux l'être, Votre Excellence, mais pas par le son de la violence humaine. C'est chose trop commune. Ce matin, à l'aube, j'ai entendu un homme crier et un claquement de sabots sur le pavé. Ce que je n'ai pas entendu, Votre Excellence, c'est le bruit d'un cavalier qui s'enfuit au galop. Ou de pieds qui courent.

— C'est vrai, reconnut Berenguer. Moi non plus. Je ne m'en souviens pas, tout au moins.

— Ensuite, reprit le médecin, après un intervalle pendant lequel on pourrait compter lentement jusqu'à deux, ma femme a poussé un cri. Est-ce là que Pasqual est apparu ?

— Oui.

— J'ai entendu différents bruits de pas. On m'a dit

que Pasqual a parcouru quelques pas quand Oliver courait vers lui. Oliver l'a rattrapé alors qu'il tombait, a vu le couteau et demandé du secours. Les gardes sont partis aussitôt. Si je compte à partir de cet instant, dit le médecin en frappant dans ses mains puis en s'arrêtant, oui, les gardes ont franchi la porte, et il n'y a nulle trace de l'assassin.

— C'est un peu bref pour qu'un assassin s'enfuie, dit l'évêque. En êtes-vous sûr ?

— Tout à fait, Votre Excellence. Je ne suis pas distrait par mes autres sens.

— Et l'on ne peut porter de loin pareil coup.

— Non, Votre Excellence. Si l'on avait trouvé une flèche plantée dans son dos, il serait plus facile de croire qu'il a crié au moment d'être frappé. Bien sûr, il est toujours possible d'admettre que la porte d'une maison voisine se soit ouverte pour accueillir l'assassin.

— Quelqu'un — vous, mon ami à l'ouïe si fine — l'aurait entendue, fit remarquer Berenguer. Et ce n'est pas le cas. Lequel des habitants de Sant Feliu vivant tout près des portes pourrait porter une haine mortelle à Pasqual Robert ? ajouta-t-il après un instant. Non, je n'y crois pas. Il menait une existence des plus discrètes. Personne dans la ville ne l'aurait cru riche ou puissant. Personne. J'en suis persuadé.

— Par conséquent, dit Isaac, il a été attaqué plus tôt.

— Vous avez raison, fit Berenguer. Pasqual a été attaqué à une certaine distance de là et a chevauché vers la porte pour chercher de l'aide.

La porte s'ouvrit et Bernat fit entrer le capitaine de la garde.

— Votre Excellence a demandé s'il y avait du sang sur la mule ?

— Oui, capitaine. Y en avait-il ?

— Oui. Sur le flanc et sur la selle. Les palefreniers

l'ont nettoyé sans penser un instant qu'on aimerait le voir.

— Pasqual a donc été agressé alors qu'il était sur sa mule, murmura l'évêque.

— C'est ce que je crois, Votre Excellence, dit le capitaine. Et il a dû y rester encore quelque temps après. Avec le couteau dans la plaie, il n'y avait pas une grande effusion de sang.

— Oui, dit Isaac. Nous l'avons tué en retirant l'arme.

— Qu'auriez-vous pu faire d'autre ?

— Rien, avoua le médecin. Il n'aurait pu vivre avec ce couteau en lui, et la blessure était trop large et trop profonde pour que je sois en mesure de l'étancher.

— J'ai vu cette arme, mon ami, le rassura Berenguer. Nul n'aurait pu survivre.

— Probablement...

— Mais il est certainement difficile pour un cavalier d'en poignarder un autre avec autant de précision, fit remarquer l'évêque.

— Ils devaient se tenir tout près l'un de l'autre, en conférence très intime, dit le capitaine.

— Vous supposez par là qu'il a été tué par un ami ? demanda Berenguer.

— Ami ou pas, c'est difficile à affirmer. Mais certainement pas par un ennemi connu. On ne peut se débarrasser ainsi d'un ennemi.

— Voilà qui me donne beaucoup à penser, dit l'évêque. Je vous remercie de votre aide, capitaine. Vous aussi, Bernat, ajouta-t-il avec un geste de la main destiné à les renvoyer tous deux.

— Votre Excellence n'est pas heureuse des propos du capitaine, déclara Isaac dès que les deux hommes eurent disparu.

— Cela crée des difficultés. Et je suis certain que sa mort est l'œuvre d'un Castillan.

— Un Castillan, Votre Excellence ? s'étonna Isaac. Mais pourquoi ?

— Parce que, mon discret ami, dit l'évêque en baissant la voix, au jour de sa mort, il était employé par Sa Majesté pour observer les événements qui se déroulent en Castille. Je ne serais pas étonné si quelqu'un l'avait découvert. Aussi brillant fût-il, il menait une mission d'autant plus dangereuse qu'il la remplissait depuis longtemps.

— Cela explique beaucoup de choses. Était-il lui-même castillan ? Lors de mes rares contacts avec lui, j'ai noté un très léger accent.

— Non. Il venait d'Aragon. C'était un homme accompli. Sa mère était peut-être originaire de Castille. C'est la seule explication qui tienne, maître Isaac. Ils ont découvert ce qu'il était et ont envoyé quelqu'un se débarrasser de lui. De tels événements surviennent des deux côtés de la frontière. Je suis désolé que cela ait pu lui arriver, et ici, où il se sentait relativement en sûreté. Je le comptais au nombre de mes amis.

— Vous m'en voyez navré, Votre Excellence.

— Mais il y a une autre possibilité, reprit l'évêque. Plus angoissante encore.

— Et laquelle est-ce, Votre Excellence ?

— Qu'il fût un traître. S'il espionnait également pour le compte d'un autre pays, un des serviteurs de Sa Majesté aurait pu le tuer. Il eût été préférable de l'arrêter pour trahison.

— Oliver Climent, vous voulez dire.

— Vous l'aviez compris, maître Isaac ?

— Puisque les deux hommes, Votre Excellence, se parlaient sur le ton de la confidence, tout en semblant avoir du mal à masquer une relation de longue date, il est logique d'en déduire que c'étaient de vieux compagnons d'armes.

— Si Oliver l'a tué, alors sa mort ne me regarde

pas, et Oliver devra rapporter l'incident à Sa Majesté, qui en fera ce qu'elle désire, dit Berenguer. Non, je crois plus probable qu'il a été tué par des Castillans.

— Mais pourquoi un Castillan le suivrait-il en Aragon et jusque dans cette ville pour le tuer, s'exposant ainsi aux plus grands risques pour lui-même? Cela n'a pas de sens. Comme bien des choses en matière de guerre et de diplomatie, d'ailleurs, s'empressa-t-il d'ajouter avec tact.

— Nous en rediscuterons, mon ami. Pour l'heure, il y a beaucoup à faire à la suite de ce terrible événement. Je vous enverrai chercher quand j'aurai suffisamment de loisir.

— Et moi, je dois rentrer chez moi pour dîner, Votre Excellence, dit Isaac en prenant congé.

— Pourquoi quelqu'un voudrait-il tuer Pasqual Robert? demanda Raquel qui, ayant perdu tout appétit, dédaignait son dîner.

— Je l'ignore, ma chérie, répondit son père d'un air las.

Ils étaient assis autour de la table à tréteaux de la cour, à l'ombre d'un bel arbre vert. On y avait disposé une grande variété de plats excellemment préparés, idéals pour exciter la faim en une belle journée comme celle-là : sardines grillées, arrivées le matin même de la côte, légumes froids et épicés, pois chiches aux herbes et au vinaigre, poulet cuit aux abricots. Il y avait aussi du vin et des cruches de boissons fraîches parfumées à la menthe, au citron et au zeste d'orange.

— Il avait l'air si inoffensif, reprit Raquel. Était-ce un coureur de jupons, papa? Il aurait pu être tué par un mari jaloux.

— Je n'ai rien entendu de tel, répondit son père qui semblait n'avoir pas plus d'appétit que sa fille, ou même que sa femme.

Seuls les jumeaux avaient mangé goulûment leurs plats préférés ; à leur grande surprise, on les autorisa à quitter la table quand ils le demandèrent.

— Yusuf le saurait, dit Raquel d'un air sombre. J'ignore toujours comment il fait pour collecter tant d'informations sur autant de monde. Cela m'a toujours surprise qu'on lui raconte ce qui ne le regarde pas.

— C'est parce qu'il fréquente les cuisines et écoute les serviteurs, dit Isaac, pendant que toi et moi soignons les malades dans leurs chambres.

— Même si eux aussi vous disent tout, reprit Raquel en mordant dans un fruit.

— Les maîtres et les maîtresses n'en savent jamais autant que leur domesticité, intervint Judith.

— Je suppose qu'il en est ainsi, dit Raquel en reposant la pêche à moitié mangée. Cela fait drôle de ne pas avoir Yusuf avec nous. Il me manque.

— Il n'est tout de même pas parti dans un endroit si dangereux que ça, Raquel, lui dit sa mère. Il sera de retour avant les fêtes. Tout comme Daniel. Tu ferais mieux de te mettre à ton trousseau.

— Mais, maman, c'est vous qui avez dit...

— Son Excellence croit qu'un étranger a tué Pasqual, dit Isaac pour faire diversion. Elle dit qu'aucun habitant de cette ville n'aurait pu le poignarder.

— Un étranger ? fit Judith, sceptique. Pourquoi ?

— C'est une chose commune, lui répondit son époux. Et un danger pour un homme qui voyage seul sur une route déserte.

— Vous laissez entendre qu'un vulgaire voleur l'a tué pour lui prendre son argent et ses biens ?

— Non, ma mie. C'est Son Excellence qui soutient cette thèse. Personnellement, je n'en sais rien.

— Et qu'il l'a laissé à moitié mort, capable de nommer, ou tout au moins de décrire son assaillant, reprit-elle. En outre...

— N'importe quel voleur sait qu'un tel coup est fatal, tôt ou tard, dit Isaac. De plus, Pasqual n'a peut-être pas vu ses traits.

— Dans ce cas, pourquoi lui laisser son paquetage avec son argent, ses papiers et ses habits de rechange, de fort bonne qualité d'ailleurs ? ajouta-t-elle triomphalement. Sans parler de son excellente mule. Voilà un piètre voleur !

— Que savez-vous de ses effets ? demanda Isaac.

— J'étais là, Isaac. Pendant que Raquel et vous lui veniez en aide, j'ai fait de mon mieux. J'ai ramassé tout ce qu'il a fait tomber, je l'ai plié et j'en ai fait un tas bien propre. En plus de son linge de rechange, il avait une bourse de cuir avec beaucoup d'argent dedans et certains papiers couverts d'écriture.

— Des lettres ? Vous savez s'il s'agissait de lettres ?

— Je l'ignore, Isaac. Comment le saurais-je ? C'étaient des feuilles de papier, écrites des deux côtés.

— Vous les avez rangées avec les vêtements ?

— Bien entendu. Elles étaient tombées d'un sac en soie et je les y ai remises. De la soie brune. Très lourde, avec une bordure couleur crème. J'ai remis le tout dans ses effets, j'ai fait de même pour l'or, et voilà.

— Qui l'a pris ? Vous avez vu ?

— Qui l'a pris ? dit Judith indignée. Personne. J'ai tout confié au capitaine.

— Il faut que j'informe Son Excellence, dit Isaac en commençant à se lever.

— Pas maintenant, lui conseilla sa femme. Je vous en prie. Il fait trop chaud dehors. Toutes les personnes raisonnables de cette ville font la sieste, y compris Son Excellence. J'aimerais que vous vous reposiez vous aussi. Vous avez passé la moitié de la nuit debout, comme nous tous. Ce message attendra.

— Vous avez raison, ma mie, je vais me reposer un instant.

— Vous, papa ? dit Raquel quand sa mère eut quitté la table pour aller chercher les jumeaux. Maman a réussi à vous convaincre ?

— Ta mère m'a rappelé que Son Excellence s'est levée très tôt ce matin et qu'elle dort certainement à cette heure-ci. Le temps n'est pas à la discussion. Cette nouvelle dont ta mère nous a fait part est intéressante, mais on peut attendre pour la divulguer.

CHAPITRE V

Les ombres s'allongeaient sous les arbres proches du petit torrent. Les trois gardes ne remplissaient plus leur fonction : Miquel se reposait près des bagages et Narcís dans la prairie. Quant à Gabriel, il sommeillait à même le sol. L'herbe frissonnait parfois au souffle du vent ; les mules et les chevaux paissaient, somnolaient ou marchaient dans l'eau, à leur gré. Le silence régnait.

Oliver avait dormi profondément pendant une heure et était maintenant bien réveillé. Apparemment, le garçon qui se tenait à ses côtés n'avait pas bougé de l'après-midi. Combien de temps avait pu s'écouler, se demanda-t-il, entre le moment où il avait mangé pour la dernière fois et celui où ils s'étaient rencontrés ? Des jours, probablement. Il ne servait à rien de le réveiller tout de suite, mais Oliver jugea que ce garçon n'aimerait peut-être pas apprendre qu'il avait dormi si longtemps sur la jambe d'un étranger, sa cuisse plus précisément. Doucement, il se remit en position assise, prit son paquetage et le glissa sous la nuque de Gil pendant qu'il déplaçait sa jambe.

Il se leva, s'étira voluptueusement et se dirigea vers l'autre côté de la clairière où ils avaient établi leur petit campement. Il s'assit près du sergent, à l'écart des autres.

— Qu'est-ce que vous en pensez, Domingo ? lui demanda Oliver.

— Que ce petit gars s'est trouvé une couche agréable, répondit le sergent d'un ton amusé.

— C'est tout ce que ça vous inspire ? dit Oliver en riant. J'ai beaucoup bourlingué, mon ami, et vous en avez fait de même. Je puis vous l'assurer, il ne s'est pas conduit avec moi comme un gosse des rues.

— Il est peut-être aux ordres de quelqu'un. Certaines personnes aimeraient connaître nos points faibles, suggéra le sergent en levant les yeux vers le ciel.

— C'est possible. On a déjà essayé sur moi. Des femmes et aussi des enfants. Mais ne vous inquiétez pas. Je l'ai à l'œil. J'ai essayé de le sonder sur son passé au moment où il tombait de sommeil.

— Et alors ? Vous avez appris quelque chose ?

— Il raconte qu'il a un parent à Gérone, ce qui est peut-être vrai, peut-être pas. Je n'ai pu lui arracher le moindre nom. Il essayait de m'expliquer pourquoi il n'avait pas besoin de notre aide quand ses yeux se sont fermés et qu'il s'est écroulé au beau milieu de sa phrase. J'ai cru un instant que quelqu'un l'avait assommé. Ça m'a fait l'effet d'un chaton sauvage qui joue et s'endort brusquement contre vous. J'avoue que je me laisse facilement apitoyer.

— Il doit se sentir en sécurité ici, dit le sergent. Ce qui veut dire que s'il est honnête, il n'est pas bien malin. Il ne peut savoir si nous sommes vraiment ce que nous prétendons être.

— C'est possible, mais nous n'aurons pas longtemps à nous en soucier. J'ai pensé le laisser demain chez une femme discrète, une de mes connaissances qui habite Santa Maria. Chez elle, il ne craindra rien. Et elle sera à même de lui donner du travail. Plus tard, s'il ne s'est pas enfui entre-temps, je pourrais lui trouver une activité plus intéressante que de trimer dans une arrière-cuisine. Certains amis ont une dette envers moi.

— C'est ça l'inconvénient quand quelqu'un vous aide, fit remarquer le sergent. On se sent obligé à tout jamais. Voulez-vous que nous levions le camp, ou attendrons-nous que les ombres s'allongent un peu plus ?

— Je dirais dans une heure. Laissons dormir les enfants, dit Oliver avec un geste de la main qui englobait Gabriel, Yusuf et Gil. Je vais relever Narcís jusqu'à notre départ.

— Je viens avec vous. Je dois jeter un coup d'œil aux bêtes puis remplacer Miquel, qui somnole au lieu de veiller sur les bagages.

— Dans ce cas, dit Oliver, vous allez m'aider à porter mes effets personnels. Il y a là-bas un petit tertre rocheux où je peux les dissimuler et être certain de les retrouver dans une semaine ou deux. Je les récupérerai à notre retour.

Le soleil commençait à prendre une teinte rougeâtre quand Oliver et le sergent réveillèrent les autres. Les gardes grommelèrent et se rassemblèrent assez rapidement sous le regard sévère de leur sergent. Yusuf eut du mal à s'arracher à un profond sommeil ; il finit par s'asseoir et à regarder alentour, l'œil vitreux. Sur le conseil des autres, il alla au torrent s'asperger la tête d'eau froide. Malgré toute cette agitation, Gil ne bougea pas.

— Debout, mon gars, lui dit le sergent. On s'en va.

Gil eut un mouvement de recul, comme s'il voulait se cacher sous terre.

— Réveillez-le ! lança le sergent à Oliver. C'est votre problème. Il faut que je surveille le chargement, sinon ils vont encore tout faire porter à cette pauvre Golondrina. Elle va finir par boiter.

Oliver se pencha au-dessus de l'enfant.

— Gil ! dit-il d'une voix assez forte. Allez, debout !

Pas la moindre réaction. Il cria plus fort et, comme le garçon ne réagissait toujours pas, posa la main sur son épaule et le secoua.

— Allez, lève-toi, mon gars, ou on te laisse là !

Il le secoua encore, et l'enfant se redressa brusquement, terrorisé.

Il cligna des yeux et regarda autour de lui comme s'il ne savait où il se trouvait.

— Señor, finit-il par dire. Pardonnez-moi. Je me suis endormi.

— Tu peux le dire, oui. Va te laver dans le torrent, ça te réveillera. Nous partons dans un instant.

Le sergent, Miquel et Yusuf s'étaient tous débarrassés de leurs chemises et se lavaient à la hâte. Oliver remarqua avec un certain amusement que son petit protégé était soit très timide, soit très nerveux, car il alla se cacher derrière un buisson pour se déshabiller.

Yusuf s'avança vers lui.

— Allez, je sais ce que tu peux ressentir, murmura-t-il. Mais ne t'en fais pas pour les gardes. Ils racontent des bêtises, mais ils ne t'embêteront pas. Ils dépensent toute leur solde chez les femmes. Je les ai vus.

Nulle réponse ne sortit des broussailles. Yusuf haussa les épaules et entreprit de remettre ses habits. Quand le garçon apparut, il avait de toute évidence changé d'avis à propos de la baignade. Il n'avait ôté que sa culotte et ses souliers déchirés. Il attendit que les autres fussent sortis, puis s'avança pieds nus dans le torrent, s'empressa de laver son visage et ses bras dans l'eau froide, et revint en courant vers la rive.

Le chargement des bêtes se passait bien. Le sergent regardait d'un air pensif les plats et les cruchons.

— Laisse-les là, dit-il à Miquel. La paysanne qui les trouvera en fera bon usage, je n'en doute pas.

— Mais ils appartiennent à maîtresse Judith, dit Yusuf qui imaginait la réaction de Naomi devant la disparition d'une partie de sa vaisselle.

— Je lui en rachèterai à Barcelone, dit le sergent. Après tout, les mules ne porteront à leur retour qu'un nombre insignifiant de choses destinées au palais.

— Nous pouvons monter en selle, sergent ? demanda Miquel. Ou faudra-t-il marcher ?

— Nous allons répartir le poids et monter. Où mettrons-nous le petit gars ? dit-il à Oliver.

— Il peut venir avec moi, dit Yusuf. Il n'a pas l'air de peser très lourd.

Oliver tendit la main, saisit Gil par la taille et le souleva doucement de terre. Mais l'enfant poussa un cri étranglé et se mit à trembler.

— Par tous les saints, mon garçon, lui dit Oliver, calme-toi. À moins que quelqu'un ne t'ait caressé les côtes. Si c'est le cas, pardonne-moi. Je vais y jeter un coup d'œil.

— Non, non, j'ai été surpris, c'est tout. Excusez-moi.

— Ce n'est pas la peine de t'excuser. Il ne pèse pratiquement rien, sergent, dit Oliver. J'ai une autre idée. J'ai caché une partie de mes affaires. Mon cheval portera le reste, et Gil montera sur Neta. La jument de Yusuf prendra quelques-uns des bagages des mules.

Le sergent se tourna vers le pré. Le cheval d'Oliver paissait paisiblement avec les autres bêtes : il était assez fort pour porter un homme en armure légère et ne rechignerait certainement pas si à son maître s'ajoutaient quelques lourds paquets.

— Cela devrait aller, dit-il. Amenez ici les bêtes,

ajouta-t-il à l'adresse des gardes. On va voir ce qu'on peut faire. Golondrina prendra les deux gros coffres : ils tiendront dans ses paniers de bât, de plus ils sont rembourrés. Si elle n'a que ça, tout ira bien.

— Tiens, pendant que je faisais le tri dans mes effets, dit Oliver, je t'ai trouvé ça, mon gars. Ce n'est pas une armure, mais ça te protégera tout autant.

Il lança un vêtement gris à Gil.

— Enfile-le. Tu sais monter ?

— Je vais essayer, señor, répondit Gil avec cet air fier et opiniâtre qui s'affichait parfois sur son visage.

Il déplia le vêtement et le contempla : c'était un habit de moine.

— C'est à vous ?

— Non, je ne suis pas un religieux, lui dit Oliver, si c'est ce que tu désires savoir. Pour l'instant, cette robe m'appartient. Elle a été coupée pour quelqu'un de plus petit que moi, mais, je le crains, de plus grand que toi. Si tu la remontes à la taille, elle ne traînera pas à terre et ça ne choquera pas. Avec de l'entraînement, tu apprendras à déambuler avec. Prends-la. Elle est à toi.

Gil l'arrangea si bien qu'il avait tout l'air d'un moinillon.

— Parfait, dit le sergent. Voilà qui amusera Son Excellence. Il ne lui manque plus que la tonsure !

Gil sursauta et porta la main à son crâne.

— Ne t'inquiète pas. Si nous voyons quelqu'un susceptible de te nuire, rabats le capuchon sur ta tête et fais semblant de prier.

Le sergent rit de bon cœur pour la première fois depuis le matin.

La petite troupe se remit en chemin. Elle avait tout juste parcouru un peu plus d'une lieue que les cloches d'une église lointaine appelèrent aux vêpres.

— Nous sommes en retard, dit Oliver.

— C'est possible, mais nous allons à un meilleur

rythme, répliqua le sergent. Si nous le maintenons, nous arriverons à la côte avant d'avoir à nous arrêter.

La route serpenta, puis monta et redescendit sous le soleil qui déclinait. Celui-ci disparut enfin derrière l'horizon et, très lentement, la lumière baissa. Ils venaient de franchir la crête d'une petite colline quand parvint aux narines de Yusuf l'odeur inimitable du sel et des poissons.

— La mer, je la sens d'ici...

— C'est exact, dit le sergent en se rapprochant de lui. Exactement là où elle est censée se trouver. Nous devons maintenant songer à faire halte. À votre avis, pendant combien de temps pouvons-nous encore chevaucher ? demanda-t-il à Oliver avec la politesse requise pour s'adresser à un homme de statut supérieur.

— Une heure, peut-être.

— Pas plus. Nous devrions aussi resserrer notre formation, dit-il en désignant le groupe de mules et de gardes qui s'étirait sur le chemin.

— C'est aussi mon avis. Vous avez des archers ?

— Pourquoi croyez-vous que nous avons emmené avec nous cet imbécile de Narcís ?

— Il est bon ?

— Il n'y a pas meilleur que lui. Et il est peut-être temps qu'il bande son arc. Gabriel aussi, même si ce n'est pas un expert.

— Il y a un village de l'autre côté de cette colline, dit le sergent avec une certaine nostalgie dans la voix.

Il chevauchait à l'arrière de la procession aux côtés de Narcís, qui tenait son arc prêt à servir à la moindre alerte et scrutait attentivement le paysage environnant.

— Si nous n'étions pas si lourdement chargés, nous pourrions y trouver vin et bonne chère avant de nous installer pour la nuit. L'endroit que j'ai en tête n'est pas très loin derrière.

— Comment s'appelle ce village ?

— Je ne m'en souviens pas. J'ignore même s'il a un nom. La taverne est délabrée ; à côté, on trouve une paire de masures qui se dressent là de toute éternité. Mais le feu y est agréable en hiver, et en été, on peut s'asseoir à l'ombre des arbres et profiter de la brise marine. Une jolie fille vivait dans l'une de ces masures...

Mais comme il semblait peu probable qu'ils jouissent des délices de la maison, Narcís bâilla et se désintéressa de la conversation.

En tête du groupe, Oliver parvint au sommet de la colline et arrêta brusquement son cheval. Le puissant animal secoua la tête, agitant ses rênes. Derrière lui, les mules ralentirent le pas.

— Mon Dieu, regardez ! s'écria-t-il en désignant quelque chose.

En un instant, Narcís fut prêt à décocher une flèche et le sergent tira son épée. Mais Oliver se remit en marche et, au lieu de former une ligne de défense autour des mules, ceux qui venaient en tête continuèrent selon la même formation.

— Soyez sur vos gardes, dit le sergent avant de rattraper Oliver. Que se passe-t-il ? Je croyais que nous étions attaqués... Oh, Seigneur ! s'écria-t-il en apercevant le minuscule village.

— Des pillards, dit simplement Oliver.

Les deux hommes regardèrent la carcasse incendiée des deux masures et de l'auberge tant prisée par le sergent.

— Cela date de peu. Un petit endroit comme celui-là n'a rien pour se protéger.

— Des marchands d'esclaves, dit le sergent en repensant à la jolie fille.

— Oui. Il n'y a pas d'or ici, rien que des gens.

— Nous devrions poursuivre jusqu'à la nuit, conclut le sergent, plein d'amertume. Il fait de plus en plus sombre...

Alors qu'il y avait encore assez de lumière pour voir le paysage alentour, le sergent cria de s'arrêter.

— En haut de ce chemin, il y a un ruisseau et un abri. Si la cabane a disparu, il restera bien une botte de foin non loin de là. C'est plus sûr qu'une auberge, et on ne trouvera jamais mieux avant la nuit.

Ils empruntèrent le chemin qui suivait une pente assez douce et trouvèrent une cabane grossière faite de trois murs et d'un toit. Elle contenait du foin, et rien d'autre.

— Je me sentirais mieux avec une paire de molosses, dit le sergent.

— Ça ne va pas ?

— Si, mais j'ai hâte de retrouver la route.

— Sergent, l'appela Miquel, regardez !

À l'horizon, à peine visible dans la lumière qui se mourait, une grosse masse de nuages s'approchait d'eux à vive allure. Le sergent huma l'air.

— La pluie. Cette expédition est vraiment maudite.

— Il fera plus frais s'il pleut, dit Narcís.

— Tiens ta langue, imbécile, et entasse plutôt les bagages dans ce coin. Proprement, pour que nous puissions repartir avant la fin de la semaine prochaine ! Dès qu'on aura mangé, tu feras entrer les bêtes avec nous.

— On ne les laisse pas paître ? demanda Miquel.

— Ça, tu sais comment ça s'appelle ?

— Du foin, sergent.

— Exact. Pendant qu'on dort, je veux que les bêtes soient là-dedans. Les mules vont faire tout un remue-ménage si quelqu'un s'approche. Et il vaut quand même mieux qu'on reste au sec. Il va pleuvoir.

Au loin, un éclair ponctua sa prédiction.

Tout au fond de la cabane, dans un coin, quelqu'un avait disposé des planches afin de fabriquer une sorte d'étagère grossière, à peu près à hauteur du visage d'Oliver. Il en éprouva la solidité, hocha la tête de satisfaction et y jeta plusieurs brassées de foin.

Les rations du soir — du pain, du fromage, du jambon sec et du vin — avaient été distribuées et l'on avait fait entrer les bêtes. L'intérieur de la cabane était sombre, chaud, lourd d'humidité. Le tonnerre roulait dans le lointain, et des éclairs déchiraient la nuit. Oliver leva la lanterne équipée d'une unique bougie et regarda. Tout le monde était à l'intérieur, mollement installé — à l'exception du garçon. Il chercha le petit balluchon de Gil. Lui aussi était invisible.

Bien qu'il eût prédit au sergent que Gil s'esquiverait à la première occasion, Oliver se sentait à la fois troublé et ridicule. Que le garçon se fût enfui sous le coup de la panique n'avait pas d'importance. Ou qu'il l'eût fait après réflexion. Il avait attendu de manger puis s'était glissé au-dehors, profitant de ce que l'on rentrait les bêtes — pour rejoindre un complice, peut-être... cela voulait dire qu'ils avaient tout intérêt à rester sur leurs gardes. Il se fraya alors un chemin parmi les animaux jusqu'à l'entrée, où des cordes et des planches éparses formaient une barrière symbolique.

C'est alors qu'un éclair zébra le ciel et qu'il vit une petite silhouette mal vêtue trottiner en direction de la cabane, un paquet sous le bras.

— Où étais-tu passé ? lui dit Oliver, à voix basse pour ne pas déranger les autres.

— Au ruisseau, je suis allé me laver, répondit l'enfant.

— Tu as vu quelqu'un dans les environs ?

demanda Oliver, gêné d'avoir ainsi réagi, mais toujours soupçonneux.

— Non, señor. J'ai essayé de passer inaperçu. J'ai cru entendre quelqu'un là-bas, sur la grand-route.

— J'ai pensé que tu étais le seul d'entre nous à ne pas être armé. Nous pourrions avoir des problèmes cette nuit. J'ai voulu t'arranger un coin où dormir.

— Des problèmes ? répéta Gil d'une voix tremblante.

Oliver ne répondit pas.

— Où vais-je dormir ? Pas dehors ?

— Avec l'orage ? Ne sois pas ridicule. Entre. Et ne marche sur personne. C'est bondé, ici. Tiens, là, ajouta-t-il à voix basse quand ils furent arrivés au fond de la cabane. Il y a du foin pour faire un lit. Je crois que tu es assez menu pour y tenir, et les planches vont pouvoir te supporter. La seule personne assez petite pour coucher là, c'est Yusuf, et il s'est déjà trouvé un coin à lui.

— Comment vais-je y monter ?

— Ah, tu ne grimpes jamais aux arbres ? Tiens, dit-il en croisant ses doigts, je vais t'aider.

Le garçon se hissa sur l'étagère et passa quelques instants à arranger le foin et à disposer ses affaires personnelles. Puis il se pencha et dit :

— Merci, señor, et bonne nuit. Où allez-vous dormir ?

— Juste dessous.

— C'est pour me protéger ou me garder prisonnier ?

Suscité par l'indignation et un sentiment de culpabilité, un démenti lui vint aux lèvres, mais il préféra éclater de rire.

— C'est à toi de décider, mon garçon.

Malgré tout, il choisit soigneusement la position dans laquelle il dormirait. Gil ne pourrait se sauver ni même s'approcher sans monter sur celui qui s'était institué son protecteur.

L'orage éclata et ce fut un déchaînement d'éclairs, de pluie tombant à seaux et de tonnerre assourdissant. Les bêtes se serrèrent les unes contre les autres, mais aussi contre les hommes qui dormaient, somnolaient ou veillaient, chacun selon son tempérament propre. Le sergent assura le premier tour de garde, debout à l'entrée de la cabane, tourné vers l'extérieur. Il était inquiet. À l'intérieur, rangés le mieux possible, de véritables trésors destinés au roi. Seuls Oliver Climent et lui savaient exactement ce qu'ils transportaient : ils n'avaient pas voulu éveiller la cupidité des vautours qui étaient légion entre Gérone et Barcelone. Le chemin était déjà suffisamment périlleux.

Ce garçon lui causait des soucis. Fugitifs, abandonnés, voleurs, les jeunes garçons étaient aussi nombreux que souris en grange, se disait-il, et leur nombre était encore accru des innombrables orphelins survivants de la Peste noire. Certains — quand on réussissait à les attraper — pouvaient apprendre un métier et se rendre utiles. Le reste était condamné à une vie brève et famélique, et à une mort violente. Oliver avait comparé Gil à un chaton sauvage, et le sergent se dit que rien n'était plus juste. La plupart de ces jeunes garçons étaient en effet semblables aux matous farouches tapis dans les rues les plus sales. Le sergent ne se faisait aucune illusion à leur propos.

Mais chez celui-là, il y avait quelque chose qui n'allait pas : il ne ressemblait pas à ces petits fugitifs qu'avait vus le sergent. Cela l'inquiétait qu'Oliver, homme raisonnable apparemment, se fût entiché de lui. Le garçon ne poserait toutefois pas de problème cette nuit-là : il lui faudrait déjà descendre de sa planche sans marcher sur Oliver Climent.

Le gros de l'orage était passé tandis qu'il se perdait dans ses réflexions. Le tonnerre grondait dans le lointain, les sautes de vent s'apaisaient et la pluie allait finir par s'arrêter. Les bêtes se calmèrent, et les hommes paraissaient dormir à poings fermés. Mais les espoirs du sergent de cheminer au clair de lune s'étaient évanouis. Aux premières lueurs de l'aube, voilà qui était plus raisonnable. Il prit alors les mesures qui s'imposaient.

Comme la bougie se mourait, le sergent réveilla Miquel et s'installa pour dormir. La pluie était assez fine et l'on n'apercevait aucune éclaircie. Il s'interrogeait sur l'état du chemin menant à la grand-route quand le clapotis régulier sur le toit le plongea dans le sommeil.

Quand il s'éveilla, la pluie avait cessé, et le ciel nuageux prenait des teintes grises. Il avait trop dormi.

— Debout ! hurla-t-il. Qu'est-il arrivé au veilleur ?

— Je suis là, messire, dit Miquel qui, appuyé à l'un des murs, somnolait paisiblement tandis que le jour se levait.

Chacun se mut avec un empressement né de l'habitude. Le sergent tendit le pain à Gil. Le garçon en rompit un morceau pour chacun puis se hâta de sortir avec le sien. Yusuf harnacha et chargea sa jument avant d'aider à la préparation des mules. En un temps relativement bref, ils se retrouvèrent sur la route et foulèrent le chemin boueux qui menait à la mer.

— Tante Mundina vit dans un minuscule village tout près d'ici, dit Oliver. On devrait y être dans quelques instants.

— Plus tôt nous nous débarrasserons de ce gosse, mieux ce sera, répondit le sergent. Je le trouve bizarre.

— Bizarre ?

— Je ne sais pas. Son apparition soudaine. Son histoire. Quelque chose, quoi.

— Je sais. Ces gosses arrivent normalement par bandes entières. Rien n'indique qu'il a des amis. J'ai pourtant bien regardé.

— Alors, vous aussi, vous avez des soupçons ?
— J'ai toujours des soupçons.

Tante Mundina était une femme d'une quarantaine d'années, belle, énergique, l'air intelligent. Adossée à une colline du côté sous le vent de la route de Barcelone, sa petite maison semblait à la fois prospère et modeste. Mundina ne paraissait ni surprise ni effrayée d'être tirée du lit et de trouver devant sa porte cinq hommes, deux garçons et une douzaine de bêtes.

— Ça alors ! Mon bon Oliver ! Comme je suis heureuse de te voir ! Ainsi que tes amis, ajouta-t-elle, moins enthousiaste.

— Je n'ai pas l'intention de transformer ta maison en auberge, tante Mundina, lui répondit Oliver, mais j'ai par-devers moi un jeune garçon — son nom est Gil, et s'il en a un autre, je l'ignore — qui a grand besoin de passer quelques jours en lieu sûr.

Il prit l'enfant par le bras et le poussa vers la femme.

— Je ne l'ai pas arraché aux moines. Ce froc m'appartient, et il n'a pas plus que moi le droit de le porter. Cela mis à part, il n'offre aucune garantie, mais il me dit qu'il a l'habitude de travailler en cuisine. J'ai pensé qu'il pourrait se rendre utile.

Mundina tendit la main et releva le capuchon.

— Seigneur ! fit-elle en l'examinant attentivement. Tu es un bel enfant. Toi et moi allons devoir parler... mon garçon. Et tu voyages depuis combien de temps avec mon fils adoptif ?

— Un jour seulement, señora, répondit Gil qui devint écarlate.

— Je vois. Vous allez manger du pain et du fromage avant de reprendre la route, messires, dit-elle en les entraînant dans la petite cour où étaient dressés une table et des bancs. Asseyez-vous. Viens m'aider à porter les miches, mon enfant.

Tous deux disparurent dans la maison.

— Voilà une femme généreuse, dit le sergent.

— Elle a été ma nourrice, expliqua Oliver. Par la suite, quand j'ai grandi, c'est toujours chez elle que j'ai trouvé protection : contre les colères de mon père, les humeurs de mon tuteur, les maux de la vie.

— Des maux qui ont été nombreux vu que c'était un enfant plutôt difficile, ajouta Mundina qui venait de réapparaître, porteuse d'une miche et d'une cruche de vin. Gil a le fromage. Pose-le, petit ! lança-t-elle par-dessus son épaule. Tenez, servez-vous.

Elle rentra dans la maison et ramena le garçon avec elle.

— Elle saura lui tirer les vers du nez, dit Oliver en riant. On ne peut pas mentir à tante Mundina.

Avant même la fin de ce repas impromptu, Mundina revint seule.

— Peux-tu t'occuper de lui, tante Mundina ? demanda Oliver. Tu me rendrais un immense service.

— Bien sûr. Il est grand temps que quelqu'un le prenne en main. Je veillerai sur lui.

— Alors nous allons pouvoir repartir.

— Vous avez rencontré des pillards cet été, señora ? demanda le sergent.

— Appelez-moi tante Mundina. Si on a eu des pillards ? dit-elle comme s'il s'agissait d'une maladie. Non. Il paraît que ça a été terrible cette année, mais on y a échappé jusqu'à présent. D'autres villages de la côte ont été ravagés, et tous les enfants et les jeunes gens emmenés.

— Je t'ai expliqué à plusieurs reprises que tu devrais venir avec moi à Barcelone, tante Mundina, dit Oliver. Nous avons d'épaisses murailles pour nous protéger, quatre tours avec des guetteurs pour nous avertir de leur approche et des navires prêts à se lancer à leur poursuite.

— Tu veux dire que nous sommes mal lotis, c'est

ça ? s'écria-t-elle en feignant l'étonnement. Nous avons un veilleur.

— Excellent.

— Certes, c'est un enfant de neuf ans, pas très futé de surcroît. Et puis il ne peut pas guetter tout le temps. C'est quand même mieux que dans certains endroits.

— Il risque plus d'attirer les pillards que de les chasser, fit remarquer Oliver.

— Il n'est pas là pour les renvoyer, mais pour nous prévenir.

— Vous pouvez donc prendre les armes ?

— Nous pouvons nous enfuir dans les collines. La dernière fois ils sont venus à deux ou trois barques de huit hommes chacune. Et nous n'avons au mieux que trois personnes en âge de se battre, armées seulement de gourdins. C'est pourquoi nous nous enfuyons.

— Quand attaquent-ils ? demanda Miquel.

— À ce moment même. Au petit matin. Ils abordent la grève et frappent avant que l'on ne parte aux champs. En fait, le gosse dit qu'il a vu deux embarcations la nuit dernière.

— La nuit dernière ? répéta Oliver.

— Ne t'inquiète pas, personne d'autre ne les a vus. Ce garçon raconte parfois des bêtises et voit des choses qui ne sont pas, mais on envoie tout de même quelqu'un vérifier.

— Il me fait l'effet d'un drôle de guetteur, dit Gabriel.

— Il voit peut-être plus que ce qui existe, mais jamais moins. Bon, vous devriez vous remettre en chemin si vous voulez arriver à Barcelone dans la matinée, fit Mundina en les poussant vers leurs bêtes comme s'ils étaient des oies égarées.

Ils étaient à peine en selle que Gil sortit en courant de la maison et posa la main sur l'étrier d'Oliver.

— Merci, señor, vous avez été bon pour moi. Je ne l'oublierai jamais.

— Tante Mundina va s'occuper de toi, mon gars. Tu peux lui faire confiance. Mais ne lui joue pas de mauvais tours, d'accord ?

— De mauvais tours ?

— Au revoir, mon garçon. Et à bientôt.

Le ciel était couvert de nuages et il faisait frais. La plupart des membres de la petite troupe se sentaient ravivés quand ils repartirent. Dans les collines, des cloches sonnaient prime.

— C'est bien, on repart à temps, dit le sergent à Oliver alors qu'ils attendaient que les mules les rejoignent sur la grand-route. Si Dieu le veut, on arrivera en ville avant midi. Là, je suis sur le point de croire qu'on conduira notre chargement à bon port. Parce que la nuit dernière, je n'aurais pas parié un sou sur nos chances.

— Et pourquoi, sergent ?

Oliver n'eut pas l'occasion de le savoir. Leur conversation fut soudain interrompue par un cri perçant qui provenait de la colline située derrière la maison de Mundina. Un petit garçon aux pieds nus dévala la pente à toute allure.

— Des bateaux, cria-t-il, des bateaux ! Dites-le à tante Mundina. Il y a des bateaux, et ils envoient des barques vers la grève !

— Il faut que je reste, dit Oliver.

— On devrait commencer par voir par nous-mêmes. Rappelez-vous que ce garçon a l'imagination fertile.

Narcís avait mis pied à terre et grimpait en courant la colline que le gosse avait dévalée.

— Je les vois ! cria-t-il. Deux galées au large. Ils envoient deux barques. Non, trois !

— Combien d'hommes ?

— C'est difficile à dire, sergent. Peut-être six ou huit par embarcation.

Gabriel grimpa à son tour en haut de la colline.

— Il y a une quatrième barque, avec huit hommes et un officier, me semble-t-il, sergent.

— Il a de bons yeux ! s'étonna Oliver.

— Excellents. Mieux qu'un faucon. Dommage qu'il ne tire pas aussi bien que Narcís. Ah, si on pouvait combiner les deux...

Mundina arriva en courant, traînant Gil derrière elle. Tous deux portaient de petits balluchons.

— Il faut s'enfuir, dit-elle.

— Non, lui conseilla Oliver. Montez tous les deux sur Neta. On les attend, sergent ?

— À cinq — pardon, Yusuf —, six contre trente ou plus ? On m'a demandé d'aller à Barcelone, pas de jouer les héros sur la grève. On va déguerpir le plus vite possible.

— Et les maisons ?

— On ne peut rien contre eux. Soyez réaliste, messire. Nous mettons en péril notre chargement et nos vies, et l'on risque aussi de perdre les maisons et leurs habitants.

— Ne vous inquiétez pas pour nos affaires, dit Mundina. Ils ne trouveront rien. Nos biens seront toujours là à notre retour.

— Et s'ils brûlent la maison ?

— Les choses importantes y seront toujours.

— Ne restez pas là à bavarder, trancha le sergent. Mettez la señora et le garçon sur votre mule, et partons.

— Et les autres ? s'étonna Oliver.

— Ils ont aussi leurs cachettes, dit Mundina. Comme j'ai la mienne.

CHAPITRE VI

Au moment où les barques atteignirent la grève, le groupe se trouvait sur la colline, incapable d'entendre ce qui se passait.

— Je me fais du souci pour les autres villageois, dit Oliver à Mundina. Nous les avons abandonnés, et j'en connais certains depuis l'enfance.

— Quand les pillards arriveront au village, répondit-elle, il sera déserté. Il leur faudrait chercher des heures avant de trouver la moindre personne ou le plus petit objet de valeur. Nous savons par expérience qu'ils incendient les demeures pour en chasser les habitants. Nous avons décidé de nous enfuir s'ils arrivaient et de laisser les portes grandes ouvertes.

— Tu prends ça très sereinement.

— J'ai le choix ? Non. Mais dis-moi, comment es-tu tombé sur cette pitoyable créature ? fit-elle, désireuse de changer de sujet de conversation.

— Gil ? Nous avons fait connaissance au bord de la route, à deux ou trois heures de Gérone. Nous l'avons appâté avec un morceau de pain, pas vrai, mon gars ?

Sous le capuchon, le grommellement pouvait ressembler à un acquiescement.

— En échange de pain et d'un peu d'excellent poulet, il nous a raconté une histoire. Fantastique ou étrange. Cela dépend si elle était véridique ou non, ajouta Oliver.

— C'était vrai, señor, dit la petite voix sous le capuchon. Je ne raconte pas de mensonges.

— Non, intervint Mundina, mais tu en as quand même fait un. Un mensonge de taille.

— Señora, vous aviez promis de ne rien dire.

— Non, j'ai promis de t'aider. Et je ne puis le faire si Oliver ne connaît pas la vérité. Tu es toujours en grand danger, même avec cet habit de moine. Dis à Oliver quel âge tu as.

— Quinze ans, avoua Gil.

— Quinze ans ? répéta Mundina.

— Et j'en aurai bientôt seize.

— Je n'y crois pas, fit Oliver. Il a plutôt l'air d'en avoir onze que seize.

— Et ton nom ? Allez, dit-elle sur un ton plus pressant. C'est le moment. Dis ton nom, et abandonne Gil, par tout ce qui est saint.

— Clara, fit la petite voix sous le capuchon.

— Plus fort.

— Clara ! lança l'enfant avec colère.

— Voilà, c'est ça, son mensonge. Au premier regard, j'ai su que c'était une fille. Et une belle fille, de surcroît. Elle a pris les ciseaux de sa maîtresse et s'est coupé les cheveux, elle a emprunté une tunique et elle s'est faite garçon. Mais elle ne ressemble pas plus que moi à un garçon. Tu n'es pas très perspicace, Oliver.

— Par Notre-Dame ! s'écria Oliver en regardant Clara. Tout ce que j'ai pu voir, c'est qu'il... qu'elle était timide et redoutait les soldats. Avec toute la chaleur qu'il faisait hier, elle n'a pas ôté ses habits pour nous accompagner dans le lit du torrent. Je comprends pourquoi, à présent.

Une idée lui traversa l'esprit.

— Quant tu étais cachée dans les buissons, tu nous as... tu m'as vu me sécher ?

— Je n'ai rien vu, señor.

— Et alors, quelle importance? intervint Mundina. Même sans tes vêtements, tu es un très bel homme!

Devant leur gêne à tous les deux, elle éclata de rire.

— Ah, on ne te changera pas, toi! dit Oliver. Nous ne lui avons pas facilité les choses. Comme elle était mal à l'aise avec nous, nous avons fait de notre mieux pour l'assurer que les jeunes garçons ne nous intéressaient pas. Cela n'a pas dû la rassurer! ajouta-t-il en éclatant de rire. Voilà qui est parfait, maîtresse Clara. Certaines énigmes sont à présent résolues, mais dis-moi, en toute franchise, pourquoi ta maîtresse voulait te vendre. Certainement pas parce que tu as cassé une cruche. Elle n'aurait pas pris tant de risques pour un peu de vaisselle en terre.

— La maîtresse n'était pas une femme très avenante.

— Qu'entends-tu par là?

— Elle était tout le temps à crier après le maître. Même s'il le méritait, ajouta-t-elle.

— Un vieillard lubrique, c'est ça?

— Pas si vieux que ça, mais oui, vicieux. Et désagréable.

— Il t'a rendu la vie difficile, dit doucement Oliver. Et tu ne savais où aller?

— La cuisinière a essayé de s'occuper de moi. Elle m'a même laissé partager son lit. Et la maîtresse ne le quittait pas des yeux. Malgré tout, elle croyait que c'était ma faute, ce qui n'était pas le cas, je vous le jure. Je ne l'ai jamais encouragé. Je le trouvais répugnant.

— Ta maîtresse a donc décidé de se débarrasser de toi et de ramasser une belle somme d'argent par la même occasion. Mais ton maître se serait plaint. Il aurait pu encourir de gros ennuis, si une servante de sa maison, une petite chrétienne, était vendue à des trafiquants d'esclaves.

— Elle a attendu qu'il quitte la ville, expliqua Clara.

— C'est là que tu t'es enfuie ?

— La cuisinière m'a parfaitement expliqué ce qu'il adviendrait de moi si j'attendais pour être vendue. Les filles comme moi sont emmenées dans des pays étrangers et vendues aux hommes pour leur amusement ; quand ils en sont las, ils les revendent aux bordels pour qu'elles servent aux marins.

— La cuisinière n'était pas loin de la vérité, admit Oliver.

— J'ai pris une tunique trop grande pour moi dans le coffre à vêtements alors que je rangeais des draps, j'ai fait un paquet avec ma robe et le pain que la cuisinière m'a donné et je suis partie pour Gérone.

— Le reste de l'histoire est-il vrai ?

— Oui, sauf que j'étais chez les sœurs, pas chez les frères, répondit-elle avec une ébauche de sourire.

— Qu'est-ce que je vais pouvoir faire d'elle ? dit Oliver en levant les yeux au ciel. Je pourrais placer une douzaine de jeunes hommes intelligents chez des connaissances qui me sont obligées et qui souhaitent former un apprenti, mais je n'ai pas l'habitude des jeunes femmes !

— Ce qu'il lui faut, c'est un mari, déclara Mundina.

— Mais comment puis-je espérer en trouver un ? demanda Clara. Je n'ai pas de famille, pas d'amis et surtout, pas de dot.

Là-dessus, elle éclata en sanglots à fendre le cœur.

La pluie s'était également abattue sur Gérone la nuit précédente et, ce matin-là, la cour de la maison du médecin était à la fois propre et fraîche. Les arbres scintillaient de gouttes d'eau, et la table du déjeuner avait été dressée à un endroit où elles ne risqueraient pas de tomber sur le pain, le fromage et les fruits.

— Vous n'avez pas encore parlé à Son Excellence ? demanda Judith, l'air inquiet. À propos des effets du défunt, évidemment.

— Vous savez pertinemment que non, lui répondit son mari. À peine me suis-je allongé hier après-midi pour une sieste bien méritée que le jeune fils de maître Astruch est tombé malade. Nous sommes restés auprès d'eux jusque tard dans la nuit. N'est-ce pas vrai, Raquel ?

— Si, papa, dit sa fille en bâillant. Je suppose qu'il doit aller mieux puisqu'il ne nous a pas rappelés.

— Qu'avait-il ? s'enquit Judith.

— Je crois qu'il est allé au jardin et qu'il a mangé un fruit avec lequel il n'a pas fait bon ménage, expliqua Isaac.

— Si les gens font pousser des plantes vénéneuses dans leur jardin, papa, il faut s'attendre à des accidents de ce genre, dit sa fille dont la voix rappelait par instants celle de sa mère.

— Je ne pense pas qu'ils voulaient du mal à leur fils. Ils ignoraient que ces plantes poussaient là, c'est tout.

— Lui vouloir du mal ? Mais ils le gâtent à l'extrême ! s'écria Judith. Ils lui offrent tout ce qu'il désire, sans la moindre retenue. C'est vraiment ridicule de céder ainsi à un enfant.

— Surtout quand ce qu'il veut, c'est du poison, ajouta Raquel.

— Il suffit, Raquel ! trancha sa mère. Ce sont nos amis et nos voisins.

— Oui, maman, dit-elle en revenant à son déjeuner.

— Ce que je voulais vous dire, Isaac, c'est que je me rappelais autre chose, reprit Judith. Une chose que, dans la presse et la confusion d'hier, j'avais omis de vous signaler.

— Qu'auriez-vous pu oublier? s'étonna le médecin.

Il savait que la mémoire de sa femme était des plus fidèles et, même s'il regrettait parfois sa capacité à se rappeler dans le détail des événements et des conversations déjà anciens, il ne pouvait s'empêcher de se montrer impressionné.

— Dans les affaires de cet homme, dit-elle, en plus de l'argent et des feuilles de papier couvertes d'écriture, il y avait, peint sur un morceau de bois poli, le portrait d'une femme. Une très jolie femme, précisa-t-elle puisque c'était vrai.

— C'est très intéressant. Je regrette parfois, ma mie, que votre père, aussi bon et vertueux fût-il, n'ait pas souhaité apprendre à lire à ses filles. Vous auriez fait une étudiante attentive. Et vous m'auriez dit ce que contenaient ces lettres.

— Je suis très heureuse comme ça, dit Judith, sur la défensive. Mon père a fait pour le mieux. Il pensait que la lecture ne convenait pas aux femmes.

— Je n'en doute pas un seul instant, ma mie.

— De quoi ne doutez-vous pas? demanda-t-elle, un brin soupçonneuse.

— Des deux choses, ma mie, mais vous auriez tout de même fait une belle étudiante.

Il se leva.

— Dès que Judah aura fini de bavarder, fit-il sèchement, ou de vaquer à une autre occupation, je veux qu'il m'accompagne chez Son Excellence pour que je lui fasse part de cette nouvelle.

— Si vous désirez que je trouve un autre garçon de cuisine, mon mari, vous n'avez qu'à le dire.

— Pour un mois ou deux? Non. Je m'en contenterai puisqu'il le faut.

— Vous ne pensez pas qu'ils le sauront déjà? demanda Raquel.

— Très certainement, lui répondit son père. Mais dans ce monde étrange qui est le nôtre, Raquel, les choses importantes sont souvent dédaignées.

— Voilà qui est intéressant, maître Isaac. Si quelqu'un a songé à fouiller dans les effets de Pasqual, dit Berenguer, on n'a pas condescendu à me mettre au courant. Bernat !

— Oui, Votre Excellence, dit le secrétaire qui apparut aussitôt à la porte.

— Pasqual Robert avait avec lui un paquet contenant de l'argent, des lettres et un petit portrait. Qu'il me soit apporté sur-le-champ. Il a été remis hier matin au capitaine.

— Certainement, Votre Excellence, murmura le secrétaire avant de disparaître.

— Le genou de Votre Excellence la fait-il souffrir ? demanda Isaac.

— Vous avez le don assez agaçant, maître Isaac, de deviner ce qui ne va pas en moi avant même que je me plaigne. Comment le savez-vous ?

— Ce n'est pas très difficile. Je suis certain que le père Bernat s'en rend également compte quand votre genou vous tourmente. J'ai apporté une nouvelle mixture qui peut se révéler utile, si votre serviteur veut bien la préparer.

Berenguer frappa dans ses mains et l'homme apparut.

— Oui, Votre Excellence ?

— Faites tremper ceci dans de l'eau chaude jusqu'à obtenir une couleur dorée, dit Isaac, et portez-le à Son Excellence avec l'un de ses cataplasmes.

Le serviteur s'éclipsa.

— La douleur devrait s'atténuer avec le retour du beau temps, ajouta le médecin. Mais si Votre Excellence le permet, je vérifierai que l'état de l'articulation n'a pas empiré.

— Dans notre intérêt à tous ? dit Berenguer en riant. Nul doute que Bernat vous remerciera d'avoir apaisé mon humeur. Faites comme il vous plaira, maître Isaac. Et revenons à ce dont nous parlions hier.

— Oui, Votre Excellence, dit Isaac en palpant le genou de l'évêque de ses doigts longs et habiles.

— J'ai réfléchi à ce que vous me disiez. Je vous ai toujours pris pour un homme sage et perspicace, mais votre théorie me dérange.

— En quoi, Votre Excellence ?

— Il ne peut avoir été tué par quelqu'un de la ville. Qui lui en voulait ici ? Il avait reçu pour instruction de mener une vie discrète et, que je sache, c'est ce qu'il a fait. Nul ne le fréquentait, de près ou de loin. J'étais la seule personne à qui il parlait librement et ouvertement.

— Pourquoi lui a-t-on commandé de vivre ainsi ?

— Je sais seulement que Sa Majesté le désirait. J'ai suggéré aux conseillers qu'on lui donne un poste de greffier et je me suis porté garant de sa discrétion et de son mérite.

— Oui. On disait qu'il venait de Cruilles, que Son Excellence l'y avait connu et pouvait répondre de lui.

— C'est presque vrai. Je le connaissais depuis près de vingt ans, même s'il n'était pas originaire de Cruilles.

— Vos conversations auraient-elles pu être épiées ? demanda Isaac.

— Nul son ne peut franchir la porte donnant sur le couloir. Quant aux deux autres, elles sont gardées par Bernat ou Francesc d'un côté et mon fidèle Jordi de l'autre. Il a toujours été à mon service, et je me soupçonnerais moi-même plutôt que Bernat ou Francesc. Non, personne n'a pu nous entendre.

— De plus, il était très difficile de percevoir les propos que vous échangiez avec maître Pasqual, dit

Bernat en apparaissant à nouveau. Les deux portes étaient closes.

— Bernat, dit Berenguer. Vous voyez? Je laisse habituellement ces deux portes entrouvertes, au cas où j'aurais besoin d'appeler.

— Le capitaine est ici, ajouta le secrétaire, et il apporte les affaires de Pasqual Robert. Désirez-vous que je reste?

— Oui, Bernat. Nous recherchons des lettres et un portrait. De plus, son argent doit être déposé au trésor pour revenir à ses héritiers.

— J'y veillerai, Votre Excellence, dès que nous l'aurons compté et que le trésorier aura apposé sa signature.

— Bernat est décidément très précis. Je pense souvent qu'il a dû être témoin de beaucoup de vilenies dans sa jeunesse pour être si efficace quand il s'agit d'empêcher ses semblables de s'enfuir avec le trésor de l'Église.

— C'est mon devoir, Votre Excellence, dit-il en ignorant les remarques faites sur son passé.

L'évêque disposait d'un arsenal de plaisanteries grinçantes dont il faisait usage chaque fois que sa goutte se réveillait ou que son genou se rappelait à lui.

Bernat ouvrit le paquetage. En murmurant, il secoua les vêtements, les replia et les empila sous le regard du capitaine. Quand la bourse tomba à terre, le capitaine la ramassa et la déposa sur le bureau de l'évêque. Vint ensuite un petit sac de cuir, qui ne tarda pas à rejoindre la bourse. Puis ce fut le tour du sac en soie brune.

— Ouvrons cela, dit l'évêque. Nous nous occuperons de compter l'argent plus tard.

— Oui, Votre Excellence.

Il y avait, comme l'avait dit Judith, trois feuilles de papier couvertes d'écriture.

— Désirez-vous que je les lise, Votre Excellence ? demanda Bernat.

— Je vous en prie, dit Berenguer en soupirant. Vous êtes là pour ça.

— Souhaitez-vous que je reste, Votre Excellence ? demanda le capitaine.

— Je pense qu'il vaut mieux que nous ayons des témoins. Votre présence nous est utile.

Bernat déplia la première feuille, la parcourut et s'empressa de la ranger.

— Celle-ci n'est peut-être pas pour vos yeux, Votre Excellence. C'est une série de mots qui n'ont aucun sens.

— Un code. Nous la scellerons et la renverrons à la personne qui convient. Continuez.

— Il s'agit maintenant d'une lettre. Elle est simplement adressée à « Mon très cher ».

Bernat la lut très vite, fronçant parfois les sourcils sur un mot.

— Il semble que ce soit une lettre d'ordre privé, Votre Excellence. Si maître Pasqual avait une femme, je dirais que cela vient d'elle.

— Lisez-la, ordonna Berenguer. Elle peut nous apprendre quelque chose.

— Si Votre Excellence le désire. Il est écrit : « Nous nous portons bien tous deux et vous nous manquez beaucoup. Tout est calme ici. J'aimerais connaître la date de votre retour. Le vieux F., qui possède les terres sur la colline, est très malade et veut vendre ses vignes. Elles donnent bien et rapporteraient encore plus avec un peu de soin. Si nous les détenions, nous aurions accès à un autre cours d'eau. F. refuse d'attendre, j'ai donc décidé d'acheter. Je vous assure que nous pouvons nous le permettre. J'espère que vous conviendrez que c'est une sage décision. Le notaire est de cet avis et pense que cela pourrait nous éviter des ennuis à l'avenir. J'aimerais que vous soyez là pour discuter de ces décisions, mais puisque ce n'est pas le cas, je fais de mon mieux. Le notaire a également suggéré que nous acquerrions des parts d'un navire, mais je préfère acheter la prairie de l'autre côté de la route. Elle serait à vendre si j'en offrais un bon prix.

« Votre fils ressemble de plus en plus à son papa, hormis qu'au cours de ces dernières semaines il est devenu si grand que je ne puis le croire. Quand je le regarde et vous vois dans ses yeux, je suis ravagée par le chagrin et me languis de vous.

« Parfois il sourit tout comme sa sœur, et une fois de plus je souffre terriblement pour notre fille. C'est assez affreux que nous ayons dû être séparés en cette époque terrible, mais qu'elle dût mourir m'est encore plus cruel. Quand vous n'êtes pas ici pour me réconforter, je songe aux façons dont j'aurais pu la sauver. Je sais que vous me dites, avec votre sourire bienveillant, qu'il ne sert à rien de me tourmenter. Et que je ne devrais pas ajouter mes vieux chagrins à votre fardeau déjà si lourd. La plupart du temps, je suis heureuse, je travaille dur et je veille sur tout. Je suis en sécurité ici, mon amour. Soyez assuré que nul ne trouble notre sérénité. Mais je m'inquiète pour vous. Votre fils envoie à son papa des baisers, auxquels je joins les miens. » C'est signé « S. », dit Bernat en tendant le papier à Berenguer.

— Cette missive est certainement de son épouse. Ou plutôt, de sa veuve. J'ignorais qu'il fût marié.

— Elle va être bouleversée en apprenant sa mort, dit Bernat. Il semble qu'elle lui était très attachée.

— C'était aussi une femme intelligente et travailleuse, ajouta Berenguer. Mais bien cachée. Qui est-elle ? Qui pourra lui parler de la mort de son mari si nous ignorons qui elle est et où elle réside ? Avez-vous remarqué qu'il n'y a pas un seul nom dans cette lettre ? Les enfants, le voisin, le notaire... personne n'est nommé.

— C'est une femme très prudente, remarqua Bernat.

— Les lettres récupérées dans cette propriété étaient-elles destinées à Pasqual ? demanda Isaac.

— Cette maison n'a pas de maîtresse, répondit le capitaine. Elle est gérée par un bailli. Le maître vit dans le Roussillon, me semble-t-il.

— Et les lettres vont à Barcelone, ajouta Berenguer. Est-ce là le portrait ? demanda-t-il en ouvrant le sac de cuir.

Un ovale de bois lisse glissa sur sa paume. Il le retourna.

— L'épouse de Pasqual est une femme d'une grande beauté, constata-t-il. Où qu'elle vive, chacun doit la connaître. Mais elle m'est totalement inconnue.

CHAPITRE VII

Yusuf, le sergent et Miquel chevauchaient en tête et bavardaient à bâtons rompus quand le sergent leva la main pour exiger le silence. Derrière eux, dans le lointain, se faisaient entendre des bruits de sabots.

— Tenez-vous prêts !

Aussitôt Gabriel et Narcís encochèrent des flèches. Oliver poussa Neta au milieu des mules, et le petit groupe continua d'avancer avec prudence.

Domingo fit faire halte au sommet de la colline suivante. Ils regardèrent derrière eux.

— Gabriel, qu'est-ce que tu vois ?

— De la poussière. Une paire de chevaux, ajouta-t-il au bout d'un instant. Sur deux colonnes, des hommes au pas rapide. Huit ou dix, douze tout au plus. Ils portent une livrée, sergent.

— Voilà qui est rassurant. À moins que les bandits de grand chemin n'endossent l'uniforme, à présent.

— On continue, sergent ? demanda Miquel.

— À mon avis, non. Si ce sont des hommes d'armes en tenue, il vaudrait mieux que nous voyagions de concert. Ils pourraient nous venir en aide si nous rencontrions des difficultés.

— Mais, sergent, ils nous dépassent en nombre...

— Si leur allure ne nous plaît pas, nous les quitterons. Nous sommes plus rapides qu'eux. Tu vois le ruisseau là-bas ?

— Oui, sergent.

— On va s'y arrêter pour faire boire les bêtes et prendre une décision.

— Un ennui, sergent ? demanda Oliver une fois qu'ils eurent atteint le ruisseau.

— Nous allons donner à ces hommes une chance de nous rattraper. Miquel, quand ils apparaîtront sur la crête, occupe-toi à réparer un harnais ou à vérifier un sabot.

— Oui, sergent, répondit Miquel qui, à défaut d'autre chose, entreprit d'inspecter soigneusement toutes les mules.

— Sergent, reprit Oliver en mettant pied à terre, je voudrais profiter de cette halte pour vous parler d'une chose importante.

— Je n'aime pas les conversations qui débutent ainsi, maître Oliver. Quelle mauvaise nouvelle m'apportez-vous ?

— C'est à propos du garçon, murmura Oliver en se rapprochant.

— Et alors, qu'est-ce qu'il a ? répondit Domingo qui baissa également la voix.

— Eh bien, ce n'en est pas un. Regardez-le attentivement et vous comprendrez. Tante Mundina l'a tout de suite vu, elle.

Le sergent observa Mundina et Clara qui, toujours sur la mule, paraissaient en grande conversation. À un moment, ce matin-là, la fille s'était débarrassée de sa culotte sous son habit de moine, et l'on pouvait entrevoir sa jambe dénudée qui reposait sur l'encolure de Neta. Mince, fuselée, ce n'était pas du tout la jambe d'un garçon malingre de douze ou treize ans.

— Par tout ce qui est saint, maître Oliver, je comprends tout ! C'est une fille. Pas étonnant que je lui aie trouvé quelque chose d'étrange. Quel âge a-t-elle ?

— Près de seize ans. Et je la crois honnête et respectable. Toute seule, sur la route, entourée de soldats...

— Voilà qui explique sa frayeur. Et aussi d'autres choses, dit le sergent en éclatant de rire. Mais je ne m'inquiéterais pas pour elle. Tante Mundina est là pour la protéger, et je veillerai à ce que mes gars ne l'approchent pas de trop près. C'est valable également pour ceux qui nous suivent. Mais ça renforce mon opinion, à savoir qu'il vaut peut-être le coup de se joindre à eux.

Le groupe arriva. Il se composait d'un chevalier d'âge mûr, d'un jeune homme qui paraissait être son fils et de dix arbalétriers.

— Messires, leur dit le chevalier d'un ton affable comme s'il retrouvait des frères perdus de vue depuis longtemps, le bonjour. Êtes-vous en difficulté ?

Il désigna Miquel, l'air soucieux devant le sabot qu'il tenait dans le creux de sa main.

— Je n'en suis pas certain, répondit le sergent en se tournant vers Miquel. Alors ?

— Tout va bien, sergent. Un caillou, rien de plus. La fourchette n'est pas abîmée.

— Vous rendez-vous à Barcelone ? demanda le chevalier.

— Effectivement, messire. Et vous-même ?

— Oui. Nous avons suivi la côte pendant toute la matinée.

Le visage du chevalier était hâlé comme celui d'un journalier et, puisqu'il était improbable que cet homme eût jamais mis la main à la charrue, le sergent lui trouva l'air rassurant d'un vétéran de plusieurs campagnes militaires.

— Si vous êtes partis tôt, vous avez dû avoir un temps humide, dit Domingo.

— C'est exact, répondit le fils avec un sourire ironique. Très humide, même. Mais nous avons rapidement séché, même si nous sommes encore dépenaillés.

— Bonjour, señores, dit Oliver qui laissa paître sa monture et s'approcha des nouveaux venus.

— Voici Oliver Climent, messires. Il est responsable de notre expédition.

— Et mon nom est Asbert de Robau, répondit le chevalier. Ce jeune homme est mon cadet, Gueralt.

— Votre nom et vos couleurs sont célèbres dans toute cette partie du monde, dit Oliver en adressant un léger signe de tête au sergent. Nous avons de la chance de vous rencontrer. Qu'est-ce qui vous amène ici à une heure aussi matinale ?

Gueralt parla avant que son père pût prendre la parole.

— Puis-je émettre une humble proposition ? Si nous devons passer notre temps à échanger des souvenirs de voyageurs, pourquoi ne pas le faire en marchant au lieu de converser ici, sur le bord du chemin ?

— C'est une excellente idée ! s'écria Asbert de Robau. Joignons nos forces et chevauchons côte à côte. J'avoue avoir maintes fois parcouru cette route, et mon fils et moi avons épuisé tout ce que nous avons à nous dire. Je suis certain qu'il en va de même pour vous autres.

— C'est tout à fait exact, dit en riant Oliver. Nous apprécierons beaucoup votre compagnie.

— Si, bien entendu, cela ne vous dérange pas d'être ralentis par des hommes à pied.

— Aucunement, répondit le sergent. Mais si nous voyons que nous prenons trop de retard, nous nous dirons adieu et éperonnerons nos chevaux.

— Excellent, conclut Asbert avant que toute la compagnie ne se remette en route.

— Qu'est-ce qui peut vous jeter sur la route au cœur de l'été ? demanda Oliver.

— Nous apportons des renforts au navire de Sa Majesté, l'*Alexandria*. Ce n'est certainement pas assez pour changer le cours de la guerre, mais c'est tout ce que nous avons à offrir.

— Il est regrettable que vous n'ayez pu partir plus tôt. Vous auriez rejoint la flotte à Rosas. Cela vous aurait facilité la tâche.

— C'est vrai, reconnut Asbert, la distance jusqu'à Rosas est moindre et c'est ce que nous avions prévu. Mais la maladie s'est abattue sur nous. J'ai été le premier touché, puis ce fut mon fils aîné, Asbert le jeune, qui devait nous accompagner.

— J'en suis désolé.

— Nous avons retardé d'un mois notre départ dans l'espoir d'être tous deux remis mais, si j'ai quitté le lit à temps, ce ne fut pas le cas pour lui. Je suis un vieux soldat, messire, et la mort ne veut pas de moi. La jeunesse est pleine de vie et de sève, mais elle est aussi fragile, ne trouvez-vous pas ?

— J'espère que votre fils...

— Il est encore trop faible pour manier l'épée. Je me préparais à partir seul — avec mes hommes, bien entendu —, quand son frère cadet, Gueralt, est revenu à la maison après avoir achevé son éducation.

— Et où...

— C'est exact, le coupa Asbert. Et à peine me vit-il qu'il me proposa de prendre la place de son frère pour se joindre aux forces armées de Sa Majesté, en Sardaigne. Nous nous hâtons à présent de porter assistance à notre souverain.

— Il appréciera beaucoup vos renforts, j'en suis certain, dit Oliver. C'est très louable de la part d'un jeune écuyer, ajouta-t-il à l'adresse de Gueralt.

— Je mourrais pour mon roi, déclara le fils avec infiniment de sérieux. Et je le ferais volontiers, je le jure devant Dieu Tout-Puissant.

— Je l'espère, reprit Asbert, sinon il n'est pas de mon sang.

Il tourna alors le dos à Oliver et s'adressa au sergent :

— Qu'allez-vous faire à Barcelone ? dit-il en désignant les mules chargées. Du commerce ?

— Nous venons de Gérone, répondit Domingo. Nous portons des biens et des effets destinés à notre roi quand il séjourne dans cette ville.

— Vous en prenez grand soin, dit poliment Asbert de Robau avant de se tourner vers Yusuf, autre personne à présenter un intérêt potentiel. Et vous, jeune seigneur, que faites-vous dans cette expédition ? Vous me semblez être un homme d'armes, pas un colporteur !

Il rit de bon cœur de sa propre plaisanterie.

— Rien, messire. Comme vous, je me suis attaché à de plaisants compagnons. Je préfère cela que de me hâter seul.

— Vous avez bien fait. Je me souviens du jour où je me rendis sans escorte en Avignon...

Le chevalier se lança alors dans un récit long et compliqué plein d'aventures et de tractations.

Son fils, qui de toute évidence avait entendu à plusieurs reprises cette histoire, s'adressa à Oliver.

— Vous avez amené avec vous votre prêtre et votre cuisinière, qui chevauchent ensemble sur cette mule ?

La révélation de la véritable identité de Gil, faite discrètement par Oliver au sergent, s'était par magie répandue dans tout le groupe avant même qu'ils s'éloignent du ruisseau. Tous se raidirent.

— C'est à peine un prêtre, fit Yusuf avec mépris.

— Qu'entendez-vous par là ? demanda Gueralt.

Oliver retint son souffle.

— Un petit chiot, rien de plus, reprit Yusuf. Encore plus jeune que moi. Ils le conduisent chez les pères. Pour eux, c'est un fardeau comme un autre, rien de plus !

Asbert et Gueralt rirent avec lui. Oliver se détendit.

— C'est une belle femme, en tout cas, fit remarquer Gueralt.

— Assez vieille pour être ma mère et la vôtre, señor, dit Yusuf avec une grimace des plus lubriques. Une des servantes de leur seigneur.

— Encore un fardeau ? demanda Gueralt.

— Oui, dit Yusuf en riant, à livrer — intact — à la résidence de Sa Seigneurie.

— Ce petit gars a l'esprit vif, murmura le sergent à Oliver.

— Oui, aussi vif que nos compagnons de voyage sont enjoués.

— J'aimerais qu'ils le fussent moins, dit Domingo. Ils jacassent comme des pies. Difficile de se tenir sur ses gardes avec tous ces bavardages.

— Je m'interroge. Pensez-vous qu'ils forment une paire d'aimables fous ?

Domingo secoua la tête.

— Je n'ai pas d'opinion. Leur caractère pourrait être conforme à leur allure.

Le reste du voyage fut assez banal. Comme ils approchaient de Badalona, les nuages se déchirèrent, pareils à de vieilles étoffes, et une chaleur étouffante s'imposa à nouveau quand ils franchirent enfin les portes de la cité de Barcelone. Il était près de midi.

Oliver avait passé son temps à passer au crible le « problème Gil » et examinait maintenant les solutions qu'il n'avait pas encore rejetées. Clara était-elle une fille de cuisine terrorisée qui cherchait du travail ? Jamais une servante n'aurait parlé ainsi. Dans ce cas, était-elle une jeune dame en quête de protection ? Ou encore, songeait-il avec pessimisme, était-elle complètement autre ? Il serait sage de le découvrir.

Après que les hommes de l'évêque eurent pris la

direction du palais royal, Oliver et les deux femmes s'en allèrent vers une robuste maison située de l'autre côté de la ville, non loin de la porte ouest.

Ils entrèrent et un jeune homme donna l'accolade à Oliver avant de regarder ses deux compagnes d'un air soupçonneux.

— Séjournerez-vous quelque temps ici, Oliver? dit-il. J'ai fait préparer des chambres.

— Le temps me manque. Écoutez, il nous faut une pièce à l'écart et des rafraîchissements. Je dois parler en privé à ces deux-là, répondit-il en désignant Mundina et Clara qui se tenaient en retrait.

— Une servante et un moinillon? murmura le jeune homme. Oliver, vous avez là les plus étranges amis que je connaisse. Dites-moi pourquoi, je vous en prie, ou j'en mourrai de curiosité.

— Je vous expliquerai tout, dit Oliver, je vous le jure. Mais je n'en ai pas le temps à présent, ajouta-t-il en menant Mundina et Clara dans un petit salon.

— Fort bien.

Du vin, de l'eau, des noix, des olives et des fruits leur furent apportés, puis ils demeurèrent seuls.

— Clara, dit Oliver en la vouvoyant pour la première fois, je dois savoir qui vous êtes.

Il parlait d'une voix calme, détachée, comme un médecin qui se fût enquis de sa santé.

— Vous connaissez déjà tout de moi. Je suis une orpheline. J'ai été élevée par les sœurs. Je suis sans le sou. Rien de plus.

— Quel âge aviez-vous quand elles vous ont recueillie?

— Je ne m'en souviens plus, répondit-elle très vite. Je n'étais pas très vieille, en tout cas.

— Admettons.

Il ne la croyait pas mais estimait qu'il valait mieux ne pas insister sur ce point.

— Combien de temps avez-vous travaillé pour cette femme?

— Oh, ça, je m'en souviens très bien. Près de trois ans.

Elle se tut et contempla ses mains, encore rougies par le labeur.

— Et pendant tout ce temps, j'ai été payée une misère. Le peu que je gagnais devait grossir le reste de mon argent pour former ma dot. Une petite dot, mais suffisante pour m'empêcher de vivre dans la rue, ajouta-t-elle avec amertume.

— Vous aviez de l'argent en arrivant au couvent ?

Elle hésita, comme si sa réponse pouvait être compromettante.

— Pas grand-chose. Quelques sous. Mais je ne peux pas les récupérer. Ma maîtresse sera allée directement au couvent pour se plaindre de ma désertion.

— Je vous comprends, Clara. Je ne vous demande pas d'y retourner. Mais dites-moi, on était censé vous payer combien ? demanda-t-il, animé d'une certaine curiosité.

— Rien la première année. Ensuite, trois livres l'an. Les filles de cuisine n'ont pas beaucoup de valeur.

— Et combien de temps deviez-vous rester auprès de cette maîtresse ?

— Sept ans.

— Dix-huit livres, fit Oliver en secouant la tête. Me direz-vous le nom de votre père, Clara ? demanda-t-il sans transition.

Le visage de la jeune fille perdit toute couleur.

— Je ne le puis, murmura-t-elle.

Ses épaules se crispèrent et ses mains, posées sur ses cuisses ainsi qu'on le lui avait enseigné au couvent, se mirent à trembler. Elle s'empressa de les dissimuler dans les amples manches de son habit de moine.

— Je ne le sais pas, ajouta-t-elle d'un ton qui se voulait normal.

— Et celui de votre mère ?

Elle fit non de la tête.

Pendant tout ce temps, Mundina l'avait regardée avec plus d'impatience que de compassion.

— Ça a été dur pour bien des familles, dit-elle. Il y a eu tant de morts. Tu te rappelles ton grand-père ?

Elle parlait doucement, d'une voix grave et agréable, qui s'écoulait comme un fleuve paisible.

— J'étais très jeune quand le mien est mort, mais je me souviens de lui, je l'appelais Petit Papa. C'était un petit homme, pas aussi grand que mon père..., reprit-elle.

— Mon grand-père ? fit la jeune fille.

Elle se détendait, maintenant que la conversation ne portait plus sur ses parents. Elle tourna la tête du côté de la fenêtre et posa sur les arbres un regard vague, mélancolique.

— Oui, je m'en souviens. Je l'appelais Aimi. Il m'apportait des friandises et de jolies robes, et puis il est mort quand tout le monde est mort autour de lui.

Elle releva la tête. Des larmes coulaient sur son visage. Elle les essuya du revers de sa manche et rejeta en arrière ses cheveux coupés à la diable.

— Mais c'était il y a si longtemps. Je n'ai plus beaucoup de souvenirs...

— Pourquoi Aimi ? demanda Mundina.

— Sûrement parce que je n'arrivais pas à dire grand-papa Aimeric.

Oliver se leva et s'approcha de la fenêtre. Il y demeura un certain temps, en silence, puis se retourna, le sourire aux lèvres.

— L'endroit le plus propice pour séjourner quelques jours, vous et Mundina, c'est chez les sœurs, mais je ne veux pas commettre l'erreur fatale de vous placer chez des religieuses qui vous connaissent déjà. Je vous demande donc seulement ceci : se trouvaient-elles dans la ville ou hors les murs ?

— Dans la ville, dit-elle vivement.

— Dans ce cas, je vous logerai chez les bénédictines de Sant Pere de les Puelles. Vous y serez en sécurité. M'attendrez-vous un moment? Je dois m'entretenir avec Mundina.

— Je ne sauterai pas par la fenêtre, dit Clara qui ébaucha un sourire. Je vous le promets.

— Tante Mundina, tu es une vraie sorcière! Tu arrives à faire parler les gens plus facilement que tous les bourreaux qui sont au service des grands de ce monde. Des friandises et de jolies robes. Son grand-père était un homme riche, dit Oliver d'un air triomphal.

— Pas un manant, assurément, répliqua Mundina.

— Si sa mère avait été une pauvresse séduite puis abandonnée avec son enfant, comme elle voulait qu'on le crût, nous aurions eu peu d'espoir de découvrir son identité. Mais je savais que ce ne pouvait être vrai.

— Oui, sa voix, ses intonations ne trompent pas.

— Même si elle a apparemment tout fait pour les perdre.

— Je crois qu'elle désirait simplement se mêler aux autres servantes.

— Ce n'était pas pour nous duper?

— Non, expliqua Mundina, je pense qu'elle a essayé de parler ainsi quand elle a commencé à travailler. Après tout, elle savait que l'existence d'antan s'était enfuie à jamais. Mais cela ne vous ferait pas de mal de la lui rendre, monseigneur.

— Nous verrons, dit Oliver. Bien. Nous connaissons le nom de son grand-père et l'année de sa mort. Découvrir qui étaient ses parents sera assez aisé.

— Tu penses que le grand-père est mort de la peste?

— « Il est mort quand tout le monde est mort autour de lui », voilà ce qu'elle a dit.

— Elle peut avoir menti.

— Non, tante Mundina. Je l'ai bien écoutée : je sais quand elle dit la vérité et quand elle ment. Cette fois-ci, c'était la vérité. Elle était à bout de nerfs, Mundina. Elle est épuisée, affamée, folle d'inquiétude et de chagrin. Elle ne pouvait plus lutter. Elle était comme domptée... trop soumise pour mentir. Comme un faucon que l'on a apprivoisé. Grâce à ta voix...

— Elle t'a bercé et fait trouver plus d'une fois le sommeil, monseigneur. Ça et mon bon lait.

— Resteras-tu auprès d'elle ? lui demanda-t-il. Sept livres d'aujourd'hui à la Nativité de Notre-Seigneur. Il faudra peut-être voyager.

Elle réfléchit un instant.

— Enverras-tu mon fils veiller sur ma maison ? Et le paieras-tu ?

— Accordé. Ton fils partira dès qu'il en sera capable. Allons chez les sœurs. Il ne faut plus tarder.

CHAPITRE VIII

— Don Bernat, je n'ai pas le temps d'établir sans le moindre doute possible son identité, dit Oliver. Je ne veux pas qu'il lui arrive quelque chose en attendant. Elle serait en sécurité en Sardaigne, auprès de Sa Majesté la reine.

Il se trouvait dans le palais royal, plus exactement dans un appartement assigné au rusé et scrupuleux Bernat de Relat, trésorier de la maison de la reine Eleanora. L'homme paraissait regretter de l'avoir invité.

— Ce qui m'étonne, seigneur Oliver, c'est que vous puissiez vous intéresser au sort d'une petite orpheline.

Il adressa à Oliver un regard interrogateur qui en disait plus long que ses mots.

— Même si elle parle comme une comtesse, vous savez pertinemment qu'il est très simple d'apprendre à un enfant intelligent à singer ses supérieurs. C'est une fille de cuisine, seigneur Oliver. Si sa beauté vous tente, vous pouvez l'installer dans un logis à vous sans me demander ma bénédiction.

Oliver se leva.

— Je ne suis pas poussé par mes désirs ni ne cherche à obtenir l'aide du trésorier de Sa Majesté pour séduire une servante, Don Bernat. Ce serait faire perdre son temps à un homme de votre rang. Je vous remercie de m'avoir écouté et vous souhaite une bonne journée.

— Un instant, seigneur Oliver. Si je vous ai offensé, j'en suis sincèrement désolé. Mais vous devez m'accorder, en toute justice, que lorsqu'un homme de votre rang s'intéresse à une fille de cuisine, ce n'est habituellement pas pour son âme.

— C'est vrai, Don Bernat, je le reconnais humblement. Et peut-être serait-ce le cas si je pensais qu'elle n'est qu'une simple servante.

— Qui croyez-vous donc qu'elle est ?

— Rappelez-vous, il y a six ans...

— La maison de Sa Majesté la reine n'était pas établie il y a six ans, monseigneur, fit sèchement Relat, mais je suis au courant des événements notables de ce royaume.

— C'est l'année où notre première reine et son enfant sont morts. La première année de la peste, Don Bernat.

— Le début d'une époque bien troublée, fit le trésorier en secouant la tête.

— Apprenant qu'il se tramait quelque chose à Saragosse, un des membres de la maison de Sa Majesté le roi a envoyé sa femme et sa fille trouver refuge auprès de son cousin, le très noble vicomte de Cardona.

— J'en ai entendu parler, monseigneur. Toute sa maison n'a-t-elle pas disparu ? Ils seraient morts pendant le voyage, dit-on. De la peste, certainement.

— Nous l'ignorons. C'est chose possible. Il est également possible qu'ils aient péri sur la route à cause de l'or qu'ils transportaient.

Oliver se mit à arpenter la pièce.

— J'ai retrouvé l'un des serviteurs, un misérable lâche qui m'a juré que des bandits avaient massacré tout le monde. Il prétendait s'en être tiré par la grâce de Dieu, un accès de colique l'ayant obligé à s'isoler de ses compagnons.

Oliver s'arrêta et regarda le trésorier droit dans les yeux. Il y avait sur son visage une curieuse expression.

— L'enfant s'appelait Clara.

— La fille que vous avez trouvée ressemble-t-elle à la disparue ? Clara n'est pas un nom inhabituel, seigneur Oliver.

— Pas beaucoup, Don Bernat. Même si elle aussi a les cheveux et les yeux sombres et le teint clair. Mais six années se sont écoulées. Ce pourrait être la petite Clara, plus âgée et différente.

Oliver posa les mains sur le bureau du trésorier et se pencha vers lui.

— J'ai aidé son père à la rechercher. Je lui ai juré de la retrouver si elle était encore en vie. Je crois que c'est fait.

— Quel âge avait-elle lors de sa disparition ?

— Sept ou huit ans, je crois.

— Comment aurait-elle pu se retrouver dans un couvent de Barcelone ? demanda le trésorier. S'ils ont été attaqués sur la route, nul doute qu'elle aura été vendue, pas confiée à des sœurs.

— Bien des choses ont pu survenir après sa capture, j'en conviens. Elle aurait pu être emmenée à Barcelone pour y être vendue et échapper à ses ravisseurs.

— C'est possible, dit Relat, même si ce n'est pas très convaincant. Pourquoi ne pas croire l'histoire de cette fille ? Le royaume compte des milliers d'orphelins et d'enfants abandonnés. Nombre d'entre eux sont des filles dont prennent soin les religieuses, et beaucoup ignorent jusqu'au nom de leur père.

— Pourquoi un marchand d'esclaves approcherait-il un citoyen respectable et lui proposerait-il d'acheter une servante chrétienne et libre venue d'un couvent ? Peu importe qui sont ses ancêtres, la chose est trop risquée. Ce serait plus facile, j'en conviens, si le père était un bon à rien et la mère une traînée.

Le trésorier réfléchit un instant.

— Vous marquez un point, seigneur Oliver. Les sœurs poseraient des questions. Surtout si elles conservent son petit pécule. Le châtiment réservé à l'acheteur et au vendeur est très lourd quand ils sont démasqués. Il fallait que le mobile fût très sérieux pour que l'on exerce semblable action à son encontre, et seuls ses ravisseurs pourraient en avoir un aussi grave.

Sa voix commençait à se teinter de passion.

— Si elle est bien la Clara qui a disparu, nous devons faire quelque chose pour elle.

— Vous pensez sincèrement que le temps est ainsi compté ? demanda Bernat. Car si c'est le cas...

— Quand je l'ai laissée chez les bénédictines de Sant Pere, une des sœurs s'est écriée : « Mais c'est la petite Clara ! » Elle a juré qu'il n'en était rien, mais je sais que cela n'a pas convaincu la religieuse. Elles avaient dû vivre dans le même couvent.

— C'est possible.

— Je dois l'enlever de là. Avant ce soir, même.

— Ce soir ? répéta Relat en retrouvant sa prudence habituelle. Seigneur Oliver, réfléchissez à ce que vous faites. Cette fille peut être la première venue. Quelqu'un qui vous connaît bien et veut en savoir davantage l'aura placée sur votre chemin. Son maître peut l'avoir délibérément nommée Clara en espérant que vous la prendriez pour la nièce de Cardona.

— Non, Don Bernat. C'est impossible.

Avec patience, il exposa les arguments dont il avait précédemment fait part au sergent : leur retard imprévu, cette halte inattendue.

— Je suppose que vous avez trop d'expérience pour vous laisser facilement abuser, dit le trésorier d'un air pensif. Et nous avons des raisons de vous être reconnaissant. Mais une fille de cuisine, tout de même !

— Ce n'est pas...

— C'en était une, Oliver. Vous dites qu'elle s'exprime bien. Sait-elle coudre ?

— Je l'ignore. Les sœurs ont dû lui enseigner ce genre de choses.

— Eh bien, demandez-le-lui, fit Relat d'un ton irrité. Elle et sa compagne peuvent rester ici ce soir avec le reste de la maison de la reine. Trouvez si elle sait coudre. J'ai beaucoup à faire avant que ce maudit navire ne quitte le port.

Oliver murmura l'expression de sa gratitude et sortit du cabinet du trésorier.

Oliver conduisit les deux femmes vers la porte du couvent où des chevaux les attendaient.

— Pourquoi devons-nous partir ? l'interrogea Mundina. Clara est épuisée.

— Il le faut, c'est tout, répondit-il, mais nous n'irons pas loin. En ville, pas ailleurs.

— Où ça ? demanda Clara, les yeux pleins de terreur.

— Ni dans un couvent ni chez un maître. Ce serait tout de même plus facile si vous me faisiez confiance un instant. Je vous emmène dans un endroit plus sûr.

— Qu'entendez-vous par là ?

— Vous le saurez dans un instant. Mais d'abord, je me dois de vous poser une question. C'est très important.

— Quelle est-elle ? fit Clara, soupçonneuse.

— Savez-vous coudre ?

— Si je sais coudre ? Mais bien entendu. De quel type de couture parlez-vous ? ajouta-t-elle avec une certaine hésitation.

— Je ne sais pas. De couture...

— De travaux d'aiguille ? De ravaudage ? Ou de coupe d'habits comme le font les tailleurs ?

— Je ne sais pas, je vous le répète.

— Je sais travailler à l'aiguille et ravauder, évidemment. Je suppose que, si j'avais de l'étoffe à ma disposition, je pourrais me confectionner une robe. Je ne serais cependant pas aussi vive et douée que celles qui en vivent.

Intimidée, épuisée et toujours vêtue de son ample habit de franciscain, Clara se tenait aux côtés d'Oliver et faisait face au trésorier de la reine, à son secrétaire, à l'adjoint dudit secrétaire et à un scribe.

— Savez-vous faire un ourlet ? demanda le trésorier qui compulsait ses notes.

— Certainement, Don Bernat, répondit Clara, perplexe. Cela n'a rien de difficile.

— Et broder ?

— Oui, Don Bernat. Bien que, pour le moment, je ne dispose ni d'aiguille ni de ciseaux, en un mot de tout ce qui est utile à semblable tâche.

— Voilà un très bon point, dit le trésorier en se tournant vers le jeune secrétaire adjoint, lequel contemplait avec stupéfaction le petit franciscain. Veillez à ce que notre jeune amie ait dès demain tout ce dont elle a besoin. Faites vérifier que le nécessaire est au complet et signez vous-même le rapport.

— Une trousse de couture ? dit le secrétaire adjoint comme s'il allait protester, puis il changea d'avis. Comme vous voudrez, Don Bernat. Faudra-t-il autre chose ?

— Une robe droite, je suppose, s'amusa Don Bernat. Voyez ce que ces dames détiennent dans la garde-robe. Le plus vite possible. À mon avis, ajouta-t-il en se tournant vers Clara, Sa Majesté et vous-même êtes sensiblement de la même taille, bien que vous soyez un peu plus petite...

— Beaucoup plus petite, trancha le secrétaire.

Bernat de Relat lui adressa un regard approbateur.

— On m'a dit que c'était une modification facile à apporter. Il ne devrait pas y avoir de difficulté.

— Merci, Don Bernat, dit Clara.

— Une robe droite donc, dit le secrétaire adjoint en notant ces mots. Je m'en occupe immédiatement si Votre Seigneurie n'a plus besoin de mes services.

— Faites...

Don Relat le renvoya d'un geste de la main et le regarda sortir de la pièce.

— Je ne devrais pas taquiner ainsi votre jeune assistant, dit-il au secrétaire quand la porte se fut refermée. Mais il a un air si sérieux que je ne puis m'en empêcher. Bien. Maîtresse Clara, ajouta Relat en se tournant vers elle, votre suivante et vous-même partirez dans deux jours sur le navire de ravitaillement de Sa Majesté.

— Je vous en suis très reconnaissante, Votre Seigneurie, répondit-elle, surprise.

— Et je pense que pour l'heure, tout au moins, il sera plus prudent que vous demeuriez un franciscain quand vous vous trouverez hors de ces murs. Bonne journée, maîtresse Clara.

Une porte s'ouvrit comme par magie et, sans trop savoir comment, Clara se retrouva dans le couloir en compagnie de Mundina.

— Que ferai-je en Sardaigne ? demanda Clara quand Oliver eut quitté à son tour les appartements du trésorier.

— Vous serez au service de Sa Majesté la reine. C'est pour ça que nous désirions apprendre si vous saviez coudre.

— Mais qu'est-ce que cela implique, seigneur Oliver ?

— Je l'ignore, fit-il avec un geste d'impatience. Vous devriez mieux le savoir que moi. Mais à votre place, je ne demanderais pas d'explications à autrui. N'en parlez à personne.

— Comme je ne quitterai pas le palais avant deux jours, répliqua-t-elle avec esprit, à qui voulez-vous que j'en parle ? Je ne suis guère plus qu'une prisonnière, ici.

— Pas une prisonnière... Vous êtes en sécurité.

— Maîtresse Clara ?

C'était la voix aiguë d'un petit page qui, portant la livrée de Sa Majesté la reine, courait vers eux.

— Je suis maîtresse Clara.

— Vous devez venir avec moi, ainsi que votre suivante, et je dois vous montrer vos chambres, dit-il en s'inclinant, le rouge aux joues.

Il fit demi-tour et repartit dans le couloir.

— Où serez-vous, seigneur Oliver ? demanda Clara affolée.

— Dans un endroit tranquille, à écrire une lettre. Deux lettres, en fait. Ne vous inquiétez pas. Nous nous reverrons jeudi matin. Hâtez-vous, le page va bientôt disparaître.

La première lettre d'Oliver fut terminée bien avant vêpres. Il la scella, la contempla un instant, puis sonna le page.

— Ceci doit partir le plus tôt possible pour Gérone, dit-il en la brandissant. C'est pour l'évêque. Trouve-moi une estafette.

— Je vous demande pardon, seigneur, dit le jeune garçon, mais ça va vous coûter très cher de l'envoyer ainsi.

Oliver leva les yeux au ciel d'impatience.

— S'il me plaît de payer...

— Je sais, monseigneur, que le messager de l'évêque part très bientôt pour Avignon. Il passe demain matin par Gérone et, pour quelques sous, il s'en chargera. Il est digne de confiance. Si vous le voulez, je cours tout de suite jusqu'au palais épiscopal avec votre missive, mais il voudra être payé d'avance.

— Comme cela tombe bien que Son Excellence l'évêque de Barcelone préfère vivre en Avignon ! dit Oliver avec un clin d'œil.

Il donna la lettre au page, accompagnée de quelques pièces.

— En voici deux pour toi, ajouta-t-il avant d'entreprendre d'écrire la seconde lettre, autrement plus délicate.

La lettre arriva à temps à Gérone pour que l'estafette et sa robuste monture profitent pendant la journée de l'hospitalité du palais épiscopal.

— Le courrier de Barcelone vient d'arriver, Votre Excellence, annonça le secrétaire, Bernat sa Frigola.

— Et que nous réserve-t-il aujourd'hui ? De nouvelles contrariétés ?

— Le lot habituel, Votre Excellence, mais la plupart des problèmes peuvent être traités par des tierces personnes. Il y a aussi une lettre du seigneur Oliver, écrite hier à Barcelone.

— Qu'a-t-il à m'annoncer ?

— Le voyage fut riche en événements, Votre Excellence, mais le jeune Yusuf et les marchandises sont arrivés et se trouvent en ce moment même au palais royal.

— Y compris l'or ?

— Chaque pièce a rejoint le trésor après avoir été comptée et recomptée, Votre Excellence. Le seigneur Oliver raconte avoir trouvé un enfant en cours de route, une fille. Je vous lirai cela dans un instant. Il vous interroge à propos d'un chevalier, Asbert de Robau, et de son fils, Gueralt, également rencontrés sur leur chemin.

— Je connais la famille, dit Berenguer. Ainsi qu'Asbert. Un soldat brave et loyal. En revanche, je n'ai jamais entendu parler de Gueralt. Est-ce son héritier ? Envoyez chercher Francesc, Bernat, je vous prie, et parlez-moi de cette fille.

Francesc Monterranes, le confesseur de l'évêque, avait l'habitude qu'on l'interroge ainsi à brûle-pourpoint. Mais cette question-là l'obligea à réfléchir un instant.

— Je crois, dit-il enfin, que l'héritier d'Asbert portait son nom, Votre Excellence. Il est bien entendu possible qu'Asbert le jeune soit récemment décédé pour une raison ou une autre, transmettant alors l'héritage à son frère. Si tel est le cas, la nouvelle ne nous en est pas parvenue. On racontait qu'Asbert avait épousé une étrangère.

— Une étrangère ? interrogea Bernat.

— Mon bon Bernat, dit l'évêque, cette notion est relative. Elle peut être originaire d'ici et passer aux yeux de certains pour une étrangère. Puisque Oliver pense que c'est important, je vais écrire à mon cousin pour savoir ce qu'il en est.

— Avant de passer au reste du courrier, Votre Excellence, dit Bernat, maître Pons Manet aimerait vous entretenir d'une plainte qu'un bourgeois souhaite déposer.

— Alors nous le verrons, dit-il, et un page alla chercher l'homme qui était à la tête du conseil de cette ville.

— Merci de me recevoir, dit Pons Manet. Bonjour, père Francesc, père Bernat. Je ne vous aurais pas dérangé si je n'avais moi-même été si perturbé.

— Qu'est-ce qui vous trouble ainsi, maître Pons ? demanda l'évêque, surpris, car Pons Manet était de nature un homme calme et raisonné.

— Luis Mercer est venu me trouver ce matin pour me faire savoir qu'il voulait déposer une plainte. Il disait avoir vu deux membres de la communauté juive hors de la ville. L'homme sans sa cape et la femme s'exhibant impudemment en public, sans voile ni rien qui la cache, chevauchant dans la campagne sans licence ni permission ainsi que le ferait un seigneur chrétien.

— N'avait-il rien d'autre à leur reprocher ? Qui étaient-ce ? Je parle des Juifs, évidemment.

— Votre médecin, Votre Excellence. Qui est aussi le mien. Je ne puis croire de telles allégations.

— Quand cela est-il censé s'être produit ?

— Le jour où le jeune Yusuf est parti pour Barcelone. Maître Isaac et maîtresse Raquel ont fait un bout de chemin avec lui.

— C'est vrai. Et vous m'avez dit que le plaignant était...

— Maître Luis. Je veux dire Luis Mercer.

— Cet homme commence à me chauffer les oreilles, maître Pons. Je vous serais reconnaissant d'aller trouver Luis Mercer, et de l'informer que maître Isaac et sa fille se trouvaient hors de la ville sur autorisation de l'évêque de Gérone, en affaires pour le diocèse, et que selon des témoins dignes de foi, tous deux étaient convenablement vêtus lors de ce bref voyage. Dites-lui aussi que toute autre tentative de harcèlement à leur encontre aura de sérieuses conséquences.

— Je n'y manquerai pas, Votre Excellence. Et je vous remercie. Moi aussi, je commence à me lasser de ses intrigues. Il voit de la lubricité chez une grand-mère veuve depuis vingt ans qui traverse seule la place pour assister à la messe. Il faut toutefois se montrer charitable, ajouta-t-il, et reconnaître qu'il n'a pas été très bien récemment.

— Dans ce cas, et si vous le souhaitez, nous n'en parlerons à personne tant qu'il se tiendra tranquille.

— Excellente idée. Voulez-vous en informer maître Isaac ?

— Pas pour le moment, mais je le ferai si nécessaire.

— Tous mes remerciements, Votre Excellence.

Soulagé, Pons Manet se rendit chez Luis Mercer pour lui conseiller d'oublier sa plainte.

Comme les ombres s'allongeaient et que la ville commençait à s'éveiller après la chaleur caniculaire de l'après-midi, les méditations d'Isaac furent interrompues par le tintement de la cloche de la porte et une invitation pressante à se rendre au domicile du même Luis Mercer.

— On me dit qu'il est très malade. Puis-je savoir de quoi il souffre ? demanda-t-il au serviteur venu porter le message. Il le faut si je veux apporter ce qu'il convient.

— Il ne peut ni manger ni dormir, maître Isaac. Il a sombré dans une terrible mélancolie et ne peut lutter contre ce mal.

— Voilà qui m'aide. Raquel ?

— Oui, papa, dit-elle. Je sais quoi prendre. Du moins, je le pense.

— Le reste lui sera envoyé ultérieurement. Allons-y à présent. Et voile-toi bien. Rappelle-toi à qui nous rendons visite.

— Oui, papa.

Sur quoi, Raquel couvrit son visage et sa tête d'un voile léger. Elle tendit le panier à Judah et tous trois suivirent le serviteur de Luis Mercer jusqu'à la demeure de ce dernier.

Luis était blotti dans un fauteuil garni de coussins, l'air pâle, les yeux caves par manque de sommeil. Raquel savait grâce aux commérages que c'était un veuf d'une trentaine d'années, qu'il avait perdu sa jeune épouse et leur nouveau-né six ans plus tôt et que leur décès l'avait tant affecté qu'il n'avait désiré aucune autre femme depuis. Elle savait aussi que comme il était assez beau, jeune et riche, plusieurs femmes en âge de se marier avaient consacré en vain beaucoup de temps et d'énergie à chercher à attirer son attention.

— J'ai entendu dire, maître Isaac, fit Luis, que vos remèdes sont des plus efficaces, surtout lorsque les maux semblent nous harceler sans répit.

Sa voix s'éleva de façon surprenante.

Raquel guida son père vers une chaise, tout près de son patient. Il s'assit.

— Quels maux vous hantent au point qu'il y a du désespoir dans votre voix quand vous les évoquez ? demanda le médecin.

— J'ai dans la tête de tels élancements que je crois que ça va me rendre fou. Je ne puis dormir, et quand je dors, je sombre dans des rêves emplis de terreur.

— Depuis quand ? dit Isaac qui avait pris le poignet et la main de son patient.

— Les insomnies m'affligent depuis la mort de ma chère femme, expliqua-t-il. Peut-être même avant. Mais les maux de tête n'ont commencé qu'il y a quelques semaines. Cela va et vient, mais, ces derniers jours, ce fut continu. Ce ridicule incident lorsque nous nous sommes rencontrés en pleine campagne — je suis certain que vous vous en souvenez — vous en aura montré les effets sur moi. Un paysan m'a indiqué la mauvaise maison et, au lieu de demander comment me rendre dans la propriété que je souhaitais visiter, je me suis mis dans une épouvantable colère. J'ai eu peur, maître Isaac, car je n'avais jamais rien fait de tel auparavant.

— Si votre serviteur veut bien apporter de l'eau chaude, ma fille lui montrera comment préparer une potion apaisante qui vous aidera. Mais je dois d'abord vous examiner.

Ses doigts habiles palpèrent le crâne, le visage, le cou et les épaules du marchand.

— Je vous avais déjà vus, votre fille et vous, ce même matin, dit Luis quand le médecin lui malaxa doucement les omoplates. Lors de la mort de notre pauvre greffier. J'en ai été bouleversé.

— Était-ce l'un de vos amis ?

— Il était trop timide et trop humble pour se lier d'amitié avec les membres de la bourse de commerce, mais je l'aimais bien. Comme ce fut le cas avec mon épouse, c'est toujours terrible que de voir s'achever une jeune existence.

— Jeune ? s'étonna Isaac. Pasqual Robert n'était pas si jeune que ça.

— Il n'était pas très vieux non plus. Moins de quarante ans. A-t-on découvert ses assassins ?

— Il est possible qu'il ait été tué par un Castillan. Pour des raisons que j'ignore.

— Est-ce ce que pense Son Excellence ?

— Je n'en suis pas certain, dit le médecin. Il ne m'en a pas parlé. Tenez, ajouta-t-il en cessant de le masser, prenez cette potion. Elle soulagera vos maux de tête et détendra vos épaules. Elle vous aidera aussi à dormir, et le sommeil ne peut que chasser la douleur. Souffrant moins, vous retrouverez l'appétit. Des plats légers dans un premier temps, fit Isaac en se tournant vers le serviteur, afin de ne pas provoquer une surabondance de bile. Des légumes, aussi, de la soupe, du poisson et des œufs. Tout ce qui ne risque pas d'échauffer le sang et d'épuiser le corps.

— Qu'avait donc maître Luis Mercer ? demanda Judith, occupée à peler une poire pour son mari. Vous faire appeler ainsi par une telle chaleur...

La famille du médecin était réunie dans la cour, les reliefs du dîner posés sur la table, devant eux. Le soleil était couché depuis longtemps, mais la lumière du jour s'attardait.

— Il a l'air d'être toujours très affecté par la mort de son épouse, dit Isaac.

— Quand est-elle partie ? demanda Raquel.

— Il y a longtemps, lui répondit sa mère, bien avant la peste.

— Il y a sept ans exactement, dit Isaac.

— Étaient-ils mariés depuis longtemps ? voulut savoir Raquel.

— Non, fit son père en bâillant, un an ou deux, pas plus.

— Une telle fidélité à un souvenir...

— C'est ce qui l'a rendu si bizarre, dit Judith.

— Bizarre ? En quoi, ma mie ?

— Isaac, vous devez le savoir. Il voit de la débauche dans toute femme. Il a chassé l'une de ses servantes il n'y a pas un mois. La pauvre petite n'avait jamais pensé à mal, et elle se serait retrouvée dans la rue si maître Pons ne l'avait prise chez lui.

— C'est vrai, dit Raquel. J'ai entendu d'autres choses à son propos. Mais pourquoi un homme qui aimait tant une femme peut-il haïr à ce point toutes les autres ?

— Il ne l'a jamais aimée, trancha Judith. Elle avait une belle dot, voilà tout. Chacun le savait, et peu importe ce qu'il raconte aujourd'hui.

— Les souvenirs de ta mère sont dérangeants pour qui voudrait réécrire l'histoire, dit Isaac d'un air narquois.

— De quoi est-elle morte ?

— De rien de spécial. Elle s'est éteinte, c'est tout. Elle n'était pas très vive dans les premiers temps, et sa santé ne s'est pas améliorée. Et maintenant il traite toutes les femmes comme il traitait la sienne.

— Ta mère exagère, dit le médecin. Mais je serais heureux de voir revenir Yusuf. Je n'aime pas beaucoup t'emmener dans la maison d'un patient tel que celui-ci. Il adore les accusations mensongères. Oh, à propos de Yusuf, Son Excellence a reçu une lettre du seigneur Oliver.

— Comment va Yusuf ? demanda Judith qui s'arrêta brusquement de peler la poire. Y a-t-il quelque chose qui n'aille pas pour que le seigneur Oliver doive écrire ?

— Non, ma mie. Yusuf va très bien. Le seigneur Oliver avait d'autres affaires à discuter avec Son

Excellence et nous a adressé ce message par courtoisie.

— Il m'avait l'air d'un homme assez plaisant, dit Raquel, quoique légèrement contrarié.

— Son collègue et ami venait de mourir, expliqua le médecin.

— Je comprends. Quand Yusuf doit-il partir pour la Sardaigne ?

— Demain.

— Je me demande si nous aurons de ses nouvelles avant son retour, dit Raquel d'un air sombre et les larmes aux yeux. Si jamais il revient...

— Allons, cesse de remuer ce genre d'idées, lui dit sa mère. Je ne veux rien entendre de tel.

La remarque un peu sèche de Judith fut interrompue par l'arrivée d'un jeune garçon qui fit tinter la cloche, secoua le battant de la porte et appela le médecin.

Avant même qu'Ibrahim, le portier, eût le temps de traverser la cour, Isaac envoyait chercher Judah.

— Maître Isaac ! cria l'enfant quand il fut enfin entré. Vous devez venir, vite ! Il y a un homme qui se meurt dans notre maison. Il délire comme un dément et la maîtresse dit que si nous n'allons pas chercher le médecin, ce sera terminé pour lui demain matin.

— De quoi se meurt-il ? demanda Isaac.

— Je ne sais pas, maître, la maîtresse ne me l'a pas dit.

— Il le faut pourtant si je veux apporter les potions adéquates. Pourquoi délire-t-il ? A-t-il été frappé à la tête ? Est-il victime des fièvres ?

— C'est sa blessure au bras, dit l'enfant.

— Dans ce cas, ils auraient dû appeler le chirurgien.

— Non, c'est une blessure qui suppure et qui ne date pas d'aujourd'hui. Il a de la fièvre, maître Isaac, car il me prend pour sa mère, son père et toutes sortes de gens.

— Isaac, vous n'avez pas fini de souper, dit Judith sur un ton de reproche.

— J'ai mangé autant qu'il convient à un honnête homme, ma mie. Et maintenant, l'on a besoin de moi. Raquel, vérifie le contenu du panier, remplace ce que l'on a utilisé cet après-midi. Que Judah prenne une lanterne pour notre retour.

— Oui, papa, répondit Raquel que toute idée noire avait quittée.

L'enfant les conduisit dans une auberge sise près de la rivière, non loin de la porte nord de la ville. Il y travaillait comme garçon de cuisine, palefrenier, porteur, messager, enfin tout ce qu'on lui demandait. Seule la manipulation de l'argent des clients lui était interdite car on le considérait trop inexpérimenté.

Ce soir-là, l'établissement n'accueillait qu'un hôte payant dans sa mansarde mal aérée.

— Il nous faut de la lumière, demanda Raquel à la tenancière.

— Pourquoi un aveugle aurait besoin de lumière, je vous le demande ? Vous savez ce que ça me coûte, une bougie ?

— Je le sais très précisément. Et j'ai besoin de voir. Il est inutile de nous appeler si nous ne pouvons travailler. Apportez-moi des bougies, sur-le-champ.

La femme jura, grommela et disparut avant d'envoyer le gamin, porteur de trois maigres chandelles.

— Il ne va pas bien, papa, dit Raquel. La blessure infectée est au niveau de l'avant-bras, ajouta-t-elle en guidant sa main vers le membre malade.

Il fit courir ses doigts sur le bras, de la main à l'aisselle, doucement d'abord, puis en exerçant davantage de pression. Il se pencha et écouta longuement les battements de son cœur.

— De quelle couleur est le bras ? dit-il en se redressant.

— Je vois mal, mais tout l'avant-bras semble rouge et enflé, dit Raquel. La putréfaction s'étend, se permit-elle d'ajouter.

— Effectivement, je le sens. Ce soir, nous allons poser un drain et nettoyer du mieux possible. Un chirurgien nous dirait s'il y a de l'espoir, mais cette discussion attendra demain matin.

— Vous ne paraissez pas très optimiste, papa.

— Une fois commencé, ce genre de chose est assez difficile à arrêter. La partie supérieure du bras n'a pas la consistance voulue.

Raquel enserra le membre de ses doigts. Il était chaud, curieusement résistant au toucher.

— Vous avez raison, papa. Commencerons-nous ?

Pendant tout l'examen, l'homme couché dans le lit avait semblé dormir ou ne rien comprendre à ce qui lui arrivait. Soudain, il tenta de se redresser.

— Il faut y aller ! s'écria-t-il. Oui, il faut y aller !

— Il n'est pas d'ici, fit remarquer Raquel tout en aidant Judah à sortir les produits nécessaires à la préparation d'un mélange apaisant.

— C'est évident, sinon il ne séjournerait pas à l'auberge.

— Oui. Il vient d'Aragon, n'est-ce pas ?

— C'est possible.

Le patient eut une série de soubresauts avant de lever son bras malade. Raquel le lui prit à deux mains et le replaça sur le lit.

— Allons, dit-elle, calmez-vous. Nous sommes ici pour nous occuper de vous.

— Maître, cria-t-il, aidez-moi ! Maître Geraldo, venez m'aider. Je n'y arriverai pas tout seul !

Il s'affaissa, haletant.

— Il a fait ça toute la journée, dit la tenancière qui venait d'apparaître en haut de l'escalier. C'est pour ça que je vous ai envoyé chercher. J'avais pas envie de l'entendre brailler sans arrêt. Vous pouvez pas lui donner quelque chose pour qu'il reste tranquille jusqu'à ce qu'il meure ? suggéra-t-elle. J'ai essayé l'eau-de-vie, mais il en a pas voulu.

— Sauvez-moi, maître ! cria l'homme couché sur le lit. Aidez-moi !

— Apporte-nous de l'eau chaude, la mère, dit Isaac, et nous ferons de notre mieux.

La tenancière appela le gamin d'une voix criarde et redescendit au rez-de-chaussée.

Raquel mêla l'eau, le vin, le sucre et quatre gouttes d'une substance noire et amère, puis elle fit doucement couler la mixture dans la gorge de l'homme. Après un instant, ses membres se détendirent. De sa lancette, elle creva l'abcès, libérant une grande quantité de matière putride que Judah nettoya courageusement. Elle lava la blessure avec du vin, la recouvrit d'huile et d'herbes pour empêcher le retour de l'infection, la banda, puis fit à nouveau boire le blessé.

Il ouvrit les yeux et regarda autour de lui sans comprendre où il se trouvait.

— Je vous en prie, avertissez mon maître.

— Qui est votre maître ? fit Raquel en se penchant vers lui. Dites-le-moi, et je le mettrai au courant.

— Tout le monde le connaît. Oui, tout le monde connaît mon maître...

Sur quoi, il ferma les yeux et s'endormit.

CHAPITRE IX

La foule rassemblée sur le port était considérable pour une heure aussi matinale. La ville somnolait encore dans l'obscurité, mais, au bord de l'eau, une lune décroissante et l'aube toute proche procuraient assez de lumière pour s'affairer. À l'est, l'horizon se définissait déjà par des lambeaux de nuages rosés qui séparaient la mer noire du ciel virant au gris.

La plupart des hommes étaient des débardeurs faisant le va-et-vient entre des charrettes lourdement chargées et les accons, embarcations à fond plat tirées jusqu'au rivage. Un greffier sobrement vêtu muni d'une liste détaillée se tenait auprès de chaque charrette pour noter l'enlèvement des tonneaux, sacs, coffres et autres paquets. Près de chaque bateau, un autre greffier notait avec soin tout ce qui montait à bord.

Quand arriva le petit groupe venu de Gérone, le ciel avait déjà viré au bleu et le soleil projetait ses premiers rayons sur les mâts d'une galée à l'ancre en eau plus profonde. Oliver mit pied à terre, dit au palefrenier de ramener les chevaux et chercha le responsable des opérations.

— Je ne m'attendais pas à trouver le noble Bernat de Relat en personne entouré d'une armée de scribes et chargeant lui-même les navires, dit-il. La plupart seraient restés au lit et auraient confié cette tâche à un adjoint et au capitaine.

Effectivement, le trésorier de Sa Majesté la reine se trouvait au centre d'un groupe de manœuvres. À ses côtés, un enfant d'une dizaine d'années tenait à la main un grand manuscrit, ouvert sur la dernière section d'une longue liste de marchandises.

— Connaissez-vous une autre façon, seigneur Oliver, de s'assurer que chaque objet commandé sera reçu par Sa Majesté ?

— C'est vrai, il n'y en a pas. Sinon, des biens de valeur passent mystérieusement par-dessus bord, pour se retrouver la semaine suivante sur la table des débardeurs ou les épaules de leurs femmes.

— S'il devait en aller ainsi des possessions de Sa Majesté, les responsables le paieraient très cher, vous pouvez m'en croire, dit Relat avec froideur.

— Accompagnerez-vous personnellement ce vaisseau, Don Bernat ? Ou allez-vous envoyer votre jeune aide ?

— Mon fils est aussi rusé que certains, dit Relat en tapotant l'épaule de l'enfant. Il s'occupera des listes la prochaine fois. Mon représentant veille sur la cargaison. Et il n'est pas aussi tendre que moi, ajouta-t-il avec un sourire plein de sous-entendus. Vous pouvez être certain qu'il prendra grand soin de tout. Y compris de votre maîtresse Clara.

— Elle n'est pas mienne, Don Bernat, s'empressa de répondre Oliver. Mais pourquoi lui avoir demandé si elle était habile à manier l'aiguille ?

— Sa Majesté la reine confie la garde-robe royale à ses dames de compagnie, expliqua Relat, et dans une lettre récente, elle s'est plainte de l'absence de couturières confirmées. Je voulais m'assurer de la compétence de maîtresse Clara.

— Ah, je comprends à présent, dit Oliver en riant. Mais j'aimerais vous demander une faveur — à vous et à votre représentant.

— Vous voir mon obligé sera chose nouvelle, seigneur Oliver. Demandez, et si c'est possible, ce sera fait.

— Merci. Cette lettre pourrait-elle être transmise à Sa Majesté dès que le navire entrera au port ? J'en suis l'auteur.

— Voilà une modeste requête, me semble-t-il. Rien d'autre ? Le transport sur la galée de plusieurs bêtes sauvages ? D'autres missives ?

— Elles sont dans le courrier officiel. Mais puis-je vous présenter quelqu'un, Don Bernat ? Voici le pupille de Sa Majesté le roi, Yusuf ibn Hasan, qui va servir en Sardaigne. En tant que page.

— Nous prendrons grand soin de lui, de maîtresse Clara et de la lettre, dit Relat.

Il adressa un signe de tête à Yusuf puis, avec un regard excédé, les abandonna pour régler le différend qui semblait avoir surgi entre un acconier à l'air pugnace et un scribe patient : ce dernier cherchait à empêcher ledit patron de quitter le rivage tant que son bateau ne serait pas complètement rempli.

— Il a l'air fatigué et assez mal à l'aise, fit remarquer Yusuf.

— Je pense qu'il a passé toute la nuit à vérifier des cargaisons. Toutes ces marchandises sont destinées à Sa Majesté, et il en est le seul responsable.

La galée était plus propre au transport de marchandises que de passagers, pourtant de plus en plus de monde apparaissait sur le rivage. Un groupe de trois dominicains et un serviteur portant un lourd coffre sur son dos arrivèrent alors : les habits immaculés de l'ordre des Frères prêcheurs étaient éblouissants, presque autant que le sable clair et la mer scintillante. Oliver remarqua à peine leur présence — des dominicains en déplacement étaient une chose assez commune — jusqu'à ce qu'ils s'arrêtent près de Yusuf, en conversation avec Clara et Mundina.

Les dominicains lui parurent soudain intéressants. Oliver se dirigea vers les charrettes, s'en écarta et s'arrêta près des religieux. Il se pencha comme pour ramasser un objet dans le sable.

— Bonjour, pères, dit-il en se relevant. Embarquez-vous sur ce bateau ?

— Pas tous, répondit le plus âgé des trois. Seulement le père Crispiá ici présent. Nous ne faisons que l'accompagner pour nous assurer qu'il monte à bord en toute sécurité.

— Et j'en remercie mes frères, dit l'intéressé.

C'était un homme grand et mince, au nez aquilin, aux yeux vifs et sombres.

— Venez-vous avec nous ? demanda le frère.

Son accent du Sud et son teint hâlé suggéraient des royaumes lointains, Grenade peut-être.

— Je suis moi aussi venu accompagner mes amis, répondit Oliver. Je crois que nous n'aurons plus à attendre longtemps.

— On nous a priés de nous trouver ici avant prime, dit d'un ton acerbe le doyen des dominicains. Et nous voici.

— Ils continuent de charger les marchandises dans la cale, dit le plus jeune frère, captivé par la scène.

Oliver remarqua qu'il y avait encore plus de monde — des amis et des curieux pour qui le spectacle des acconiers et des débardeurs, des greffiers et des passagers, du chargement et du départ d'un vaisseau, allait constituer le point fort de la journée. Les trois personnes dont il était responsable disparaissaient dans une mer humaine.

— Seigneur Oliver, l'interrompit une voix familière. Vous avez changé de tenue et de livrée. Nous accompagnerez-vous en Sardaigne ?

Oliver se retourna pour découvrir le jeune Robau, rencontré peu avant sur la route. Il secoua la tête.

— Non, señor. Mais votre père et vous-même ne deviez-vous pas partir hier ?

— Effectivement, seigneur Oliver, répondit Gueralt de Robau. Jusqu'à ce que mon père se rappelle qu'il restait encore une affaire importante à régler. Il m'a prié de m'en charger et m'a réservé une place sur le vaisseau de Sa Majesté la reine.

— Nul doute que le jeune Yusuf appréciera d'avoir de la compagnie, dit Oliver, qui aperçut ceux dont il avait la charge.

Il se hâta de les rejoindre avant de les perdre une fois encore dans la marée humaine.

— Non, maître Isaac, fort heureusement, Son Excellence se porte à merveille aujourd'hui, dit Bernat sa Frigola, le secrétaire de l'évêque. Mais elle désirait que vous vous joigniez à elle parce que les hommes ayant escorté le jeune Yusuf à Barcelone venaient de revenir. Ils vous attendent dans la petite salle de réception.

Isaac fut conduit dans une pièce fraîche, haute de plafond, où Berenguer, le capitaine, le sergent, Bernat et deux scribes étaient installés à une longue table.

— Maître Isaac, dit le sergent après avoir brièvement donné des nouvelles de la santé de Yusuf, je crains que nous n'ayons failli à l'un de nos devoirs.

— Et quel est-il ? demanda Isaac.

— Chargés comme nous l'étions, nous avons oublié derrière nous un grand pot de terre qui appartenait à votre femme. Il a été remplacé. J'espère qu'elle trouvera le nouveau à sa convenance.

— Vous aviez certainement assez de place pour un pot, non ? dit Berenguer amusé.

— Pas jusqu'à ce que les gardes quittent leurs montures et que nous chargions les bagages sur les chevaux. Pour reposer ses jambes, j'ai dû ne rien faire porter à cette pauvre Golondrina. Au retour, notre fardeau était assez léger : les épices et soieries ne pèsent pas grand-chose.

— À présent, dites-moi ce que vous savez de

Robau, sergent. Le seigneur Oliver m'a écrit à propos du père et du fils. Il était inquiet, me semble-t-il.

— Asbert de Robau est un digne chevalier connu de tous, Votre Excellence, répondit le sergent.

— J'en suis conscient, fit Berenguer.

— Oui, Votre Excellence. Je n'ai eu aucune raison de changer d'avis à son propos. Mais son fils m'a mis mal à l'aise. Il s'intéressait trop vivement au jeune Yusuf et à la raison de sa présence parmi nous. Au seigneur Oliver, également. Ce jeune gentilhomme posait tant de questions qu'on l'imaginait mieux en train d'arranger le mariage de sa sœur que de bavarder innocemment avec des personnes rencontrées en chemin.

— Peut-être trouvait-il pesante la présence de son père. Il cherchait de la compagnie, rien de plus.

— C'est ce que j'ai d'abord pensé, Votre Excellence, mais il a continué, et cela ne m'a pas plu. Pas du tout.

— Vous avez un certain flair pour la vilenie, Domingo, dit le capitaine. Si nous croisons à nouveau ce Gueralt de Robau, nous le surveillerons avec intérêt. Avez-vous d'autres choses à signaler? Nous avons déjà parlé de la jeune orpheline recueillie par le seigneur Oliver.

La conversation dévia sur les spéculations relatives à Clara, puis la réunion prit fin.

— Avant de m'en aller, Votre Excellence, dit Isaac, je dois vous signaler que nous avons soigné un étranger la nuit dernière dans l'auberge de la mère Benedicta.

— Un étranger? s'étonna le capitaine.

— Il s'appelle Martín. Ma fille et moi-même avons été appelés pour une blessure au bras qui s'infectait. Il nous a fait part d'un message pour son maître...

— A-t-il dit son nom, maître Isaac?

— Il s'agit d'un certain Geraldo, capitaine. Il nous a priés de dire à son maître qu'il était blessé. J'ai déduit de ses propos incohérents qu'il s'était retrouvé seul face à un adversaire plus fort que lui.

— Avez-vous une raison particulière de nous relater cette intervention, maître Isaac ? demanda l'évêque.

— Non, Votre Excellence. Ce blessé parle comme un Castillan, c'est tout. Sa présence en ville est peut-être insignifiante.

— Ce Martín est-il en état de parler ? voulut savoir le capitaine.

— Je l'ignore. J'irai le voir dès que Son Excellence n'aura plus besoin de moi. Il n'avait pas recouvré ses esprits quand je l'ai quitté, mais vous êtes le bienvenu si vous souhaitez m'accompagner, capitaine. Il se sent peut-être un peu mieux.

— Pourquoi cette curiosité pour mon patient, capitaine ? demanda Isaac alors que les deux hommes, accompagnés de Raquel, du petit Judah ainsi que de deux gardes, se dirigeaient vers l'auberge.

— Je m'intéresse à tout étranger de passage. Jusqu'à ce que je sache pourquoi il est ici.

Un groupe de quatre buveurs s'inquiéta de leur intrusion. Raquel avait tiré son voile sur son visage, et la pénombre du bouge la faisait trébucher. Intimidé, Judah se serrait contre elle. Le capitaine traversa la salle comme s'il allait faire voler en éclats la cuisine et tapa fort du poing sur la table.

— Holà, mère Benedicta, cria-t-il, nous sommes venus voir ton patient !

La tenancière sortit de sa cuisine et secoua la tête.

— Il est pas trop en forme. Je lui ai monté à manger, mais il a rien voulu prendre. S'il doit mourir, j'aimerais mieux que ça aille plus vite. Je peux pas passer mon temps à grimper des marches et à veiller sur un malade.

— Il se trouve là-haut, dit Raquel en désignant un escalier raide et étroit.

— Vous deux, restez là jusqu'à ce que je vous appelle, dit le capitaine à ses hommes avant de s'élancer dans l'escalier.

La chaleur était étouffante dans cette soupente. L'homme gisait au milieu de la pièce, livide, misérable. Mais il parut reconnaître ceux qui lui avaient porté secours la nuit précédente.

— Vous l'avez prévenu ? fit-il d'une pauvre voix. Il est ici. Enfin... il y était.

— Si vous pouvez nous donner son nom — son nom complet —, le capitaine s'efforcera de le retrouver, dit rapidement Isaac.

— Il se fait appeler maître Geraldo, répondit-il avec une certaine innocence. Il ne parle pas de sa famille.

— Et d'où venez-vous, mon ami ? demanda le capitaine.

— De Tudela. Enfin, près de Tudela.

— Voilà une réponse honnête. Votre nom est Martín, n'est-ce pas ?

— Oui, capitaine.

— Je vais m'occuper de lui à présent, dit Raquel.

— Dès que vous aurez terminé, nous le transporterons en un lieu plus agréable, décida le capitaine. Je ne laisserais pas un chien malade aux bons soins de la mère Benedicta. Encore moins un homme, même s'il est originaire de Tudela. La chaleur seule a de quoi faire fuir la vie. Et puis, il a peut-être d'autres réponses à nous fournir.

CHAPITRE X

— Désirez-vous reprendre votre habit, monseigneur ? demanda Clara alors qu'Oliver l'aidait à monter à bord de la galée.

— Monseigneur ? Je m'appelle Oliver.

— Je ne connaissais pas votre rang, monseigneur, pour vous appeler ainsi.

— Vous êtes parfois assez irritante. Mais vous pouvez conserver ce froc. Je vous l'ai donné.

— Je n'en aurai plus besoin, monseigneur.

— Vous ne redeviendrez plus jamais Gil, Clara ? Je vous en prie, gardez-le pour l'instant. Je n'ai pas de place où le ranger. Pourquoi ne pas rejoindre Mundina dans votre cabine ? dit-il en désignant une structure surélevée sur le pont arrière. C'est la première à votre gauche. Je reviens dans un instant.

Il s'inclina et se fondit dans la foule.

Quand Oliver pénétra dans la minuscule cabine, ce fut pour découvrir une élégante jeune femme vêtue d'une robe droite de soie fauve. Ses cheveux courts étaient à demi dissimulés par un châle de la même étoffe habilement noué autour de sa tête, et ses yeux sombres reflétaient l'éclat de la soierie. Un instant, il crut s'être trompé de cabine.

— Vous paraissez différente. En robe, veux-je dire.

— N'est-elle pas élégante ? fit-elle, les yeux éclatants. Elle a jadis appartenu à Sa Majesté la reine avant d'être reprise pour l'une de ses dames, et voici aujourd'hui sa troisième incarnation.

Elle tourna sur elle-même pour montrer ses jupons.

— Je vois que vous êtes bien installée, dit-il enfin.

Clara regarda autour d'elle, amusée.

— C'est plus petit que mon réduit dans la cuisine de Barcelone.

Il retrouvait la Clara qu'il connaissait. Effectivement, elle n'avait pas tort. Il y avait un filet pour ranger les effets, une couchette étroite et pas grand-chose d'autre.

— Vous avez probablement chassé de ses quartiers le capitaine ou l'un de ses lieutenants, dit Oliver, mais il y a assez de place pour suspendre un hamac. Vous n'aurez pas à vous tasser toutes les deux sur une seule couchette.

— Je prendrai le hamac, décida Clara. Je suis plus petite. Et vous le lit, dit-elle à Mundina. Yusuf et vous-même, où dormirez-vous ?

— Yusuf fera la traversée avec les sous-officiers et les hommes d'équipage. Dans l'entrepont. Je ne vous accompagnerai pas : j'ai d'autres occupations pour l'instant.

Clara s'assit sur la couchette. Tout l'éclat de la soie avait quitté son regard.

— Je croyais que vous veniez en Sardaigne, dit-elle sur un ton de reproche, comme s'il l'avait frappée.

— Je ne puis, répondit-il en s'accroupissant devant elle. J'ai rédigé un long rapport qui sera transmis à Sa Majesté. Une fois en Sardaigne, vous serez en sécurité.

— Et jusque-là ?

— Vous le serez aussi. Cette galée ne redoute pas les orages d'hiver ni les grains estivaux. Elle peut aussi filer à toute allure en cas d'attaque. Rares sont les navires qui pourraient rivaliser avec elle.

Clara contempla ses mains.

— Pourquoi ne m'avez-vous pas laissée rejoindre ma famille à Gérone ? Pourquoi me recueillir comme un chien perdu et m'envoyer de l'autre côté des mers vivre ma vie parmi des étrangers ?

— Parce que vous n'aviez aucune chance d'y arriver, Clara. Même sous les traits d'un garçon. C'est un miracle que vous soyez allée aussi loin. Vous ignorez le nom de vos parents et ne savez même pas s'ils sont encore vivants. La Peste noire ne s'est pas arrêtée à Barcelone. Elle a également frappé Gérone. Et puis, je savais aussi pourquoi je vous aidais.

— Vraiment ? s'étonna Clara. Sincèrement, vos raisons m'échappent encore, seigneur Oliver. Vous arrêtez-vous pour secourir tous les enfants en haillons que vous voyez au bord du chemin ?

— Non. En toute honnêteté, je ne fais rien de tel.

— Alors, quelles sont vos raisons ? Dites-le-moi. Quelles sont-elles ?

— Je puis en tout cas dire que mes raisons n'étaient pas mauvaises.

— Oui, mais vous ne direz pas ce qu'elles étaient.

— Comment le puis-je si je n'en suis pas certain moi-même ? Me croirez-vous quand je prétends que vous pourriez être l'enfant d'un seigneur à qui j'ai prêté serment d'allégeance ? Je ne suis pas sûr de cela, mais c'est chose possible.

— Et si vous découvrez que ce n'est pas le cas ? Que se passera-t-il ? Me dépouillerez-vous de cette robe, la renverrez-vous à Sa Majesté et me rejetterez-vous à la rue ?

— Croyez-vous donc que je sois un tel monstre ?

Si c'est ainsi que vous me voyez, je ne suis pas surpris que vous vous interrogiez sur mes mobiles, maîtresse Clara !

Il s'inclina.

— Je vous souhaite une traversée rapide et paisible jusqu'en Sardaigne. Bonjour.

Avant même qu'elle pût répondre, il avait disparu.

La majeure partie du pont supérieur de l'embarcation était occupée par les bancs des rameurs, vingt-cinq de chaque côté, séparés par une allée. Quand Yusuf monta à bord après avoir quitté la barque qui amenait les passagers, on le conduisit vers une partie relativement spacieuse de l'entrepont aménagée spécialement pour eux et pour les officiers. Comparé à sa chambre chez maître Isaac, c'était plutôt exigu et spartiate. Quatre hublots assuraient l'aération : c'était décidément étouffant. Clara et Mundina avaient été emmenées par le seigneur Oliver. Gueralt de Robau avait également disparu, et Yusuf se retrouva seul, à sa grande horreur, avec un prêtre dominicain. Ce dernier était assis sur un banc proche de l'une des ouvertures : il regardait le plancher sous ses pieds et réfléchissait, priait peut-être.

Yusuf tenta d'échapper à l'attention du prêtre et s'approcha d'une autre ouverture afin d'observer l'activité portuaire.

— Bonjour, jeune messire, lui dit le prêtre. Vous me semblez mal à l'aise. Ce n'est pas un logement des plus spacieux, mais je vous assure que l'on peut s'installer très confortablement à bord d'une galée.

— C'est la première fois que je voyage sur un tel navire, dit Yusuf qui se tourna malgré lui vers son interlocuteur. Mon père, ajouta-t-il.

— On m'a dit que vous vous nommiez Yusuf. Je m'appelle Crispiá. J'ai également appris que nous ne sommes que six passagers et que nous comptons deux femmes parmi nous. Ce qui signifie que nous pourrons monter sur le pont dès que nous aurons appareillé. Si les vents nous sont favorables.

— Vous avez souvent navigué, mon père ?

— Bien des fois, dit le père Crispiá en regardant l'horizon à travers l'ouverture. Je suis arrivé ici par la mer, il y a plusieurs années, et j'ai beaucoup voyagé depuis. D'où venez-vous, si je puis me permettre, Yusuf ?

— Du Sud, dit l'enfant avec prudence.

— C'est ce que je pensais. Une légère intonation dans votre façon de parler... très légère. Moi aussi, j'ai grandi avec votre langue, et maintenant, grâce à la bonté de Sa Majesté, je me rends en Sardaigne.

— Pour y faire la guerre ? demanda Yusuf étonné.

— Nullement. J'y vais dans un autre but, dit-il avec un sourire.

Il y eut un cri au-dessus d'eux, répété par une autre voix.

— C'était quoi ? demanda Yusuf.

— Nous nous préparons à partir. Les passagers représentent la partie la plus délicate de la cargaison et sont amenés en dernier. Ce grincement sourd, c'était le bruit de l'ancre qu'on remonte. On ne peut la voir d'ici, ajouta-t-il, mais à bord d'un bateau, on entend tout, et quand on a appris le sens de chaque chose, on sait ce qui se passe aussi bien que les hommes montés sur le pont.

— C'est comme mon maître, qui est aveugle mais en sait plus sur le monde que la plupart de ceux qui jouissent de leurs yeux.

Un autre cri retentit, repris par une seconde voix.

— Les rameurs sont prêts, lui apprit le prêtre. Dans un instant, nous verrons leurs avirons, et nous pourrons quitter le port.

Un dernier cri, et les pelles des avirons resplendirent devant l'ouverture. Yusuf se mit à genoux sur le banc et les regarda longuement.

— Pourquoi frappent-ils l'eau en des endroits différents ? Certains très près, d'autres, plus loin ?

— Vous aurez remarqué que les bancs des rameurs sont inclinés, dit le dominicain.

— Oui, mon père, répondit Yusuf qui n'avait rien remarqué du tout.

— De cette façon, trois hommes peuvent prendre place côte à côte sur un même banc sans que leurs avirons ne se heurtent. Ceux assis près de l'allée exercent leur action sur des manches plus longs que leurs compagnons installés plus près de l'eau. Ainsi, chacun frappe une surface liquide différente. On m'a dit qu'ils travaillaient mieux ainsi et plus rapidement.

— Avez-vous déjà ramé ? demanda Yusuf, qui s'étonnait, ou plutôt trouvait suspectes les connaissances de cet homme.

— Non. Grâce au ciel. Dieu ne m'a jamais imposé pareille épreuve. Je ne suis ni un rameur ni un soldat, pas même, je le crains, sur le champ de bataille divin. Je laisse ces activités à ceux qui en ont les capacités et cherche à faire de mon mieux en tant que lettré.

— Vous êtes un érudit ?

— J'ai toujours été très curieux, même lorsque j'étais plus jeune que vous. Il fut décidé que j'étudierais. Et vous, à quoi vous a-t-on formé ?

Yusuf fit de son mieux pour expliquer le plus vaguement possible son double rôle dans l'existence.

— Quand nous attendions sur la grève, j'ai entendu dire que vous étiez le pupille de Sa Majesté. Et voilà que vous vous rendez à ses côtés quand l'on a besoin de vous. C'est très louable.

— Je ne suis pas certain de pouvoir aider Sa Majesté au combat. Je ne suis pas aussi habile au maniement de l'épée que je le souhaiterais.

— La Sardaigne est connue depuis toujours pour son climat malsain, dit le père Crispiá, même si les autorités ne sont pas promptes à le reconnaître. Vos soins seront très appréciés sur le champ de bataille. Sa Majesté dispose de suffisamment de chevaliers et d'arbalétriers.

— Venez-vous également à Alghero pour soigner les malades, mon père ?

— Hélas, non, rien de si noble. Ou de si utile. Le fondateur de notre ordre voulait que nous nous consacrions à l'étude et à la prédication. Je suis plutôt à l'aise avec l'étude, même avec l'enseignement de ce que j'ai appris, mais je n'ai rien d'un orateur. Peu d'hommes veulent entendre des arguments philosophiques quand ils sont sur leur lit de mort. Ce qu'ils attendent, ce sont des exhortations, du réconfort, un aperçu du ciel, toutes choses que je porte en mon cœur mais ne puis énoncer avec ma langue.

— Vos parents auraient peut-être dû vous envoyer en un lieu où la prédication a une moindre importance, fit remarquer Yusuf.

— Mes parents... commença-t-il. Je n'étais plus sous l'autorité de mes parents depuis longtemps quand j'ai rejoint mon ordre, dit-il après un instant d'hésitation. Mais mes supérieurs ont reconnu mes points forts et pardonné mes faiblesses... c'est pourquoi, sur un vaisseau dont les passagers partent à la guerre, je me rends dans une certaine bibliothèque où se trouve un ouvrage que je désire consulter.

— Un livre de philosophie ?

— D'une certaine manière, oui. C'est un livre écrit par un grand astronome à propos de la mécanique des corps célestes.

— Personne ici ne peut vous dire ce qu'il contient ? s'étonna Yusuf avec son pragmatisme habituel. Tout ce voyage me semble une perte de temps.

— En premier lieu, il vaut mieux que je le lise moi-même. Et puis, il s'agit d'une petite bibliothèque, dans un monastère encore plus petit. Pour l'heure, aucun des frères qui y vivent ne sait lire ou écrire l'arabe. Pour les remercier de leur hospitalité, je traduirai cet ouvrage en une langue qu'ils peuvent comprendre, et pour me récompenser de mes efforts, ils me permettront d'en rédiger une copie destinée à la bibliothèque de mon ordre.

— Vous savez lire l'arabe ? Et l'écrire ?

— Oh oui ! fit le père Crispiá.

— Voudrez-vous me l'apprendre, mon père ? Je connais les lettres ainsi que de nombreux mots, mais il y a tant de choses que j'ai oubliées et plus encore que je n'ai jamais apprises ! dit Yusuf avec une telle passion qu'il en oublia sa résolution de dissimuler son passé à cet homme au regard si perçant.

Le premier jour et le matin du deuxième, les hommes d'équipage tirèrent sur les avirons. Dès que le rythme en fut régulier, le père Crispiá et Yusuf empruntèrent l'escalier menant au pont. Partout sur la galée, l'on travaillait intensément, mais les autres passagers — Clara, Mundina, le représentant du trésorier et Guerakt de Robau — étaient introuvables.

— Où sont-ils ? demanda Yusuf.

— Dans leurs cabines, répondit le père Crispiá en désignant le pont arrière.

— Même ce Gueralt ?

— Je suppose qu'il a réussi à se trouver une place dans le château. Je savais qu'il y avait une couchette de libre, mais j'ai eu le sentiment que, si les autres devaient séjourner dans l'entrepont, je ne pouvais faire autrement, dit-il d'un ton contrit, comme si son manque d'assurance était un défaut qu'il devait expier. Mais j'ai apporté un livre ainsi que du papier, si vous voulez commencer à travailler l'arabe.

Alors que Yusuf se colletait avec des éléments d'arabe, le représentant de Don Bernat de Relat vint se présenter aux femmes placées sous sa protection.

— Je m'appelle Eximeno, maîtresse Clara, dit-il avec un regard appuyé. Si vous deviez manquer de quoi que ce soit pendant cette traversée, envoyez votre compagne dans ma cabine et je ferai de mon mieux pour vous apporter ce dont vous avez besoin.

— Merci, Don Eximeno, murmura-t-elle, mais notre cabine comporte tout ce que l'on peut désirer.

— J'en suis heureux. Si vous souhaitez prendre l'air, le pont situé devant le château vous est ouvert. Mais pour votre sécurité, maîtresse, je vous implore d'y conserver votre voile et de vous tenir à l'écart des autres. Sinon, demeurez dans votre cabine, aussi exiguë soit-elle. Si je ne peux rien pour vous pour l'instant, alors je vous souhaite une bonne journée, dit-il avant de s'incliner et de partir.

— Eh bien, fit Mundina, en voilà un bavard. Mais il m'a l'air d'un homme attentionné, et c'est tant mieux.

Clara accrocha un long voile à ses cheveux et s'en couvrit le visage.

— Venez, Mundina, allons voir s'il fait plus frais sur le pont.

Clara avait passé trop de temps à travailler dur sous les ordres de sa maîtresse pour prendre plaisir au spectacle de deux cents hommes courbant l'échine sur leurs avirons.

— Rentrons, Mundina.

— Ils sont tout à leur travail, dit Mundina, admirative. Pas un coup d'aviron qui ne soit en rythme. C'est fascinant.

— Je ne puis supporter l'idée que ce sont leurs efforts incessants qui nous amèneront en Sardaigne alors que nous ne faisons rien ici.

— Leurs efforts incessants ? Mais ma chère enfant, vous ne supposez tout de même pas qu'ils vont ramer ainsi jusqu'en Sardaigne, si ? Avec un peu de chance, nous attraperons un vent favorable cet après-midi, et les marins n'auront plus qu'à s'occuper des voiles et polir le bois, réparer leurs avirons ou se raconter toutes sortes d'histoires osées jusqu'à ce que les côtes sardes soient en vue. À moins que nous ne rencontrions des pirates et devions redoubler d'effort pour leur échapper. Mais si vous le voulez, nous pouvons rentrer.

— Gentes dames, dit une voix derrière eux. Appréciez-vous le spectacle du travail d'autrui ? J'admets que je trouve cela stimulant.

Elles se retournèrent pour découvrir maître Gueralt et son sourire moqueur. Il les salua.

— Nous allions regagner notre cabine, dit Mundina. Le soleil est très vif.

— Je vais parler au capitaine. Il va faire installer la tente.

— Je vous en prie, n'en faites rien. L'équipage est trop occupé pour l'instant.

Gueralt s'inclina devant Clara.

— Permettez-moi de me présenter, maîtresse. Mon nom est Gueralt de Robau.

Clara ébaucha une révérence et baissa les yeux.

— Je pars pour la Sardaigne afin de combattre pour le roi. S'il veut de moi, naturellement, ajouta-t-il en retrouvant son air narquois.

Il attendit une réaction de la part de Clara et n'en obtint aucune.

— On me dit qu'il apprécie tous ceux qui peuvent se joindre à lui. Mais vous, gentes dames, ne prévoyez certainement pas d'aller au combat...

— Notre voyage n'a rien à voir avec la guerre que mène Sa Majesté, répondit Mundina d'un ton acerbe.

— Puis-je vous demander d'où vous venez ? Je suis certain d'avoir déjà rencontré votre charmante maîtresse. Peut-être vivez-vous non loin de nos terres, madame.

— Très loin, fit sèchement Mundina. Je crois qu'il est temps de rentrer, madame. Vous ne devez pas vous fatiguer outre mesure.

Elle entoura de son bras les épaules de Clara et prit la direction de la cabine.

— Je suis certaine que nous aurons le plaisir de converser à nouveau avec vous, señor, dit-elle en poussant Clara devant elle comme s'il s'agissait d'une simple poupée de chiffon.

— Que doit-il penser de moi ? demanda Clara une fois qu'elles eurent franchi la porte de leur cabine. Aussi raide qu'une statue sous cette étoffe...

Elle ôta son voile et ne put s'empêcher d'éclater de rire. Elle dut plaquer un coussin contre sa bouche pour ne pas faire trop de bruit.

— Que vous êtes sotte, malade... ou que vous ne comprenez pas la langue de ce pays, dit Mundina en riant à son tour.

— Ou les trois, fit Clara dès qu'elle put parler.

Le deuxième jour, en fin de matinée, ils trouvèrent un vent favorable. Les rameurs rentrèrent les avirons et redevinrent matelots. Mais au lieu que l'atmosphère se détende, elle apparut à Yusuf plus frénétique, en quelque sorte. Ce n'étaient plus les rameurs qu'il lui fallait éviter pour explorer le navire, mais les voiles, les cordages et les lourdes traverses de bois. Il se remit à l'étude de l'arabe.

Dès que les voiles furent hissées, Mundina s'intéressa aux faits et gestes de Gueralt. Et quand il n'était pas dans les parages, les deux femmes sortaient. Clara arpentait le pont, dix pas rapides de bâbord à tribord, dix autres pas avec le vent dans le dos de tribord à bâbord, tandis que Mundina se tenait à l'abri sous la tente et la regardait marcher jusqu'en Sardaigne, pour ainsi dire.

Vers la fin du troisième jour, alors que Clara continuait inlassablement de déambuler, le vent qui avait si régulièrement gonflé la voilure se fit instable. Une rafale soudaine souleva ses jupes et son voile, puis le calme revint. Les oriflammes colorées retombèrent sur la mâture. Devant elle, le timonier était en discussion avec le capitaine et son second. Il indiquait un point à tribord ; Clara regarda dans cette direction et vit une masse de nuages noirs qui couraient vers eux. Soudain les oriflammes et les voiles se mirent à claquer. Le capitaine lança un ordre ; son cri fut repris par d'autres voix, et instantanément les quelque deux cents hommes d'équipage cessèrent toute activité personnelle pour reformer des équipes parfaitement aguerries.

— Rentrez, madame, il vaudrait mieux, dit le second.

Clara et Mundina se réfugièrent dans leur cabine.

Le bateau roulait et tanguait ; la pluie s'abattait contre leur hublot ; un marin entra précipitamment pour le fermer. Autour d'elles, l'orage invisible faisait rage. Le vent hurlait, le gréement craquait, le tonnerre retentissait si fort qu'elles croyaient chaque fois avoir été touchées et, sans cesse, l'eau cherchait à pénétrer le navire. Elle martelait le château, s'écrasait contre les flancs du vaisseau, tambourinait sur le pont.

— Nous allons sombrer ? demanda Clara.

— Je n'en sais rien, répondit Mundina. J'espère que non. Les orages d'été ne sont pas aussi terribles que ceux qui surviennent plus tard dans l'année. Ils provoquent rarement des naufrages. J'ai tout de même entendu parler de marins imprudents qui étaient passés par-dessus bord.

— Cela m'importe peu, soupira Clara. Si nous n'étions pas sur ce vaisseau, je serais déjà vendue. Je préfère me noyer libre que de vivre esclave.

— Je me demande ce qui est pire. Au moins les esclaves ont une chance de recouvrer la liberté. Ce sont des choses qui arrivent. Mais quand on est mort, on est mort.

Terrorisées, plongées dans l'obscurité, elles passèrent ainsi des heures à débattre de ce problème.

Vers minuit, l'orage parut diminuer. Épuisées par la peur et le manque de sommeil, Mundina et Clara se glissèrent l'une dans son lit, l'autre dans son hamac, malgré le roulis et le tangage du navire. Avant le matin, le ciel s'éclaircit, le vent retomba et le nettoyage commença à bord. Trempé, fatigué, toujours à son poste, l'officier de navigation calcula de combien ils avaient été déportés et détermina une nouvelle route. Le soleil se leva sur un navire remis en ordre et un équipage affairé. Vers midi, la routine était rétablie, et un tonneau fut mis en perce.

— C'est à peine croyable, fit Clara quand Mundina et elle sortirent prudemment de leur cabine. Je croyais que le bateau s'était disloqué.

— Il l'a été, dit une voix derrière elle.

Elle baissa les yeux et vit la tête de Yusuf apparaître en haut de l'escalier du pont inférieur.

— J'étais dans la partie réduite en pièces.

— Vous n'avez pas l'air mouillé, dit-elle.

— Je ne le suis pas. Rien qu'un peu contusionné. Je suis tombé de mon hamac. Comment allez-vous ?

— Je vais bien. Pourquoi ne vous a-t-on pas vu ? Vous avez le droit au pont, non ?

— Certainement. Je croyais qu'ils vous avaient enfermées. Je viens ici pour prendre l'air et faire de l'exercice, même si les matelots me disent que, pour ça, je n'ai qu'à grimper dans le gréement et leur donner un coup de main. Moi, je suis d'accord, mais ce sont eux qui ne veulent pas.

— Nous ne sortons pas, expliqua-t-elle dans un murmure, quand Gueralt est sur le pont. Je crains qu'il ne me reconnaisse.

— Il est plus curieux qu'une vieille chatte.

— Il doit s'ennuyer. Un bateau, c'est monotone, se plaignit Clara. Je n'ai même pas de travaux d'aiguille.

— Quelqu'un pourrait vous prêter un livre, suggéra Yusuf.

— Oui, si ce n'est pas trop difficile. Je n'en ai pas vu depuis longtemps. Que faites-vous quand vous ne tombez pas de votre hamac ?

— Il y a là un père dominicain qui connaît ma langue. Il m'aide à apprendre à l'écrire et m'enseigne plus de mots qu'il ne m'en faut. Il m'a donné un livre plein de pages blanches où écrire. Je vais m'en servir pour tenir le journal de cette traversée. Je vais commencer ce matin, si personne n'a besoin de cette petite table, et je vais décrire notre départ du port, le bateau et la tempête. Il a dit que si j'écris tous les jours, je serai aussi compétent que lui. Il traduit des textes savants d'arabe en latin. Il a une grande expérience.

— Dans ce cas, installez-vous et commencez à écrire, dit Clara. Nous ne voulons pas nous asseoir. Nous ne faisons rien d'autre depuis l'instant où nous sommes montées à bord de cette galée. Mais c'est être assise à l'intérieur ou écouter Gueralt. Tiens, c'est bizarre qu'il ne soit pas sorti.

L'orage avait tout de même eu une conséquence positive : il avait rendu si malade Gueralt de Robau qu'il resta à gémir dans sa cabine pendant encore un jour et demi.

Les optimistes avaient déclaré que cette embarcation était un miracle de rapidité et qu'il ne lui faudrait que trois ou quatre jours pour atteindre Alghero ; les réalistes avaient dit cinq, à condition que les vents soient très favorables et qu'il n'y ait pas de tempête. De sorte que, quand, le sixième jour, en fin d'après-midi, le bateau s'approcha du port de la ville assiégée, le capitaine eut l'air enchanté, le représentant du trésorier satisfait, et les marins fous de bonheur.

— J'ai discuté de ce problème avec le capitaine, dit Don Eximeno, qui avait rejoint les deux femmes sur le pont. Après l'orage, nous avions le choix entre un itinéraire détourné, plus prudent, et une route plus directe mais plus risquée. J'ai choisi cette seconde solution, et je me réjouis de voir que j'ai eu raison.

— Quel était le risque ? demanda Clara.

— Des vents contraires, rien d'autre. Mais la chance ne nous a pas quittés. Cette cargaison est si importante que j'aurais fait mettre les hommes aux avirons si j'avais eu tort.

— C'est donc votre décision ? Pas celle du capitaine ?

— La politique, c'est mon affaire ; la façon de l'appliquer, c'est la sienne, dit Don Eximeno. Mais la faute aurait été mienne, uniquement, si nous étions arrivés en retard avec un équipage épuisé.

— Les hommes savaient-ils qu'ils auraient peut-être dû ramer ? demanda Clara.

— Oh oui, ils le savaient ! Ce sont tous des marins d'expérience, et ils connaissent ces eaux mieux que moi. C'est ma barrique qui a été mise en perce quand nous avons échappé à l'orage, et la prime qu'ils toucheront tous provient de ma bourse seule. Perdre mon pari contre Dame Nature m'aurait coûté deux fois plus.

Yusuf et le père Crispiá apparurent sur le pont, porteurs chacun d'un balluchon. Quand l'ancre fut jetée, maître Gueralt sortit de la cabine qu'il partageait avec le pilote et deux autres officiers : il avait l'air pâle et malade. Selon un ordre inverse à celui de chargement, le premier accon à accoster le navire amenait avec lui quelques membres de la maison de Sa Majesté la reine, envoyés là pour assister Don Eximeno, et devait repartir avec les passagers.

Le premier à partir fut le prêtre dominicain. Deux membres de son ordre s'empressèrent de l'accueillir dès qu'il mit le pied sur la terre ferme. De loin, il fit au revoir à Yusuf, puis suivit ses frères vers les mules qui les attendaient. Les trois hommes s'éloignèrent ; leurs habits clairs tranchaient avec le rouge de la roche. Derrière eux, un serviteur s'occupait de la malle du père Crispiá.

Gueralt partit presque aussi vite. Asbert de Robau se détacha de la foule amassée sur le quai, embrassa son fils à la hâte et le conduisit vers les chevaux sur lesquels veillaient deux palefreniers. Pendant tout ce temps, il parla d'affaires, se lamenta sur les difficultés de sa propre traversée et accabla son fils de questions, dont il ne prit même pas la peine d'écouter les réponses.

— C'en est fini de lui, dit Clara.

— Où devez-vous aller ? lui demanda Yusuf. Le savez-vous ?

— Don Eximeno doit m'emmener auprès des dames de compagnie de Sa Majesté la reine. Mundina et moi attendrons ici qu'il ait terminé. Et vous ?

Avant même qu'il pût répondre, un homme arborant l'uniforme de la garde royale s'avançait vers eux.

— Yusuf ibn Hasan ? demanda-t-il. J'ai pour instruction de vous conduire au campement de Sa Majesté. J'espère que vous avez fait bon voyage.

— Oui. Et tout le monde est arrivé sain et sauf, ajouta Yusuf après avoir décidé que c'était le maximum que l'on pouvait exiger d'un périple en haute mer.

CHAPITRE XI

Le mardi matin, Oliver avait quitté le plus tard possible le bateau, l'esprit profondément troublé. Il avait jeté quelques pièces au batelier, qui les avait examinées puis l'avait ramené en toute hâte vers la ville.

Le mur dressé en bord de mer s'était couvert de pièces de linge humide retenues par de gros cailloux. Draps et chemises claquaient joyeusement au vent. Il passait à côté quand une lavandière aux bras écarlates prit dans son panier une énorme pile de linge dégoulinant. Un coin lui échappa. Avant même qu'il touche le sol, Oliver le rattrapa du plat de son épée et le lui présenta.

— Fais attention, la mère, ou tous tes draps vont s'envoler à la prochaine saute de vent.

— Attention vous-même ! lui lança-t-elle. Déchirez mes draps et vous verrez ce qui vous arrive. Je vais aller chez vous pour voir vos propres draps... et celui qui s'y vautre quand vous n'êtes pas là, ajouta-t-elle malicieusement. Je m'occupe très bien de mes affaires, merci, messire.

— Ça, je n'en doute pas, fit-il en souriant. Merci pour le conseil !

Il lança quelques piécettes dans son panier et

repartit vers la ville. La lavandière le regarda partir, saisit les pièces et les fourra dans son corsage.

La question est, se demanda-t-il en prenant la direction du palais, *quelles sont mes affaires en ce moment ?* La réponse était simple et plutôt désagréable. Même si les efforts qu'il déployait devaient se révéler vains, il avait entrepris de découvrir pourquoi Pasqual était mort. Ceux qui l'avaient tué savaient-ils qui il était et pourquoi il s'était établi à Gérone ? Si oui, ils en savaient plus que ce que l'on avait cru bon de dire à Oliver.

Il ne servait à rien de spéculer là-dessus dans les rues de Barcelone. Pasqual Robert était mort à Gérone, à son retour de Castille. La réponse ne se trouvait pas ici.

Il n'était pas plus utile de partir pour Gérone en pleine matinée. Surtout un jour où les pierres qui pavaient les places écrasées de soleil étaient si chaudes qu'on les sentait à travers les bottes. Non, il s'en irait juste avant vêpres, chevaucherait jusqu'à la tombée de la nuit, se reposerait en attendant que la lune décroissante vienne illuminer la campagne, puis reprendrait la route pour arriver vers tierce à Gérone. Il n'avait donc rien à faire pendant le reste de la matinée.

Fort de cette conclusion, il arriva aux écuries du palais. Il prit sa monture, partit au galop vers le couvent de Sant Pere et passa près d'une heure, usant de finesse et de diplomatie, à tenter de savoir de quel couvent pouvait venir Clara. Comme il le répéta plusieurs fois à l'abbesse, il était tout à fait clair que sœur Alicia l'avait reconnue. Un quart d'heure plus tard, il se tenait devant un grand portail, se répétant les explications qu'il fournirait quand on lui apprendrait que sa nièce bien-aimée avait échappé à sa bonne maîtresse, pour aller courir les rues, sans aucun doute.

Il ferait l'étonné, c'était décidé, mais il l'aiderait malgré ses défaillances. C'était une réaction raisonnable de la part d'un oncle affectionné. Il actionna la cloche.

Le nom de Clara n'évoquait pas grand-chose à l'abbesse.

— Ce couvent a été durement frappé par la Peste noire, lui dit-elle calmement. Ce fut une période troublée que la fin de l'été de l'année de la peste. Mais nous avons des archives détaillées. C'est nécessaire quand on s'occupe d'enfants.

— Je suis très heureux d'entendre ces paroles, madame.

— Nous ferons tout notre possible pour vous aider à retrouver votre nièce, seigneur Oliver.

— Vous vous souvenez certainement d'elle. Clara, répéta-t-il. Des cheveux bruns...

— Non, le coupa l'abbesse, je suis nouvelle ici. Celle qui m'a précédée, cette noble et sainte femme, est morte il y a six mois. Elle a travaillé comme trois ou quatre femmes afin de garder ses enfants, trouver de l'argent pour les faire vivre et s'occuper de leur éducation, en plus de veiller sur les sœurs dont elle avait la responsabilité. On a dit que son âme avait tout simplement épuisé son corps. Mais elle est aujourd'hui avec Dieu.

— Je suis navré d'apprendre sa disparition.

— Elle courait en tous sens, mais ses archives étaient soigneusement tenues, répéta l'abbesse.

Elle sonna et envoya chercher la sœur responsable des documents.

Le coffret arriva, et elle ouvrit le registre à une certaine page sur laquelle elle fit courir son doigt. Elle fronça les sourcils, passa à une autre page.

— Non, dit-elle, aucune fille nommée Clara et âgée de plus de deux ans n'est arrivée dans ce couvent pendant l'été 1348... et j'ai regardé d'avril à novembre. Une fillette de six ans a été amenée en septembre par sa mère, mais celle-ci l'a reprise deux ans plus tard quand sa situation s'est améliorée. Elle s'appelait Emilia. Plusieurs groupes d'enfants sont venus pendant cette période, il y a eu une sœur et deux frères, deux sœurs...

— Non, ce n'est pas ça. C'est curieux, tout de même. J'ai trouvé une certaine sœur Alicia, qui m'a dit qu'il y avait eu ici une petite Clara dont la description correspond fidèlement à celle de ma nièce.

— Sœur Alicia... je vois, dit l'abbesse qui sonna une fois de plus.

Une religieuse entra.

— Ma sœur, nous recherchons une fillette nommée Clara, placée ici pendant la peste, en septembre, c'est du moins ce que croit son oncle.

— Je me souviens très bien d'elle, dit la sœur. C'était peu après mon arrivée. Je ne sais pas exactement combien de temps elle est restée, ma mère.

— J'étais loin du royaume, s'empressa d'expliquer Oliver, à me battre. À mon retour, on m'a confié une lettre émanant de ma pauvre sœur. Elle était datée de septembre et parlait de la peste. Elle disait qu'elle avait emmené, ou peut-être envoyé la petite Clara chez les sœurs, et me suppliait de la retrouver pour lui donner un foyer.

— Ah, je comprends, fit l'abbesse. Il ne s'agit pas de la première année de la peste. Nous allons essayer les années suivantes, quand elle est revenue, moins virulente il est vrai.

La sœur et elle-même prirent quatre feuillets, se les répartirent et les examinèrent consciencieusement.

— La voilà, dit enfin l'abbesse. Il ne faut pas s'étonner si nous ignorions qu'elle avait un oncle, señor. Elle nous a donné si peu d'informations. Impossible de dire si elle était ignorante ou si elle refusait de parler. Elle est arrivée avec un peu d'argent, cinq sous, et quelques habits de rechange. Elle a dit s'appeler Clara. L'abbesse a noté qu'elle a été surprise d'apprendre qu'on ne l'attendait pas parce que sa mère lui avait enjoint d'aller trouver les religieuses en lui assurant que nous saurions quoi faire d'elle. Pauvre enfant ! Elle devait être en grande détresse, et sa mère comptait trop sur nous. Les gens simples croient souvent que nous détenons les réponses à tous les problèmes de l'existence. Si c'était vrai...

Oliver ne crut pas utile de répliquer que Clara ne venait pas d'une maison de « gens simples ».

— Est-ce là tout ce que révèlent vos archives ?

— Oh non ! Nous l'avons placée comme fille de cuisine auprès d'une bonne famille. Il semble qu'elle avait déjà douze ans. Elle n'avait aucune éducation, sinon elle aurait pu trouver un meilleur travail. Je vais toutefois vous donner leur adresse, ajouta l'abbesse. Je suis certaine que vous pourrez racheter son contrat pour une somme modique. S'ils se montrent difficiles, faites-le-moi savoir.

À nouveau, elle fit tinter la cloche avec l'air d'une femme très affairée qui vient de faire de son mieux. Elle écrivit quelques mots sur un petit morceau de papier et le lui tendit.

— La sœur tourière va vous ouvrir.

— Merci de votre assistance, madame, dit-il en s'inclinant.

La sœur qui lui avait ouvert la porte le reconduisit jusqu'au portail.

— Avez-vous trouvé ce que vous cherchiez ? lui demanda la sœur tourière, qui semblait ne pas dédaigner la conversation.

— Ma petite nièce ? Clara ? J'ai découvert où elle se trouve à présent, dit-il, et je vous en suis très reconnaissant.

— Clara ? Vous êtes l'oncle de Clara ? Vous ne lui

ressemblez pas. Un homme bien bâti comme vous l'êtes...

— Ma sœur ressemblait à Clara. Malingre et pâle. Comme notre mère. Je tiens plus du côté de mon père.

— Ce sont des choses qui arrivent. C'est amusant, dès l'instant où j'ai posé les yeux sur cette pauvre créature, j'ai su qu'elle était issue d'une bonne famille. Ses vêtements étaient de belle qualité, à l'exception d'une déchirure qu'il fallait réparer, son langage était excellent et elle était propre et bien éduquée. Elle n'avait rien d'une fille des rues.

— Vous l'avez connue, donc.

— Oh oui ! Nous l'aimions toutes beaucoup. Nous n'étions plus que quatre, vous savez. Toutes les autres sœurs étaient mortes, et elle allait nous aider à nous occuper des petits. Un jour, elle a dit qu'elle avait un petit frère, et l'on eût cru qu'elle détenait un terrible secret.

— Son frère... ah oui. Le cher enfant est mort peu avant ma sœur. Clara lui était très attachée.

— Ce fut une époque terrible. Clara avait le cœur brisé — les enfants le sont tous en arrivant, sauf ceux qui sont trop jeunes pour comprendre —, mais elle était aussi apeurée. Terrorisée, même. Elle s'est très vite mêlée aux autres, comme si elle redoutait de se faire remarquer. Elle essayait de parler comme eux, mais on voyait qu'elle se forçait.

— Quel âge avait-elle alors ?

— Onze ans, presque douze. Mais elle paraissait plus jeune. Si elle avait eu une dot, notre révérende mère l'aurait prise comme novice. Elle a tout fait pour qu'un riche gentilhomme la dote convenablement. Elle l'a gardée ici le plus longtemps possible, et puis un jour, Clara a dû être placée.

— Elle devait beaucoup l'aimer.

— Oh oui ! Je suis heureuse qu'un membre de sa

famille l'ait retrouvée. Elle est trop bien pour travailler dans une cuisine. Je suis attristée que notre révérende mère ne l'ait pas su, ajouta-t-elle d'un air sombre. Elle aurait été si heureuse.

Ses yeux s'emplirent de larmes.

— Dieu vous accompagne, señor. Et transmettez tout notre amour à Clara. Peut-être viendra-t-elle me voir un jour.

— Elle viendra, ma sœur. J'y veillerai.

Perplexe, il monta à cheval et s'éloigna. La seule chose qui lui paraissait claire était que la maîtresse de Clara n'était pas venue au couvent afin d'avoir des explications sur sa disparition. Voilà qui était plus que surprenant.

La matinée s'achevait quand il alla enfin voir l'homme à qui il rendait des comptes, Bernat d'Olzinelles, trésorier du royaume. De par cette fonction, d'Olzinelles était entouré d'une armée de greffiers qui vérifiaient, notaient, comptaient et recomptaient toutes sortes de notes de frais ou de factures, autant de documents que le trésorier semblait capable d'avoir en tête en même temps.

— Étant donné ce que je sais, fit-il avec une certaine stupéfaction, la mort de Pasqual, à Gérone, me semble tout à fait incompréhensible.

— Bien des choses le sont, monseigneur, dit Oliver. Où que je me tourne, c'est la confusion.

— Peut-être la situation s'éclaircira-t-elle maintenant que vous êtes déchargé de vos autres responsabilités, dit le trésorier d'un ton aigre.

— Ce ne fut pas un fardeau, monseigneur. Et je n'ai pas été distrait de mon objectif principal. Peut-être avez-vous d'autres informations qui apporteraient quelque explication ?

— Rien, répondit d'Olzinelles. Reste l'hypothèse que ce fut une agression non préméditée, comme chacun peut en être victime aujourd'hui.

— Je n'y crois pas.

— Moi non plus. Et par conséquent, nous procéderons comme si Pasqual Robert avait été tué justement parce qu'il était Pasqual Robert.

— Devrais-je soumettre au Prince un rapport sur les circonstances de sa mort ?

Oliver faisait référence à l'oncle du roi, qui s'occupait des affaires de l'État pendant l'absence de Leurs Majestés.

— Le prince Pere ? dit d'Olzinelles en levant un sourcil bien dessiné. Il est actuellement trop occupé pour s'intéresser à ce qui se passe sur la frontière avec la Castille. De plus, ce n'est pas nécessaire. Vous avez des ordres, ajouta-t-il avec impatience. De même que j'ai les miens. Je dois m'assurer que vous remplissez comme il se doit votre mission et noter toutes vos dépenses. Soumettez-les-moi en partant. Quoiqu'elle se trouve en Sardaigne, Sa Majesté suit votre projet avec beaucoup d'attention. Comme vous le savez, elle s'intéresse à tout moment au moindre aspect de chaque parcelle de son royaume. Même hors du pays, elle s'attend à ce que ses desseins soient menés à bien.

D'Olzinelles soupira : le roi exigeait également que ses fonctionnaires travaillent aussi dur que lui.

— On sait que Sa Majesté s'attache à chaque détail, reprit Oliver. Fidèle à son exemple, je pars pour Gérone dans quelques heures, avant vêpres en tout cas. J'y arriverai demain matin. Si je ne découvre rien de plus, je poursuivrai ma route.

— Il vous faudra alors un budget supplémentaire. Faites une estimation et présentez-la-moi sur-le-champ. Je vais m'assurer que vous disposez des fonds avant votre départ. L'amour de Pasqual pour les rapports écrits a peut-être causé sa perte. Souvenez-vous-en. Si vous voulez me tenir informé, passez par l'évêque.

Sur ces mots, le trésorier se tourna vers son assistant.

— Vous m'avez dit que quelqu'un attendait ?

— Un instant, monseigneur...

Oliver se sentit congédié et salua.

Les cloches de Gérone sonnaient tierce quand Oliver arriva devant le palais épiscopal. Refusant tout rafraîchissement, il grimpa quatre à quatre les escaliers menant au cabinet de Berenguer et s'assit.

— Nous l'avons enseveli mercredi, dit l'évêque, occupé à signer des documents. Avec tous les honneurs.

— Merci, Votre Excellence, répondit Oliver. A-t-on trouvé quelque chose d'intéressant ? Pour ma part, je n'ai rien appris.

— Des broutilles. J'ai envoyé chercher mon médecin et sa fille, qui ont un petit incident à relater, et Bernat nous apporte le contenu de son sac de voyage. Voilà qui peut nous intéresser. Mais comme il leur faudra un moment pour arriver, je vous suggère de boire et de manger pendant que vous en avez encore la possibilité.

Il adressa un signe de tête à un serviteur, qui laissa entrer deux garçons de cuisine porteurs de plateaux chargés de pain, de viandes froides, de fromages et de fruits, mais aussi de cruches contenant du vin, de l'eau et une boisson à la menthe bien fraîche.

— Je vous remercie, dit Oliver après avoir avalé un peu d'eau et placé un morceau de viande sur une tranche de pain. Je n'ai rien pris de la nuit, hormis l'eau d'un ruisseau et une poire à peine mûre volée dans un verger. J'ai faim.

— Où vous êtes-vous arrêté ?

— À l'endroit où nous avons trouvé l'orpheline. J'avais dissimulé mon armure et quelques armes.

Il continua de manger en silence, et Berenguer en profita pour s'octroyer un fruit ainsi que du vin coupé d'eau.

Leur silence fut rompu quand Bernat sa Frigola, secrétaire de Son Excellence, apporta des papiers. Son scribe le suivait avec un petit coffre.

— Voici les objets que vous avez demandés, Votre Excellence. Je ne me suis cependant pas arrêté pour retirer la somme d'argent du trésor...

— Je doute que les pièces elles-mêmes soient importantes, dit Berenguer. Si c'est le cas, le seigneur Oliver pourra les examiner dans le trésor.

— De l'argent pour les dépenses courantes, dit Oliver, rien de plus. À moins qu'il n'y en ait eu une quantité importante ?

— Substantielle mais pas inhabituelle, monseigneur. Elle se compose de pièces appartenant à diverses monnaies : le total avoisine les deux cents sous, précisa Bernat. Nous avons aussi des effets personnels, un portrait sur bois et une lettre. En fait, il y en avait deux, mais l'une est codée, de toute évidence. Son Excellence a ordonné qu'on l'envoie à Barcelone. Voici l'autre.

Sans plus de commentaires, il la tendit à Oliver.

— Dieu du ciel ! s'écria-t-il. Mon très cher ? Une propriété ? Votre fils ? Saviez-vous qu'il était marié, Don Berenguer ?

— Non, je ne l'ai même jamais imaginé.

— Je croyais ne rien ignorer de cet homme, mais il était encore plus discret que je le pensais. Ou peut-être suis-je plus incompétent, ajouta-t-il en baissant la voix.

— Moi aussi, je pensais le connaître, dit l'évêque.

— J'aimerais tant qu'il y ait un nom, un lieu. Elle ne signe que d'une initiale.

— C'est vrai, il n'y a pas un seul nom propre dans toute cette lettre, reconnut Bernat. Au cas où l'on s'en serait pris à sa femme pour avoir un ascendant sur lui ?

— C'est possible, dit Oliver. Mais très peu de

gens devaient savoir qu'il était marié si moi-même je l'ignorais.

— Ce portrait est-il le sien ? demanda Berenguer. Bernat, vous l'avez ?

— Oui, Votre Excellence.

— Montrez-le-lui. Peut-être la connaît-il. Elle pourrait nous en apprendre beaucoup. En tout cas, il faudrait la prévenir de la mort de son époux.

Oliver prit délicatement le portrait ovale et l'approcha de la fenêtre.

— L'avez-vous déjà vue ? demanda l'évêque. Si le peintre est fidèle à la réalité, alors c'est une remarquable beauté.

Il se tourna vers la porte qui s'ouvrait pour laisser entrer le médecin et sa fille.

— Ah, soyez les bienvenus, maître Isaac, maîtresse Raquel. Nous parlions de la mystérieuse dame du portrait.

— Bonjour, maître Isaac, maîtresse, dit Oliver sans détourner son attention du portrait. Je n'ai jamais vu cette dame, Votre Excellence, mais je connais quelqu'un de sa parenté. Une sœur, ou peut-être l'enfant défunte à laquelle elle fait allusion et qui, hier matin, n'était pas plus morte que moi.

— Pourrait-ce être sa mère ? demanda Bernat.

— La mère de qui, père Bernat ? intervint Raquel.

— Celle de Pasqual Robert. L'homme qui a été tué lundi matin, maîtresse Raquel, lui répondit-il.

Il lui présenta le portrait.

— Elle est trop jeune pour être sa mère.

— Voyons, maîtresse Raquel, nous ignorons quand ce portrait a été peint, fit Berenguer d'un ton aimable mais vaguement condescendant. Peut-être était-il enfant à l'époque. Peut-être n'était-il même pas né.

— Non, Votre Excellence. La passementerie de son corsage et la coupe des manches sont très nouvelles. J'ai vu ce genre de robe sur des grandes dames quand nous étions à Barcelone, au printemps. Le portrait a été exécuté cette année, au plus tard l'année dernière, à moins qu'elle ne vive en un endroit où la mode a un ou deux ans d'avance sur nous.

— Me voilà mouché pour mon arrogance, fit Berenguer en riant. Vous avez tout à fait raison.

— C'est l'opinion d'une experte, ajouta Oliver. Je suis d'accord avec elle, mais je n'y aurais pas pensé tout seul. La coiffure, également, n'est pas du tout démodée.

— Effectivement, dit Raquel.

— C'est donc son épouse.

Oliver rangea le portrait dans son étui et le glissa sous sa tunique.

— Savons-nous où elle vit ? demanda Isaac.

— Nous ignorons tout d'elle, expliqua l'évêque. Nous ne détenons que ce portrait, mais nul ne l'a jamais vue. Peut-être vit-elle en Aragon ou en Castille...

— Je dirais quant à moi qu'elle vivait à Barcelone, dit Oliver, et je ferai de mon mieux pour la retrouver.

— Maître Isaac, dit Berenguer, je ne vous ai pas encore remercié d'avoir répondu à mon appel, comme si vous n'aviez d'autre occupation que de satisfaire mes caprices.

— Je suis toujours au service de Votre Excellence, répondit Isaac.

— Parfait. Dans ce cas, pouvez-vous parler au seigneur Oliver, avec le plus de détails possible, de l'homme que vous avez soigné chez la mère Benedicta ?

Rapidement mais de façon précise, Isaac décrivit l'état et l'emplacement de la blessure, la fièvre, les délires de l'individu.

— D'après ce que nous avons pu entendre, c'est un Castillan.

homme possédant le talent du señor Pasqual se contente d'un modeste emploi à la bourse de commerce, dit Isaac. Mais ceci s'explique s'il avait ainsi la possibilité de vivre caché et de rendre de temps en temps visite à sa femme.

— Vous avez peut-être raison, reconnut Oliver, mais je crains que nous ne devions encore attendre. Quand j'irai la voir, ce sera pour lui apporter la tête de la crapule qui a tué son mari ! lança-t-il d'un ton sinistre.

Il se leva et s'inclina.

— Bien, je dois prendre congé de vous, messires, maîtresse Raquel. Je pars vers l'ouest pour dénicher un assassin.

— Nous vous souhaitons un bon voyage, dit Isaac.

— Et une bonne chasse, ajouta Raquel à la surprise de tous.

Leah et Naomi s'étaient empressées de débarrasser les assiettes et d'ôter la nappe. C'était vendredi, et elles avaient encore beaucoup à faire dans la cuisine avant que le soleil ne disparaisse derrière l'horizon. Isaac resta seul dans la cour, près de la fontaine, perdu dans ses pensées.

Quand la cloche sonna, il réprima un geste d'ennui et appela Ibrahim pour qu'il aille ouvrir.

— C'est inutile, papa, dit Raquel en dévalant le petit escalier. Il doit déjà dormir. Je vais y aller.

— Merci, ma chérie.

— Maîtresse Benedicta aimerait vous voir, papa.

— Est-elle malade ?

— Non, papa.

— Fais-la entrer.

La mère Benedicta traversa la cour d'un pas rapide et dans un bruissement de jupons qui trahissait son impatience.

— Je vous demanderai pas pardon de vous déranger, maître Isaac, parce que je crois que vous allez apprécier ce que je vous apporte, dit-elle. Et si c'est pas vous, ça sera monseigneur l'évêque, mais c'est du pareil au même, hein ?

Elle parlait avec force, comme si le médecin allait contredire chacune de ses paroles.

— Je vous en prie, maîtresse, prenez un siège. Aimeriez-vous vous rafraîchir ? C'est une chaude journée, et j'imagine que vous avez bravé les ardeurs du soleil pour venir me trouver. Raquel ?

— Oui, papa. J'ai apporté des boissons fraîches.

Elle versa deux grands verres d'un mélange de menthe et d'orange et laissa le cruchon sur la table. Puis elle se retira dans le cabinet de son père, d'où elle pourrait suivre discrètement la conversation.

— Quand le capitaine de la garde de l'évêque a emporté mon client, sans un adieu et sans même me demander ce qu'il me devait, commença Benedicta, j'ai rassemblé ses affaires. Je me suis dit qu'il allait envoyer quelqu'un les chercher, mais pensez-vous ! et je les ai toujours. Faut que vous sachiez qu'il y avait là une somme d'argent, que je l'ai comptée et que j'en ai pas pris un sou, même si d'après mes comptes il m'en devait quinze avant de passer l'arme à gauche, sans parler de toutes les fois que j'ai dû grimper les escaliers pour voir si ce pauvre gentilhomme était toujours en vie.

— Avez-vous tout apporté ? lui demanda Isaac.

— Oui.

— Parfait. Raquel ? Peux-tu venir nous aider, ma chérie ? Et apporte-nous du papier, de l'encre et une plume. Nous allons vous donner un reçu en échange de ce que vous avez là.

— Et qu'est-ce que vous allez en faire ?

— Le confier à Son Excellence : c'est elle qui prendra une décision.

Raquel s'assit à table devant une petite feuille de papier et se tourna vers l'aubergiste.

— Si vous voulez bien nous présenter ces affaires, je vais établir une liste.

La mère Benedicta ramassa un petit paquet et le posa sur la table.

— Voilà. J'ai tout emballé dans sa cape. Et d'une, dit-elle en regardant Raquel. Écrivez.

Raquel nota « 1 cape ».

Benedicta lui lança un regard soupçonneux, comme si la jeune fille allait lui jouer un vilain tour, puis elle continua d'exposer le contenu du paquet.

C'était un piètre trésor. Une chemise de rechange, une autre paire de souliers, une outre à vin et une capuche.

— Elle est quasiment neuve, dit-elle. C'est là-dedans que j'ai trouvé sa bourse... une autre. Il y avait cinq sous. Le capitaine les a pris et m'a jamais donné de papier, lui. Mais cette bourse-ci est spéciale. Il y a une pièce d'or. Vous voyez, maîtresse ?

— C'est exact, mère Benedicta, il s'agit bien d'une pièce d'or. Il y a aussi trois pièces d'argent et...

— Quinze sous et deux deniers. Mais si vous regardez dedans, vous verrez sa carte.

— De quoi parle-t-elle, Raquel ? demanda Isaac.

— D'une carte géographique, papa. Je ne sais de quelle région, mais c'en est une, effectivement.

Elle compta soigneusement toutes les pièces, en écrivit le détail et présenta la liste à la mère Benedicta, qui n'avait aucun mal à lire les chiffres. Puis elle ajouta, d'une plume sûre, « 1 carte ». Elle relut la liste et signa Raquel, fille d'Isaac le médecin de Gérone. Dessous, elle écrivit « Benedicta, aubergiste à Sant Feliu », et poussa le papier vers la femme.

— Faites une marque sous votre nom, maîtresse, et prenez grand soin de cette liste.

Isaac sortit sa bourse de sa tunique et tendit une pièce à la femme.

— Vous avez rendu un grand service à Son Excellence en prenant soin des effets de Martín. Voici pour vous de sa part.

Benedicta examina la pièce de monnaie, leva un sourcil, balbutia des remerciements et déguerpit avant que quelqu'un se ravise et la lui réclame.

CHAPITRE XII

Alghero, Sardaigne, août 1354

Les soldats occupaient chaque pouce de la plaine qui entourait la ville. Certains étaient debout ou couchés à même le sol ; d'autres, en groupes, riaient, discutaient ou se querellaient ; d'autres encore étaient rassemblés autour des feux où cuisait l'ordinaire ou demeuraient seuls, perdus dans leurs réflexions. Les seuls engagés dans une activité digne de ce nom jouaient aux dés. Plusieurs parties mettaient en jeu des sommes importantes, et tout indiquait que les hommes étaient à bout de patience.

Yusuf et son escorte passèrent par là.

— Les hommes de troupe n'ont plus le moral, dit l'officier d'un air sombre. Et leurs officiers ne sont pas mieux. Autant le savoir tout de suite.

— Que s'est-il passé ? demanda Yusuf.

— Rien. C'est bien là le problème, il ne s'est rien passé. Nous avons fondu sur la ville et avons failli la prendre. Nous avons marché sur elle en force, prêts à l'assaut. Du côté de la mer, nous avions le soutien des galées. Et puis le navire de Sa Majesté la reine est arrivé, le mât principal orné d'une oriflamme de guerre, avec Sa Majesté à bord. La ville a failli se rendre de désespoir à ce spectacle.

— Pourquoi ?

— Vous n'étiez pas là pour le voir, dit l'officier en secouant la tête. La galée d'une reine guerrière entrant bravement dans le port pour châtier les citoyens rebelles. Ce fut un spectacle splendide et terrifiant. Notre reine est aussi intelligente qu'intrépide.

— Mais vous n'avez pas enfoncé leurs lignes de défense ?

— Ce sont ces maudites balistes. On n'abattrait même pas une chaumière avec ça, elles sont tellement mal faites. Ça a un peu secoué les habitants, mais on n'a pas réussi à ouvrir une brèche dans les murs. Et c'est ça qui compte. Maintenant, il faut les affamer. C'est vraiment décourageant. Très lent, aussi. Et puis, il y a les fièvres. Les officiers sont trop malades pour garder les hommes sains en condition. Quand il n'y a rien à faire, il est dur de rester alerte.

— Combien de morts y a-t-il eu ? Le savez-vous ? À entendre parler les gens, on croirait que la peste est revenue.

— Oh non, ce n'est rien de tel ! dit l'officier. Rien que les fièvres. La plupart des malades se remettent au bout d'un certain temps. Le nombre des victimes... commença-t-il avant de s'arrêter brusquement. Le roi est sous sa tente. Il n'aime pas que l'on parle constamment de maladie et de mort. Nous allons mettre pied à terre et nous approcher de lui.

— Voici enfin notre page, armé et aux ordres, dit Don Pedro d'Aragon. Si tu avais été avec nous, Yusuf, toi et une douzaine de catapultes bien conçues, nous l'aurions emporté il y a un mois.

— Votre Majesté, dit Yusuf en s'inclinant très bas, je suis désolé de ne pas avoir été là.

— Ne prends pas cet air découragé. Tu es à temps

pour nous assister au conseil. Souviens-toi, ajouta le roi, que rien de ce qui se dit sous cette tente ne doit être répété sinon à nous-même.

— Votre Majesté, murmura l'enfant, que l'on m'arrache la langue si je parle de ces choses à quiconque.

Il s'inclina une fois encore et suivit le roi sous une grande tente convenablement aménagée : il y avait là une table autour de laquelle auraient pu prendre place une douzaine de personnes, voire plus.

Don Pedro s'assit et adressa un regard cordial à l'assemblée.

— Écoutons vos rapports, dit-il sans plus de formalités.

— Le noble Felip de Castre est mort de la fièvre, Votre Majesté, dit l'homme placé à sa droite. Et les seigneurs Otich de Muncada et Pere Galceran de Pinos sont au plus mal.

— Nous ne pouvons perdre de tels soldats, fit remarquer le roi.

— Bien d'autres sont malades, reprit l'homme. J'ai dressé une liste, Votre Majesté, souhaiterez-vous la voir ?

— Combien ?

— De nobles, Votre Majesté, pour l'heure, cinq. De chevaliers et gentilshommes, quarante-deux, mais certains semblent se remettre. De simples soldats, tellement que nous continuons à les dénombrer. Votre Majesté pourra disposer des chiffres exacts demain matin.

— Pas avant ?

— Vers complies, alors, Votre Majesté.

— Bien. Et les denrées destinées au traitement des malades ?

Un homme consulta un rouleau.

— Pour ce qui est du vin, du sucre et des aliments en général, Votre Majesté, nous sommes en meilleure position aujourd'hui. Si la contagion ne perdure pas en automne, nous aurons suffisamment. Quant aux remèdes, le premier vaisseau en a apporté assez pour soigner ceux qui sont aujourd'hui atteints. Mais nous aurons des difficultés si la maladie continue à se répandre. Le deuxième vaisseau en aura peut-être davantage. Mes aides et moi-même examinons les listes dressées par les membres de la maison de Sa Majesté. Il me faut plus d'hommes compétents pour soigner les malades, ajouta-t-il sur le ton de celui qui a fréquemment répété la même chose au cours des derniers temps.

— Nous craignons qu'après nous être passé de notre page pendant toutes ces semaines, nous ne soyons contraint de vous le donner immédiatement, dit le roi. Ce jeune garçon apprend depuis un an ou deux l'art de la médecine tout autant que celui de la guerre. Yusuf, nous devons te placer là où tu seras le plus utile. Y vois-tu un inconvénient ?

— Tout ce qui plaira à Votre Majesté, répondit Yusuf. Et j'apporte avec moi, de la part de mon maître et du noble Berenguer, évêque de Gérone, plusieurs coffres emplis de remèdes qui pourront être utiles.

— Bien. Nous devons nous demander, dit Don Pedro, vu le délai fort long que nécessite une guérison, s'il convient de renvoyer chez eux quelques-uns des malades. On veillerait sur eux jusqu'à ce qu'ils soient assez remis pour revenir. Je parle bien entendu de ceux qui nous sont le plus précieux, sur le champ de bataille et ailleurs. Nous aimerions votre avis sur ce point.

— La question est délicate, dit l'homme qui avait parlé le premier. Si nous renvoyons une galée chargée de malades, il nous reste plus de provisions pour les autres. Nous pourrions y être contraints si la contagion continuait à se répandre. Mais si nous n'avons plus de nouveaux malades, nous n'aurons pas besoin des réserves supplémentaires que cela dégagerait.

— Ils seront mieux soignés chez eux qu'ici au camp, dit un des autres nobles.

— C'est vrai, mais la traversée leur sera pénible.

— Nous allons devoir étudier attentivement les chiffres et nous reposer la question dans quelque temps, dit le roi. Le navire qui a amené notre pupille est rapide et spacieux. Qu'il soit aménagé pour transporter au moins deux douzaines de malades. Il devra rester au port une autre semaine avant que nous prenions une décision.

— Il repartira pour Barcelone, Votre Majesté ? demanda l'un des hommes assis à sa gauche.

— Non, pour Valence. Les malades les plus chers à mon cœur devraient rentrer à Valence. Nous attendons vos futurs rapports, dit-il en se levant.

Remarquant à nouveau la présence de son pupille, il ajouta :

— Tu te considéreras sous les ordres de ce gentilhomme, Yusuf, dit-il en désignant celui qui avait parlé en premier.

Yusuf n'eut pas le temps de réagir que déjà il accompagnait le gentilhomme en question, qui se révéla être le médecin du roi.

— Que sais-tu au juste ? lui demanda-t-il alors qu'ils se dirigeaient vers la tente qu'ils partageraient avec quatre autres membres de son équipe.

— Eh bien, señor, j'ai étudié une année entière avec mon maître, qui est médecin, et je l'ai assisté.

— De quelle manière ?

Yusuf s'efforça de lui répondre le plus précisément possible.

— Je vois qu'il t'a enseigné des choses utiles. J'aimerais aussi connaître le contenu de ton coffre. Quand il arrivera, tu en sortiras chaque ingrédient, me le nommeras, m'en expliqueras l'usage et me diras comment il convient de l'administrer. Je saurai ainsi où tu en es sur la route de la connaissance. Prépare-toi à avoir beaucoup de travail et peu de repos. Tu apprendras ainsi que nous, les cuisiniers et Sa Majesté en personne sommes bien les seuls de ce campement à faire autre chose que de s'amuser.

Ceux qui étaient malades l'étaient vraiment beaucoup. La tente vers laquelle on escorta Yusuf était emplie de l'odeur puissante de la fièvre et de la déshydratation. Il y avait là des hommes ravagés par la fièvre : ils grelottaient et poussaient des cris, en proie au délire. Certains s'étreignaient le front ou le frappaient à coups de poing avec l'espoir insensé d'en chasser les élancements.

— Alors, que ferais-tu d'eux ? lui demanda le médecin du roi.

— Je leur donnerais des potions destinées à vaincre la fièvre et atténuer leurs douleurs, j'essaierais de les faire boire et j'épongerais leur tête et leurs épaules, dit-il sans hésiter pour avoir observé Raquel et s'être comporté ainsi au cours des derniers mois.

— Pourquoi ?

— Parce qu'ils sentent la fièvre et le manque d'eau, señor. Ils semblent aussi souffrir de violents maux de tête.

— Bien. Ah, si nous en avions une centaine comme toi... Tu t'occuperas des hommes de cette tente et un serviteur t'assistera. Marc ! appela-t-il, et immédiatement quelqu'un souleva le rabat de la tente pour permettre au médecin de s'en aller et à lui-même de rentrer.

Le serviteur était un homme grisonnant dont la peau était brûlée par le vent et le soleil comme celle des marins. Il boitait de manière prononcée. Il posa un œil expérimenté sur Yusuf et sourit.

— Bonjour, maître. Je m'appelle Marc.

— Et moi, Yusuf. Es-tu blessé ? demanda-t-il en regardant sa jambe tordue.

— On ne peut pas vraiment parler de blessure. J'ai reçu un carreau d'arbalète juste au-dessus du genou. C'était il y a longtemps, ajouta-t-il. À Valence. On m'a retiré du champ de bataille pour que je veille sur les malades. J'ai eu de la chance de ne pas être renvoyé dans mes foyers. J'ai passé là toute ma vie, dit-il en adressant à Yusuf un regard méprisant à peine voilé.

— Si tu as passé tout ce temps auprès des malades et des blessés, c'est moi qui ai de la chance aujourd'hui.

— Je suis à vos ordres, dit Marc d'une voix sans expression.

Yusuf le regarda et comprit qu'il attendait effectivement ses ordres. Il se tourna vers les hommes allongés sur des lits et des paillasses bien alignés. Visiblement, ils souffraient tous beaucoup.

— Qu'est-ce que tu me suggères ? demanda-t-il, affolé.

— Ce n'est pas à moi de le dire, répondit Marc avec froideur. Vous pensiez à quoi ?

— Qui sont les plus malades ? J'aimerais commencer par eux.

— Vous ne le voyez pas ?

— Pas comme toi, dit Yusuf. Je ne les connais pas et je n'ai pas ton expérience.

— Vous savez au moins ça. Ces deux-là, ajouta-t-il en désignant des soldats qui frissonnaient, balbutiaient et secouaient la tête en tous sens. Avez-vous apporté avec vous une substance qui puisse les guérir ?

L'homme et le jeune garçon se retirèrent dans une partie isolée de l'infirmerie et fouillèrent dans le coffre que l'on avait destiné à ce groupe-ci. Puis Marc vit le panier de Yusuf contenant ses remèdes.

— Qu'est-ce que c'est ? demanda-t-il en prenant dans sa main un petit flacon cacheté de cire.

— C'est réservé aux douleurs les plus pénibles. Une goutte dans du vin coupé d'eau calme instantanément quasiment toute souffrance. Mon maître en donne trois avant l'arrivée du chirurgien et de sa lancette.

— Et si vous en donnez quatre ?

— Je n'en suis pas certain, mais cinq peuvent tuer. Six, et c'est la mort assurée.

— Vous avez autre chose contre la douleur ?

— Oui. J'ai des racines et des herbes pour préparer des infusions contre le mal et les fièvres.

— Dans ce cas, rangez votre flacon, jeune maître, jusqu'au début des combats. Il pourrait en tenter certains, y compris moi-même, et il ne faut pas le gaspiller. On en aura besoin alors.

Sur cette remarque plutôt ambiguë, il prit un récipient et le huma.

— Ça, c'est sûrement pour la fièvre.

— Oui, dit Yusuf. C'est justement pour préparer l'infusion dont je parlais.

— Il n'y en aura pas pour tout le monde.

— Je suis certain de pouvoir trouver ces plantes dans les champs alentour. Je sais comment les accommoder et les mélanger.

Marc émit un grognement dans lequel on pouvait voir approbation ou scepticisme.

— J'ai de l'eau qui bout dehors. On va pouvoir en préparer assez pour en donner pendant un jour ou deux à toute la tente.

Sur ce, une trêve temporaire s'instaura entre le vétéran endurci et le novice terrifié. Ensemble, ils firent en sorte que la vingtaine d'occupants de l'infirmerie passent une nuit la plus calme possible.

Au début de son troisième jour en Sardaigne — son deuxième à l'infirmerie —, Yusuf avait déjà une telle habitude de la routine du camp qu'il avait l'impression d'avoir toujours connu cette tente. Un des deux hommes les plus malades était mort au cours de la première nuit, mais l'autre présentait une certaine amélioration. Le médecin avait fait sortir deux soldats de l'infirmerie pour en faire entrer deux autres.

— Celui-ci est un grand seigneur, murmura Marc quand le second homme fut amené, suivi de près par le médecin. Il s'appelle Pere Boyll. Il devrait se trouver sous sa propre tente, avec ses serviteurs, mais ceux-ci sont tombés malades. Quand il ne s'est pas senti bien, il a demandé à être avec les autres, et notre tente est certainement la moins peuplée de toutes.

— Qui sont les autres dont nous nous occupons ? demanda Yusuf. Je n'ai pas eu le temps de m'en soucier hier.

— Soyez assuré, jeune maître, que ce ne sont pas des hommes du commun, lui confia son assistant. Le pupille de Sa Majesté n'a pas à s'occuper d'eux, ajouta-t-il sèchement. Ils sont entassés comme du bétail ; ils souffrent peut-être de la fièvre, mais au moins, ils sont à l'abri du soleil et de la pluie. Ceux-ci sont tous des chevaliers, à l'exception du seigneur Pere Boyll, qui est un valeureux guerrier, très proche de Sa Majesté. Je suis persuadé que nous toucherons plus de vivres et de remèdes que les autres.

Le seigneur Pere avait le teint grisâtre, il tremblait et claquait des dents. Ses poings crispés et son visage tendu révélaient toute sa souffrance. Yusuf s'approcha de lui avec un bol plein d'une infusion de feuilles de saule et d'autres herbes destinées à faire tomber la fièvre.

Le médecin prit le bol, le sentit et le rendit à Yusuf.

— Il faudrait qu'il boive. Ce ne sera pas aisé.

L'observation et la pratique avaient permis au jeune garçon de se tirer à merveille de ce genre de tâche. Il avait appris la patience et la détermination aux côtés de Raquel. Il s'accroupit auprès du malade et parvint à lui faire avaler la moitié du breuvage. Puis il prit un linge frais et humide pour lui tamponner les joues et le front.

— Je vais rester auprès de lui, señor, jusqu'à ce qu'il ait tout bu.

— Tu t'occupes bien des malades, Yusuf. Sa Majesté sera impressionnée, j'en suis persuadé.

Les tremblements du seigneur cessèrent un instant et il put poser les yeux sur Yusuf.

— Où est mon serviteur ? fit-il d'une voix rauque. Qui es-tu ?

— Votre serviteur est malade, monseigneur. Je m'appelle Yusuf.

— Et qui est Yusuf ? demanda le seigneur Pere.

— Le page de Sa Majesté. J'ai un peu d'expérience au service des malades, et on m'a demandé de venir aider.

— J'ai entendu parler de toi, Yusuf le page. Tu es le pupille de Don Pedro, c'est cela ?

— En effet, monseigneur.

— Ton père est mort à Valence, pendant le soulèvement. C'était un homme plein d'astuce. Et de valeur. Tu lui ressembles beaucoup.

Avant même que Yusuf pût répliquer, il ferma les yeux et sombra dans le sommeil.

— Vous voulez que je le réveille ? demanda Marc.

— Ne devrait-on pas le laisser dormir ? répondit Yusuf, qui tentait de se rappeler ce que son maître faisait dans ce genre de circonstance.

— C'est votre décision, jeune maître. Je ne suis qu'un aide.

Il regarda le garçon et ajouta d'un ton plus doux :

— Vous pourriez peut-être le laisser dormir

jusqu'à ce qu'il s'agite à nouveau. Cela viendra assez vite, je crois.

En début de soirée arriva une convocation de la part de Sa Majesté.

— Nous avons eu des échos favorables te concernant, dit le roi. Et voici que tu t'occupes d'un homme qui nous est très cher. N'hésite pas à demander de l'aide si son état empire.

— Oui, Votre Majesté. Je demeurerai à ses côtés et me montrerai très attentionné.

— N'a-t-on pas besoin de toi auprès des autres patients ?

— J'ai reçu un assistant très expérimenté. Et quelques-uns des chevaliers sur lesquels je veille sont aujourd'hui en meilleure santé. Ils disent toutefois ne pas être prêts à rejoindre leur campement.

— Un subterfuge enfantin, dit Don Pedro sur un ton qui n'augurait rien de bon pour certains.

— Je ne mets pas en cause leur honneur, Votre Majesté, s'empressa d'ajouter Yusuf. Les fièvres les ont affaiblis, mais leur vie n'est pas en péril.

— Je n'en doute pas. S'il fallait mener bataille, nous sommes persuadé qu'ils ne continueraient pas à se prélasser à l'infirmerie, fit le roi d'un air dédaigneux. Mais dis-moi plutôt quel est ce problème qui t'amène ici, en Sardaigne ?

Yusuf s'attendait à cette question. Il parla sans hésiter, d'une voix dépourvue de toute expression, car l'évêque l'avait prévenu que Sa Majesté exigerait un rapport et que celui-ci devrait être bref.

— Pendant l'hiver, Votre Majesté, j'ai assisté mon maître lorsqu'il a soigné un prêtre dominicain au palais épiscopal. Il a découvert que j'étais de Grenade et, à son retour à Barcelone, il a demandé à son supérieur de déposer une plainte relative à ma situation — je vis au Call, mais je suis un homme libre. Il a insisté pour que l'on me renvoie à Grenade ou que je me convertisse.

— Est-ce tout, Yusuf ?

— Oui, Votre Majesté.

— Et c'est pour ça que tu viens ici comme si tu portais ton propre arrêt de mort ? Que demain, avant tierce, soit rédigée une lettre de permission sur laquelle j'apposerai ma signature, dit le roi à son secrétaire.

Le secrétaire s'inclina et donna à voix basse des instructions à son aide.

— Yusuf, veille à ce que notre ami, le seigneur Pere Boyll, soit le plus à l'aise possible. C'est non seulement un soldat brave et valeureux, mais aussi le neveu de celui qui a veillé sur nos droits et nous-même lors des derniers événements survenus en Sardaigne. Nous devons beaucoup à sa famille. Tu peux revenir demain chercher ta lettre.

— Merci, Votre Majesté. Je resterai nuit et jour auprès du seigneur Pere.

Il s'inclina profondément et quitta la tente royale. Don Pedro se tourna vers son secrétaire.

— Si vous le pouvez, envoyez quelqu'un l'aider.

Comme Yusuf approchait de sa tente-infirmerie, il vit Gueralt de Robau nonchalamment appuyé contre un arbre.

— Yusuf, appela-t-il doucement. Un mot, je vous prie.

— Oui, señor ?

— Mon ami ici présent a une question qu'il souhaiterait vous poser. Don Manuel, voici Yusuf, le pupille de Sa Majesté.

L'ami en question était mince, pâle, l'air léthargique. Un soldat peu convaincant, songea Yusuf, même si les apparences sont parfois trompeuses.

— S'il n'y a là rien de confidentiel, demanda Don

Manuel à voix basse, puis-je demander s'il est vrai que mon ami Pere Boyll se meurt ?

— La réponse est entre les mains de Dieu, Don Manuel, dit prudemment Yusuf. Je l'ignore.

Don Manuel s'assit sur un rocher plat. Il avait l'air abattu.

— C'est ce que je craignais. J'avais entendu dire qu'il était très malade.

— Vous étiez très proche de lui, señor ?

— Avez-vous jamais été seul et privé de compagnie quand vous étiez enfant, Yusuf ? dit-il, les yeux fixés sur une touffe de mauvaises herbes. Je l'ai été. On m'a arraché des bras de ma nourrice, pour ainsi dire, pour servir comme page au château de son père.

— À Valence ?

— Oui. Le seigneur Pere est plus âgé que moi, mais il s'est montré bon envers un petit garçon malheureux. Je doute qu'il se souvienne de moi, mais je ne l'oublierai jamais. Jamais.

Quand Yusuf regagna sa tente, ce fut pour remplir pleinement son rôle. En compagnie de Marc, il se rendit auprès de chaque patient, administrant des décoctions contre la fièvre, épongeant des fronts et des bras brûlants qu'il baignait ensuite d'une eau fraîche où il avait jeté des herbes écrasées ramassées dans la journée.

— À quoi servent-elles ? demanda Marc. Quelle est leur nature ?

— Parfois ma mère broyait ces herbes et les ajoutait à l'eau de notre bain. Elles ont une odeur plaisante, et je crois qu'elles adoucissent la peau.

— Elles servent aussi à repousser les mouches et les insectes qui piquent, dit Marc. J'y ai déjà eu recours pour ça.

— Dans ce cas, les malades dormiront mieux s'ils ne se font pas piquer.

Quand ils eurent fini, Yusuf s'installa près de la couche affectée au seigneur Pere Boyll et sortit de sa tunique un petit livre relié.

Marc lui apporta une bougie.

— Si vous voulez étudier, il vous faudra de la lumière. Personnellement, je ne vois pas à quoi servent les livres quand on est soldat, mais je suppose qu'un médecin a besoin de ces choses.

Mais le jour avait commencé tôt, et Yusuf avait travaillé dur. Il déchiffra cinq lignes d'un passage manuscrit du livre que lui avait donné le père Crispiá, puis les mots s'embrouillèrent. Il dodelina de la tête et s'affaissa sur le lit de son patient.

Quand il se réveilla, quelqu'un l'observait. Il se redressa d'un seul coup et découvrit un visage proche du sien.

— Qu'étudies-tu avec tant d'assiduité ? lui demanda son patient d'une voix faible.

— J'apprends à lire dans ma propre langue, dit Yusuf, mais c'est difficile quand il n'y a personne pour vous aider. Je dois écrire chaque jour, c'est le père Crispiá qui me l'a recommandé, mais je cherchais d'autres mots.

— De quels mots as-tu besoin ? demanda le seigneur Pere.

— Ceux qui ont trait à la maladie. Mais ce livre ne parle que d'amour, de guerre, de combat et de chasse. Rien de ce qui touche à la vie ordinaire.

— Peut-être pourrais-je t'aider. Moi aussi, je sais lire et parler ta langue.

— Ce soir, Votre Seigneurie doit se contenter de boire la tisane que je lui ai préparée puis de dormir. Aider autrui attendra bien demain.

CHAPITRE XIII

Clara et Mundina avaient été abordées sur la grève par un petit contingent de la garde de Sa Majesté.

— Attendez ici, je vous prie, dit l'un des soldats quand elles se trouvèrent à proximité d'une tente surmontée des bannières de la maison royale de Sicile ainsi que celles d'Aragon, de Catalogne et de Valence. Je vais annoncer votre arrivée. Sa Majesté la reine daignera peut-être vous recevoir.

Les deux femmes remirent de l'ordre dans leurs habits.

Des hommes gardaient le périmètre du secteur où elles venaient d'arriver, mais elles avaient laissé derrière les hordes de soldats oisifs. Clara écarta son voile afin de laisser la brise caresser son visage.

— Je ne me sens pas très bien, dit-elle.

— Pendant tout le temps que vous avez passé sur le navire, avec toutes ces vagues, vous n'avez rien eu, dit Mundina. Et maintenant que nous sommes en sécurité, loin du danger, ça ne va pas. Je n'y comprends rien.

— Et si elle ne m'aimait pas ? Que se passerait-il ?

— Je doute qu'elle vous fasse trancher la tête parce qu'elle n'apprécie pas votre couleur de cheveux. Son pire ennemi ne l'a jamais accusée d'un tel comportement. Et pour ce qui est de votre vie, vous avez connu pire situation, non ?

— Je n'avais pas le temps de penser à ce qui m'arrivait. Maintenant, je ne cesse de songer à tout ce qui aurait pu se passer. Je ne suis pas assez sotte pour croire le danger écarté.

— Sa Majesté ne va pas non plus vous vendre comme esclave. Une jeune dame comme vous ? Impossible.

— Je ne suis pas une jeune dame, Mundina, dit Clara en regardant ses mains. Je suis une fille de cuisine.

— Le seigneur Oliver a précisé que vous ne deviez jamais utiliser le mot *cuisine* tant que vous êtes ici.

— C'est la même chose que mentir.

— Peut-être. Je vous répète seulement ses instructions. Quant à moi, j'ai faim, ajouta Mundina. Je me demande si on va nous donner à manger ou s'il va falloir quêter un quignon de pain auprès des soldats.

— Ils ne nous obligeraient certainement pas à ça ! s'écria Clara, horrifiée.

— Non, ma petite, ils n'en feront rien. Vous voyez, il n'y a pas de quoi s'inquiéter.

Le soldat ressortit de la tente et leur fit signe d'entrer.

— Sa Majesté souhaite vous voir sur-le-champ.

Mundina examina Clara, lissa sa robe et en chassa toute trace de poussière.

— Allez, courage, dit-elle en poussant Clara vers la tente.

Clara entrevit Eleanora de Sicile, reine des vastes domaines d'Aragon, assise très droite sur un siège imposant, avant de s'abîmer en une profonde révérence.

— On m'a dit que tu t'appelais Clara, dit Doña

Eleanora, dont le regard était attiré par la chevelure sombre, étrangement coupée de la jeune fille.

— Oui, Votre Majesté, dit Clara toujours inclinée.

— Et il semble que tu ne prétendes à aucun autre nom, mais nous en reparlerons plus tard. Tu peux te relever, Clara.

Elle le fit de manière assez gracieuse malgré ses jambes qui flageolaient, mais elle garda les yeux baissés.

— J'ai reçu une lettre des plus mystérieuses te concernant, mon enfant, dit la reine en portant sur elle un regard interrogateur. Mais l'homme qui l'a rédigée est un fidèle serviteur à qui nous devons beaucoup. Il nous supplie de prendre soin de toi et, par égard pour lui, nous le ferons. Ta suivante et toi-même devez être épuisées et affamées après une telle traversée.

Clara était en proie à une telle confusion qu'elle ne put répondre et se contenta d'une nouvelle révérence.

La reine se leva et fit un pas comme pour inspecter de plus près sa nouvelle recrue. Doña Eleanora était grande et mince comme un lévrier et portait une ample robe de soie chatoyante. Quand elle était perdue dans ses pensées, comme en cet instant, son visage était grave, serein, très beau, tel celui de la statue de marbre d'une sainte qui vous contemple pendant la messe, songea Clara.

— Si tu es l'espionne ou l'assassin que l'on prétend, envoyée ici pour aider les Sardes ou détruire Sa Majesté le roi, tu m'as l'air trop petite et mal nourrie pour un tel rôle. C'est la raison pour laquelle les gens porteront sur toi un regard suspicieux, Clara, ma nouvelle dame de compagnie. Ta réputation t'a précédée.

Blême, Clara regarda la reine pendant un temps qui lui parut infini.

Sa Majesté se mit à rire et s'installa sur une couche moelleuse.

— Tu as un visage très éloquent, mon enfant. Je trouve cela rassurant.

Une jeune fille aux grands yeux sombres et au teint basané du Sud vint arranger les plis de sa robe et placer auprès d'elle une petite table.

— Que l'on m'apporte une boisson fraîche, dit la reine, et la petite esclave disparut derrière un rideau. Maria, vous prendrez soin de cette pauvre enfant.

Une femme belle et élégante s'approcha et fit la révérence.

— Certainement, Votre Majesté, dit-elle avant de tendre la main à Clara.

— Est-ce vrai ? demanda Clara à Doña Maria López de Heredia alors qu'elles s'approchaient de la seconde tente.

— Que l'on ait raconté que vous pourriez être un assassin ? dit Doña Maria. Oui. Je ne pense pas que Sa Majesté la reine le croie, mais ces rumeurs l'intriguent et l'intéressent. C'est une femme intelligente, très au fait des affaires de l'État. On ne la trompe pas aisément, ajouta-t-elle.

— Mais on m'a dit que j'étais là pour coudre, dit Clara quand elles pénétrèrent sous la tente.

— À quoi d'autre pourriez-vous vous occuper ? demanda Doña Maria avant d'éclater d'un rire sonore. Croyiez-vous réellement que l'on vous avait envoyée ici pour ravauder ? Pauvre enfant. Que devez-vous penser de Sa Majesté, pour imaginer qu'elle puisse transformer une jeune dame en une couturière ? Pourquoi pas laver les écuelles à la cuisine ? Vous avez envie de faire un brin de toilette, je pense, ajouta-t-elle en recouvrant son sérieux, et de souper. Nous aurons le temps demain de parler de vos devoirs.

Le lendemain, la suivante de Doña Maria conduisit de nouveau Clara vers la seconde tente, où plusieurs dames de compagnie de la reine étaient occupées à broder en bavardant librement. Clara prit place près de l'entrée. Il y avait là six femmes d'âges divers assises sur des bancs ou des chaises et trois ou quatre autres, debout ou affairées à table. Elles étaient toutes élégamment vêtues de robes d'été légères, et il était difficile de distinguer les maîtresses des suivantes. Elle suscita des regards curieux, des hochements de tête et des sourires, mais personne ne parla.

Apparemment, Doña Eleanora n'était pas encline à poursuivre son enquête sur la situation de Clara. La seule personne que la jeune fille connût, Doña Maria, se trouvait auprès de la reine. Elle s'assit donc, oisive malgré elle, et regarda les autres bavarder et rire tout en brodant. Finalement, n'y tenant plus, elle se tourna vers la dame assise le plus près d'elle.

— Permettez-moi de démêler ces fils de soie, dit-elle avec timidité.

La dame parut surprise.

— Je ne vois pas pourquoi vous feriez cela.

— Mais je n'ai pas d'autre occupation... Je n'ai pas d'ouvrage avec moi. Et quand les fils de soie de ma mère étaient emmêlés...

— Blanquina, Doña Clara a un œil d'aigle, fit en riant une des autres femmes. J'ai entendu dire que vous n'avez pu apporter grand-chose avec vous, Doña Clara.

— Mon départ a été un peu précipité.

— Et la robe ? demanda une femme aux yeux vifs et aux cheveux abondamment bouclés. En attendant que l'on trouve pour Doña Clara de l'étoffe lui permettant de constituer sa propre toilette... Sancha, apporte-moi la robe ! lança-t-elle par-dessus son épaule.

Une suivante entra, porteuse d'une lourde robe de soie dont l'encolure, les manches et le corsage étaient brodés d'hermine. L'ourlet était doublé de vair, et la soie était de la douce couleur verte de l'eau d'une crique paisible. Doña Eleanora portait la même couleur quand Clara l'avait entrevue pour la première fois, plusieurs années auparavant.

— Puisque vous voulez vous rendre utile, dit la dame de compagnie aux cheveux bouclés. Sa Majesté désire que l'on change la bordure de cette robe. Vous pourrez m'y aider. Venez vous asseoir auprès de moi.

— Que faut-il faire ? demanda Clara en s'installant sur le siège qu'on lui avançait.

Sancha disposa la robe sur les genoux des deux femmes et disparut.

— Il faut la débarrasser de son hermine, Doña Clara, et mettre plus de vair sur l'ourlet.

— Cela ne devrait pas être trop difficile. Mais puis-je demander à qui j'ai l'honneur de m'adresser ? ajouta-t-elle d'une voix si basse que l'on eût dit un chuchotement.

— Bien entendu, fit la femme bouclée en prenant la main de Clara. Pauvre enfant. Nous oublions les manières dans ce campement. Personne ne vous a présentée. Mais voyez-vous, nous connaissons votre nom, vous devez par conséquent apprendre le nôtre. Je m'appelle Tomasa, Doña Clara, Tomasa de Sant Climent.

— Climent ? répéta Clara.

— Oui. Vous connaissez un membre de notre famille ?

— Non, répondit-elle vivement, je ne le pense pas.

— Cela ne me surprend pas. J'ai un demi-frère et une demi-sœur, mais leur nom n'est pas Climent. Et je ne vois pas pourquoi vous auriez entendu parler d'eux. La dame à côté de qui vous étiez assise s'appelle Blanquina. Celle-ci s'appelle Antonia. À côté d'elle, c'est Elvira, et à côté encore Beatriu.

— Merci, Doña Tomasa. Toutes les dames de Sa Majesté sont-elles là ?

— Oh non. La plupart sont restées au palais. La reine nous a amenées ici, ainsi que sa petite esclave, Catalineta — elle est perdue sans Catalineta —, quelques musiciens et une poignée de suivantes. Elle a laissé ses nains derrière elle, il n'y a donc personne pour nous distraire. Êtes-vous bonne lectrice ? Parce que, si vous êtes lasse de coudre, vous pourriez nous faire la lecture tandis que nous poursuivons notre ouvrage. Nous avons un livre de contes et d'aventures.

— Je crains de ne pas être très bonne, confia Clara.

— Et moi, je suis très mauvaise. Beatriu lira peut-être. Ou nous devrons nous chercher une autre distraction. Quel âge avez-vous ? J'ai dix-sept ans et ne suis pas encore fiancée. Je fais le désespoir de ma mère, qui espère pour moi un grand mariage.

— J'en ai presque seize.

— Vous ne les paraissez pas. Je vous en donnais douze ou treize. Mais j'aimerais avoir votre visage et vos cheveux soyeux. Pourquoi sont-ils si courts ?

Clara sortit ses ciseaux de sa poche et adressa un regard innocent à Tomasa.

— Ils se sont accrochés et il a fallu les couper pour me libérer. Ensuite, Mundina a dû égaliser...

— Je vois. La même chose est arrivée à ma sœur. Elle est tombée de cheval et s'est prise dans les épines. Êtes-vous sûre de vouloir m'aider à arranger cette robe ? Doña Maria a dit que vous étiez habile à manier l'aiguille. Sinon nous pouvons laisser le travail à une suivante.

— J'aimerais vous aider. C'est une superbe robe. Mais ne pensez-vous pas que le corsage et les manches auront l'air un peu tristes sans ces queues d'hermine ? Est-ce ainsi que Sa Majesté la veut ?

— Non. Elle aime les couleurs chatoyantes et les jolis motifs, mais peut-être a-t-elle décidé de donner cette robe à la fille de Sa Majesté le roi, qui a des goûts plus simples. Que suggéreriez-vous ?

— Si c'était la mienne, Doña Tomasa ?

Elle contempla la robe étalée sur ses genoux puis ferma les yeux.

— Puisqu'elle est du vert de la mer, dit-elle en les rouvrant, j'y broderais des jeux de dauphins. Ce serait superbe avec quelques fils d'argent çà et là. Sur les manches aussi, peut-être, ajouta-t-elle, soudainement exaltée.

— Je verrai. Mais nous devons nous limiter à ôter l'hermine tant que nous ignorons ce que désire Sa Majesté.

Soigneusement, les deux femmes retirèrent les fils qui tenaient l'hermine attachée à la robe. Vers la fin de la journée, Clara avait beaucoup appris sur la famille et l'enfance de Doña Tomasa, mais elle avait très peu parlé d'elle-même. Elle s'installait doucement dans une routine qui lui semblait à la fois étrange et familière.

Le quatrième jour de son séjour en Sardaigne, elle se rendit à la tente pour découvrir que personne n'était assis à travailler, à déjeuner ou même à se promener dans la fraîcheur matinale. Tout le monde était rassemblé au milieu de la tente et parlait en même temps. Tomasa la vit arriver et quitta ses amies. Elle était blême et semblait angoissée.

— Que se passe-t-il ? demanda Clara. Nous sommes attaqués ?

— Pis encore, répondit Tomasa. Sa Majesté la reine est partie nuitamment, emmenant Maria López et Catalineta avec elle.

— Où donc ?

— Dans la tente du roi. On dit que Sa Majesté se meurt des fièvres.

— Le roi ?

— Oui, et l'infant Johan n'a même pas quatre ans. La reine pourrait assurer la régence — elle est intelligente et connaît assez les affaires de l'État pour cela —, mais ils sont nombreux à vouloir asseoir l'oncle du roi sur le trône. Ma chère Doña Clara, dit-elle en lui serrant le bras, si Sa Majesté le roi meurt, ce sera à nouveau la guerre civile. Je le sais.

La veille au soir, Yusuf s'était rendu sous la tente du roi afin de l'informer de l'évolution de l'état de santé du seigneur Pere Boyll. Le jour précédent, il avait transmis le message à un aide de camp, qui l'avait remercié. Ce soir-là, il pensait que les choses se dérouleraient de la même façon et avait par conséquent établi comment il passerait le reste de la soirée.

— Sa Majesté aimerait entendre votre rapport de vos propres lèvres, lui dit l'aide de camp en soulevant la draperie permettant d'accéder à la tente royale.

Pedro d'Aragon avait pris place sur son siège à l'extrémité de la table et écoutait avec attention l'un de ses généraux. Il était pâle et quelques gouttes de transpiration luisaient sur son front bien qu'un air frais pénétrât dans la tente.

— Voilà qui ne nous aide pas, dit-il, irrité. Nous devons décider rapidement — ce soir même, si possible — s'il convient de renvoyer les malades à Valence. Une poignée de chevaliers qui se plaignent de leurs maux et de leur inactivité ne perturberont pas les décisions que nous avons prises à leur égard. Es-tu au courant ? dit le roi en se tournant soudain vers Yusuf. Tu es au milieu des malades.

— Les chevaliers que j'ai entendus se plaindre ne sont pas ceux placés sous ma responsabilité, ils sont en effet trop atteints pour s'inquiéter de ce genre de chose. Non, ce sont les oisifs qui s'ennuient.

— Précisément. Et nombre d'entre eux feignent la maladie. Qui leur a suggéré cette attitude ? Est-ce pour nous créer délibérément des problèmes ? Et dans ce cas, pourquoi ? Comment va le seigneur Pere ?

— Il est très malade, Votre Majesté, mais il lutte ardemment.

— Pourrait-il voyager ?

Yusuf remarqua que la voix du roi s'était faite plus rauque et que son front était trempé de sueur.

— Oui, Votre Majesté, si quelqu'un est là pour veiller sur lui. Et s'il dispose d'une quantité suffisante de remèdes. Il lui faudrait une cabine aérée et confortable. Je le crois en pire état que la plupart de ceux qui demandent à partir.

— Ce garçon a-t-il raison ? demanda le roi.

La question s'adressait de toute évidence au médecin, car c'est lui qui répondit.

— Oui, Votre Majesté. Et ces chevaliers peuvent voyager. Mais serait-ce néfaste à notre cause s'ils devaient ne pas revenir ?

— Est-ce possible ?

— Oui, Votre Majesté. Dans certains cas. J'hésite à dire que c'est probable.

— Si nous n'apprenons rien de nouveau qui puisse nous faire changer d'avis, ce bateau appareillera demain avec ses malades. Ceux que nous avons remarqués partiront, mais aussi tous ceux que vous voudrez ajouter.

Il leva la main et son serviteur s'approcha.

— Notre cape, dit-il. Le vent est frais.

Yusuf regarda le roi le cœur serré. Puis il se tourna vers le médecin et comprit qu'il n'était pas le seul à remarquer que Sa Majesté, elle aussi, était tombée malade.

Il avait regagné sa tente en courant, comme si la maladie du roi lui avait rappelé qu'il devait s'occuper d'un certain nombre de patients. Le seigneur Pere dormait, plus paisiblement que la veille, et son front semblait plus frais. Marc avait quitté la tente dès l'arrivée de Yusuf en lui assurant que tout allait bien. Yusuf déambulait à présent entre les lits et examinait chacun des hommes alités.

— Mon garçon, lui dit un vétéran couvert de cicatrices qui n'avait pu prononcer un seul mot jusque-là, peux-tu m'apporter à boire ? Je meurs de soif.

Yusuf lui donna un peu de vin coupé de beaucoup d'eau.

— J'en avais besoin, fit-il en guise de remerciement. On dit que c'est dans cette tente qu'on a les meilleurs soins de tout le camp. Si c'est vrai, ce n'est pas étonnant que tant de malades veuillent rentrer chez eux.

— Lesquels souhaiteraient rentrer ? dit Yusuf en regardant autour de lui. Nul n'en a parlé, sauf dans leurs délires où ils m'ont pris pour leur mère ou leur nourrice.

— C'est ce qui se dit dans tout le camp sauf ici. Mais l'on sait que tu es l'oreille du roi.

— Ceux qui le prétendent savent peu de choses. Je suis l'oreille du roi au même titre que sa mule.

Il se pencha pour remettre de l'ordre dans les draps froissés du soldat.

— Ceux qui le croient ne m'adresseront certainement pas la parole. Si j'avais le temps de me promener dans le campement, je recueillerais toutes sortes de commérages, mais j'ai d'autres soucis, voyez-vous.

— Je préférerais être chez moi, dit l'homme. Je ne suis pas venu ici pour mourir des fièvres tandis que mes compagnons voient l'ennemi se rire de nous derrière ses murailles. Non, je suis venu me battre, me couvrir de gloire et m'enrichir un peu. Il y a dans ma famille plus de rejetons que de sacs d'or, dit-il tristement. Et nos terres sont plus riches en rochers et en cailloux qu'en vergers ou en prairies.

— Vous voulez abandonner Sa Majesté ? demanda Yusuf.

— Ne t'inquiète pas, mon garçon, je n'y songe pas. Mais de toutes les choses qu'on peut exiger d'un soldat, mener un siège est certainement la pire. Je ne suis pas seul à le penser. J'ai parlé à un vétéran qui a échappé à la peste alors que tout le monde se mourait autour de lui, et maintenant il est ici, couché sur de la paille, grelottant de fièvre. Il est ainsi depuis deux semaines, à deux doigts de la mort. Ce qu'il désire, c'est rentrer chez lui, retrouver un bon lit avec des draps de lin et laisser ses servantes le dorloter.

— Le voyage dure des jours, dit Yusuf. Je n'aimerais pas être ballotté par le vent et les vagues quand je suis déjà cloué au lit par la fièvre.

— Moi non plus, mon garçon. Marc et toi, vous vous êtes bien occupés de nous. J'aimerais mieux être debout et prêt à me battre. Car le temps d'attaquer à nouveau est venu. Ils ne s'y attendent pas et sont particulièrement faibles en cet instant.

Nous aussi, pensa Yusuf qui se rappelait le visage grisâtre et le front baigné de sueur de Sa Majesté.

— J'ai beaucoup à apprendre en matière de stratégie militaire, señor, dit Yusuf avec tact. Je suis heureux de ne pas avoir à prendre pareille décision. Mais d'où tenez-vous tous ces bavardages ?

— Le bouffon aux yeux vifs et son ami — celui qui se prétend l'ami du seigneur Pere —, ils étaient là ce soir. Sa Seigneurie dormait, mais ils n'ont pu s'empêcher d'ébruiter toutes ces choses.

— Vraiment ? Gueralt de Robau et Don Manuel sont des personnages intéressants. Puis-je vous apporter autre chose ?

— Non, mon garçon, dit le chevalier qui esquissa un sourire timide. Je crois que je vais dormir. Je vais peut-être mieux.

Il était temps de reconstituer leurs réserves de plantes. Le lendemain matin, avant que la rosée ne sèche, Yusuf était dans la colline avec le panier de Marc et cherchait ce qui l'intéressait. Quand le panier fut plein, il se laissa tomber dans l'herbe et observa les nuages blancs qui couraient dans le ciel.

Un instant, il se serait cru revenu à Gérone. Sous lui, l'herbe était semblable à celle des pentes que Raquel et lui foulaient en quête de simples. Brusquement, lui aussi eut envie de rentrer au pays, et il fut troublé de réaliser qu'il entendait par là les montagnes du Nord où il vivait désormais.

— Alors, le page de Sa Majesté s'offre un petit somme au soleil ?

Il sursauta. Une ombre s'allongeait sur lui.

— Bonjour, señor, dit-il en s'asseyant.

Il s'agissait de Gueralt, le fils d'Asbert de Robau.

— C'est un endroit agréable, dit Gueralt. Que faites-vous là ?

— Je cueillais des plantes. Et vous, señor ?

— Oh, vous me faites honte. Je suis là parce que je m'ennuie, c'est évident. Je n'ai pas la patience d'un soldat expérimenté, alors je déambule. J'ai grand besoin d'exercice, et les jeux de la guerre ne sont même pas là pour nous distraire. Ce serait charitable de votre part de bavarder avec moi.

Gueralt se laissa tomber sur l'herbe et s'appuya sur un coude.

— Je vous envie, mon garçon.

— Et pourquoi, Don Gueralt ?

— Parce que vous avez une occupation. Et que vous aidez ceux dont vous avez la charge. Quelles plantes avez-vous ramassées ?

— Ce sont des herbes destinées à soigner les malades, expliqua-t-il. Nos réserves commencent à s'épuiser.

— J'aimerais mieux ça que rien du tout. Je pourrais peut-être vous aider. Cueillir des herbes ne doit pas être trop compliqué quand on vous a enseigné l'escrime, l'équitation et les arts de la guerre, ajouta-t-il avec le ton moqueur qui le caractérisait.

— Je crains que vous ne sachiez lesquelles choisir.

— Vous pourriez me les indiquer.

— J'aurais aussi vite fait de les cueillir moi-même, dit Yusuf. J'en ai fini pour aujourd'hui.

— Hélas. Oh, Don Manuel... Joignez-vous à nous, je vous prie.

L'ami de Gueralt les rejoignit, haletant d'avoir grimpé à flanc de colline, puis ils reprirent leur conversation.

Yusuf sourit poliment et se tourna vers Gueralt.

— Peut-être n'y a-t-il pas de jeux guerriers parce que les participants sont malades...

— C'est vrai. Y compris Sa Majesté, dit Don Manuel quand il eut retrouvé son souffle. On dit qu'il est aux portes de la mort. La reine s'est précipitée auprès de lui la nuit dernière pour recueillir ses dernières paroles.

— Ah oui ? Je n'ai rien entendu de tel.

— C'est que vous faites preuve de beaucoup d'indifférence pour un page, dit Gueralt de son ton moqueur. À mon époque, on savait tout et l'on connaissait tout le monde.

— Je m'occupe des malades. Le roi a d'autres pages.

— Dans ce cas, vous ne l'avez pas vu, dit sèchement Don Manuel.

— Je l'ai vu. La nuit dernière.

— Était-il au lit ? s'enquit Don Manuel.

— Non, il avait réuni son conseil.

— Vraiment ? Il n'était pas malade ? J'en suis heureux. Je ne devrais pas écouter les commérages, ajouta Don Manuel en riant avec une certaine gêne.

— Il a bâillé quand je suis entré, précisa Yusuf. Par fatigue peut-être, à moins que les rapports ne fussent trop ennuyeux. Je n'en sais rien. Toujours est-il qu'il était tard et que la réunion s'achevait.

— Pour quelle raison y étiez-vous ? demanda Guералт.

— Pour demander s'il avait des ordres à me transmettre. Je suis toujours son page, et Sa Majesté tient à ce que je lui fasse un rapport chaque soir.

— Et comment va mon ami Pere Boyll ? demanda Don Manuel. Il m'inquiète beaucoup.

— C'est ce que j'ai remarqué. Il va mieux.

— Les médecins ont une curieuse notion de la santé, dit Guerait. Il m'a semblé être aux dernières extrémités.

Ce soir-là, Pedro d'Aragon était allongé sur sa couche, dans la tente royale, et grelottait de fièvre. La reine était assise auprès de lui, attentive au moindre détail, mais calme pour l'instant.

— Vous devez regagner le palais royal, Votre Majesté, lui dit le médecin. Un bateau peut appareiller dès demain matin.

— Oui, Votre Majesté, vous devez rentrer. C'est trop risqué pour votre santé. Laissez les généraux mener à bien la guerre, ajouta l'homme qui se tenait à ses côtés.

— Non, nous devons rester ici...

Le roi parlait d'une voix faible et enrouée, mais ses paroles étaient parfaitement audibles.

— Votre Majesté pourrait mourir si elle s'attardait, dit un autre.

— Nous pouvons mourir n'importe où, répliqua Don Pedro. Et nous ne souhaitons pas succomber dans une galée alors que nous nous enfuyons.

— Pourtant l'air d'une galée est meilleur, Votre Majesté. Celui de Sardaigne est nocif.

— Balivernes ! Nous trouvons excellent l'air de

cette île. Et nos généraux ne souhaitent certainement pas nous voir partir.

— C'est exact, Votre Majesté, mais seule les préoccupe l'évolution de la campagne.

— Et notre reine ? murmura-t-il. Qu'en pense-t-elle ?

— Mon seigneur roi, dit Eleanora, je crains que, si vous quittez la Sardaigne, nos troupes ne pensent que vous les avez conduites ici pour mener une guerre sans importance. Elles en seront cruellement démoralisées.

Elle se pencha vers lui.

— Nos ennemis reprendront courage dès l'instant où ils apprendront que Votre Majesté a embarqué sur une galée, ajouta-t-elle.

— C'est certain.

— Même si nous nous efforcions de tenir secret votre départ, Votre Majesté, ils le sauraient très rapidement, car parmi les dix mille loyaux sujets que nous avons ici, l'ennemi a pu placer quelques traîtres.

Elle posa la main sur son cœur et regarda droit dans les yeux son royal époux.

— Je jure par tous les saints que la vie de Votre Majesté m'est plus chère que tout. Je mourrais pour la protéger, et je lutterai pour la préserver. Mais je préfère le faire ici.

— Vous avez entendu notre reine. Nous devons rester, dit Don Pedro.

Avec l'ombre d'un sourire, il tourna la tête vers elle et sombra dans le sommeil.

Le lendemain matin, Yusuf avait à peine fini de se laver le visage et de boire un peu d'eau que le médecin du roi s'approchait de la tente, les paupières tombantes et la peau pâle à cause du manque de sommeil.

— Viens ici, mon garçon.

Ils allèrent à l'écart.

— Je suis venu te parler de...
— Oui, señor ?
— De ces préparations contre les fièvres que ton maître a concoctées, finit-il par dire comme si cela lui coûtait. Quelqu'un en a parlé à Sa Majesté la reine, et elle insiste pour les essayer, enfin. Elles semblent avoir eu d'excellents résultats avec les malades de ta tente — enfin, certains.
— Sa Majesté le roi a la fièvre ?
— Disons plutôt que c'est une résurgence de sa fièvre intermittente. La température et les maux de tête étaient très importants, puis ils sont retombés. C'est ainsi que se présente la fièvre intermittente, si tu l'ignorais.
— J'ai déjà vu ces symptômes, señor.
— Lors des attaques, la température de Sa Majesté augmente dans des proportions inimaginables. Si le roi devait mourir...
Il ne prit pas la peine d'aller jusqu'au bout de sa pensée.
— Je crois que ton maître a envoyé une mixture contre ce genre de fièvre.
— Effectivement, et je vais vous la confier très volontiers. Je souhaite sincèrement et je prie pour qu'elle fasse effet. Si l'on peut forcer Sa Majesté à en boire tout un bol...
— Nous essaierons, dit le médecin. Je vais envoyer quelqu'un la prendre.
— J'ai aussi des plantes à faire infuser dans de l'eau pour rafraîchir la tête et les épaules. Elles aussi me semblent utiles.
Le médecin hocha vivement la tête et s'en alla.

Deux jours durant, il ne se passa pas grand-chose dans le campement. Le second matin, chacun savait que Sa Majesté avait attrapé les fièvres, et les porteurs de rumeurs affirmaient que ses médecins désespéraient de lui ; ils ajoutaient que la reine organisait des préparatifs secrets pour s'en revenir en Sicile, abandonnant l'héritier, l'infant Johan, à son triste destin et plongeant ainsi le pays dans une nouvelle guerre civile.

Gueralt de Robau souleva à demi la tenture et adressa un signe de la main amical à Yusuf.

— Holà, Yusuf ! Je me demandais si une promenade matinale vous plairait. Manuel et moi-même avons découvert quelqu'un qui fabrique d'excellents petits gâteaux. Nous lui fournissons la farine, et ses poules les œufs. Vos convalescents les apprécieraient certainement.

— Je vous remercie, señor, dit Yusuf en sortant de la tente.

Il aperçut Don Manuel assis non loin de là sur un rocher.

— J'ai hélas des devoirs que je ne puis négliger.

— Alors, je vous en apporterai un plein panier. Venez-vous, Don Manuel ?

— Plus tard. Vous devez être la seule personne de ce campement à ne pas ignorer ses obligations. Tout le monde est sorti.

— Les sentinelles et les vigies vont certainement...

— Pas ces jours-ci, fit Manuel en secouant la tête. Don Pedro devrait ordonner à ses vaisseaux de s'éloigner un peu, sinon tout le monde va se jeter à l'eau pour monter à leur bord. Mais pardonnez-moi de tant bavarder. Avez-vous de meilleures nouvelles de la santé de Sa Majesté ?

— Je ne sais rien à son sujet, répondit Yusuf, prudent.

— Et comment va mon ami ? insista Don Manuel.

— Il va bien. Il m'enseigne à lire la langue mauresque.

— Ah, c'est parfait ! Quel plaisir que d'entendre cela !

Le lendemain, après le souper, Yusuf fut conduit dans la chambre à coucher royale ; là, le roi, pâle et fatigué mais alerte, était allongé sur des coussins, entouré par ses proches collaborateurs.

— Notre reine a avoué que le breuvage infâme que l'on m'a convaincu d'ingurgiter quand j'étais au plus mal avait été confectionné par ton maître, Yusuf, dit Don Pedro. J'ignore s'il faut en tenir responsables ses prières ferventes ou la mixture de ton maître, mais je me sens mieux à présent.

— J'en remercie le Seigneur, Votre Majesté.

— Le vaisseau qui doit ramener les malades à Valence n'a pas encore appareillé. Comment se porte le noble Pere Boyll ?

— Un peu mieux, Votre Majesté. Il est faible, mais il n'a plus de fièvre.

— Survivra-t-il ?

— Je le pense, fit le garçon avec hésitation.

— Notre chirurgien et notre médecin sont de ton avis, Yusuf. Le seigneur Pere embarquera demain, et tu l'accompagneras. Si tu devais apprendre à bord quelque chose qu'il nous est utile de savoir, fais-en part au noble Arnau Johan, gouverneur de Valence, ou à l'archevêque, le noble Huc de Fenollet. À personne d'autre. La même galée te ramènera ensuite à Barcelone. Notre secrétaire pourvoira à tes besoins.

— Je prie pour la guérison complète et rapide de Votre Majesté, dit Yusuf avant de se retirer en compagnie du secrétaire dans une autre partie de la tente.

— Sa Majesté a ordonné que l'on vous accorde une somme pour couvrir toutes vos dépenses, dit le secrétaire en déposant sur la table une bourse de cuir bien remplie. Gardez-la auprès de vous.

— Oui, señor.

— Et ces lettres vous donneront accès auprès du gouverneur et de l'archevêque de Valence, ajouta-t-il en poussant vers lui deux missives soigneusement pliées portant le sceau royal. Celle-ci est pour le Prince, son oncle. J'ai un seul conseil à vous donner, et il est d'importance : ne confiez rien à l'écrit.

— Je comprends, señor.

— Parfait. Je vous souhaite bon vent et bonne route.

Il faisait nuit noire. Yusuf empruntait une fois de plus le chemin qui le ramenait à sa tente quand il perçut des murmures provenant de la colline. Entendre prononcer son nom par une voix familière l'immobilisa sur place.

— Mais, mon cher Don Manuel, disait Gueralt, je ne comprends pas ce qui vous bouleverse ainsi.

— Je vous l'ai dit, j'ai parlé à une autre personne présente dans la tente de Sa Majesté — pas à Yusuf, non —, et elle aussi m'a assuré que Sa Majesté était parfaitement remise. Qu'elle n'est en aucun cas à l'article de la mort.

— Ne vous êtes-vous pas dit que tous pouvaient mentir ? Par crainte ou par loyauté. Sa Majesté la reine ne souhaite pas faire savoir qu'elle sera bientôt veuve et que notre nouveau roi sera plus en âge de s'amuser avec des jouets que de traiter les affaires de l'État. Qu'adviendra-t-il de nous alors ?

— Mais Guerait...

Yusuf, par inadvertance, fit craquer une branche.

— Il y a quelqu'un, je crois, fit Gueralt.

— Qu'il soit maudit, ce bâtard ivrogne, pour m'envoyer ainsi en pleine nuit ! s'écria Yusuf en contrefaisant sa voix.

Il lança son pied dans une pierre. Quand elle retomba à terre, il jura à nouveau et se cacha en silence derrière un buisson.

— Un valet, dit Gueralt. Retournons au camp

Yusuf attendit que le calme fût revenu. Quand il regagna sa tente, tout le monde dormait.

L'excitation tira Yusuf de sa couche avant l'heure de l'embarquement. Ses affaires étaient déjà emportées et la tente était en ordre. Il vérifia les provisions puis déambula en silence entre les lits pour voir comment allaient ses patients. Il s'arrêta près du seigneur Pere.

— Holà, mon garçon ! dit le noble.

— Monseigneur, vous devriez dormir. Puis-je vous préparer une tisane ?

— Je suis las de tes excellentes tisanes, Yusuf. Je n'espère qu'une chose, c'est une coupe de bon vin.

— C'est que vous allez mieux, monseigneur.

— Tes amis si sournois ont traîné par ici la nuit dernière alors que tu étais sorti, dit Pere Boyll. J'ai feint de dormir pour les éviter.

— L'un d'eux est votre ami, monseigneur, pas le mien. Vous ne l'avez pas reconnu ?

— Le reconnaître ? C'est une plaie venue de l'enfer, oui !

— Don Manuel a été page chez votre père quand il avait sept ans, dit Yusuf. Il m'a dit que vous avez été très bon pour lui, il se sentait si seul...

— Un page ! Chez mon père ? C'est absurde.

— En êtes-vous certain, monseigneur ?

— Non. Dis-moi, d'où est-il originaire ?

— D'Empúries, selon lui.

— Empúries ! Mon père n'a jamais eu de page venu du Nord. Je n'en ai jamais vu. Nous ne sommes pas des souverains pour échanger des pages dans le cadre d'intrigues et d'alliances fluctuantes. Il a menti.

— Mais pourquoi mentir à ce sujet ?

— Ce ne sont pas nos affaires. Rends-toi dans la tente de Sa Majesté et raconte tout à quelqu'un de fiable. Mais réveille Marc avant de partir. Je ne souhaite pas qu'on me tranche la gorge.

— Peut-on lui faire confiance ?

— Il le faut, dit le seigneur Pere. Marc a l'air plus franc que la plupart. Et toi, Yusuf, marche sans bruit vers la tente royale.

Yusuf adressa une requête soigneusement préparée au garde placé devant la tente du roi. À son étonnement, ce fut Sa Majesté en personne qui l'accueillit quand celle-ci s'ouvrit.

— Tu souhaitais nous dire autre chose qu'adieu, Yusuf? Si tel est le cas, faisons ensemble quelques pas, loin des oreilles indiscrètes.

Quatre soldats les suivirent à distance et Yusuf transmit son message, le plus brièvement possible.

Don Pedro secoua la tête.

— Le petit Don Manuel... Je suis surpris qu'il ait le cran de conspirer contre nous. C'est un maladroit, même en fourberie. Un tel mensonge se vérifie si facilement !

— Peut-être, Votre Majesté, pensait-il que le seigneur Pere allait bientôt mourir.

— Sans aucun doute. Et il attendait la même chose de nous. Mais le seigneur Pere n'a pas trépassé. Et nous non plus. Un homme d'expérience ne compte pas sur ce que Dieu seul connaît. As-tu entendu autre chose des lèvres de son ami, Gueralt de Robau? En plus de ce qui a été dit la nuit dernière?

— Non, Votre Majesté. Parfois, il m'aide en prétextant l'ennui, mais je sais qu'il ment. Je serais bouleversé d'apprendre que deux des chevaliers de Votre Majesté sont devenus des traîtres.

— Il est peut-être aussi loyal que nos chiens de chasse, dit le roi. Je penserais que le père et le frère aîné de Gueralt ont plus de qualités pour faire de loyaux chevaliers. La déloyauté, jeune Yusuf, est engendrée par la rapacité, et elle est le plus souvent l'apanage des cadets.

Le roi fit plusieurs pas en silence.

— Loyal ou pas, il part pour Valence avec un coffret plein de messages à porter. Le problème ici sera donc éliminé.

— Pour Valence, Votre Majesté ? s'étonna Yusuf.

— La meilleure manière d'éliminer un problème éventuel, c'est de tenir occupé ailleurs celui qui pourrait en être la source. Ah, j'ai appris à accepter de telles choses. Car un homme est heureux quand il a déjà un ou deux loyaux camarades. Des hommes à qui il peut confier sa vie ou, plus difficile encore, ses pensées. J'ai été le plus heureux des princes, poursuivit Pedro. Dans ma jeunesse, Dieu m'a entouré d'ennemis qui m'ont beaucoup appris, puis Il m'a donné quelques hommes à qui j'ai pu confier les secrets de mon cœur. Dans Sa grande bonté, Il m'a accordé depuis une reine loyale dont la science de l'État dépasse celle de la plupart des princes, plus quelques hommes dont l'avis vaut d'être entendu.

Le roi s'arrêta et contempla le camp endormi.

— Ton navire m'a apporté la dure nouvelle qu'un des loyaux compagnons de ma jeunesse avait été tué à mon service.

— Peut-être, un jour, serai-je digne de votre confiance, murmura Yusuf.

— Je le crois, répondit le roi. Puisse Dieu te protéger pendant cette traversée.

Marc attendait devant la tente avec le paquetage de Yusuf quand ce dernier revint.

— Quelqu'un a fouillé dans les remèdes, dit-il doucement.

— Quand ? fit Yusuf. Et comment ?

Car au moins l'un des deux avait dormi chaque nuit dans l'entrée du petit entrepôt.

— La nuit où nous étions tous les deux dehors, certainement. Le garçon qu'ils nous ont envoyé dormait à poings fermés à mon retour. Les trompettes du Jugement dernier ne l'auraient même pas réveillé.

— Quelque chose a disparu ?

— Votre flacon cacheté, répondit Marc. Il était plein ?

— Oui.

— Il ne l'est plus. J'ai dit qu'il serait bien tentant.

— Mais nul n'était au courant de son existence. Hormis toi et moi.

— Nous en avons parlé, dit Marc. Quand vous êtes arrivé...

— Allons, ils étaient tous trop malades...

— Pas les deux qui ont eu l'autorisation de sortir le lendemain matin.

— Je ne sais même pas qui ils étaient, fit Yusuf d'un air misérable. Je ne les ai pas remarqués.

— L'un d'eux était le bon ami du seigneur Pere Boyll, Don Manuel. Mais vous feriez mieux de partir, jeune maître, votre bateau va appareiller.

Quand les gardes arrivèrent pour conduire Don Manuel auprès de Sa Majesté, ils le trouvèrent effondré sur un siège. Une coupe à vin en argent était tombée de sa main. Un des hommes se pencha pour lui toucher la joue.

— Je crois qu'il est trop tard, messire, dit-il à son capitaine. Il est froid comme une grenouille et raide comme un tronc. Mort depuis la nuit dernière, à mon avis.

— Voilà qui nous évitera des ennuis.

Quand le roi apprit la nouvelle, il se contenta de soulever un sourcil.

— Bien. Où se trouve son ami ?

— Il a pris le bateau pour Valence, Votre Majesté, l'informa le capitaine. Comme vous l'aviez demandé.

— Parfait.

CHAPITRE XIV

Cinq nuits s'écoulèrent avant que Sa Majesté la reine ne regagne son campement sur la colline. La robe était alors dépouillée de toute hermine. La fourrure avait été soigneusement rangée — le nombre de peaux, la taille et l'état de chacune d'elles étaient inscrits dans des registres —, et la robe remise aux responsables de la garde-robe royale.

Presque aussitôt, Doña Tomasa disparut dans sa propre tente et en revint avec une brassée d'étoffe fine. Elle fit quérir sa nouvelle protégée et la poussa vers la table où était étalé le tissu.

— Voilà. Il vous faut un habit de rechange et d'autres choses encore, puisque vous êtes arrivée les mains vides.

— D'où vient-elle ? demanda Clara qui palpait l'étoffe. C'est merveilleux.

— Ma mère ne cesse de m'offrir des pièces de tissu pour que je me confectionne des robes de noces, murmura Tomasa. Docilement, je lui obéis. J'en ai déjà six. C'est suffisant. Elle oublie à chaque fois.

— Six ? s'écria Clara. Et vous ne les avez jamais portées ?

— Non, j'ai déjà tout ce qu'il me faut.

— Un tel travail... Comment vous y prenez-vous ? À moins que votre suivante ne s'en charge ?

— Certainement pas. Je suis assez habile. Venez voir.

Dans le coffre de Tomasa, tout au fond, se trouvaient deux robes de la plus belle soie.

— Regardez, dit-elle en en prenant une, n'est-ce pas charmant ?

— Pourquoi les avoir toutes apportées ? Vous envisagez de vous marier en Sardaigne ?

— Non, fit Tomasa en riant, même si j'y suis prête, n'est-ce pas ? Je suis censée les broder pendant ce séjour. Mais c'est une chose que je ne maîtrise pas trop. Je ne parviens pas à imaginer des motifs ou à travailler sans emmêler mes fils. Tenez, là. J'ai voulu poser un feston autour de l'encolure. Ce n'est vraiment pas beau.

— Laissez-moi m'en occuper. Et si cela ne vous plaît pas, j'enlèverai ce que j'ai fait. Très soigneusement.

C'est ainsi que, pendant que Tomasa préparait une robe pour Clara, celle-ci transforma le motif simpliste du feston en animaux sauvages échappés d'un bouquet de fleurs. Quand elle eut achevé le premier, sur la partie droite du corsage, elle le présenta à Tomasa.

Son cri d'admiration rameuta toutes les femmes.

— Regardez, c'est un lion entouré de fleurs. Et il sourit !

— C'est parce que c'est une robe de mariage, expliqua Clara.

Dès lors, la garde-robe de Clara devint la préoccupation de toutes. Et l'on reconnut qu'une jeune fille si intelligente, si talentueuse et si bien éduquée ne pouvait qu'être issue d'une bonne famille — quel que fût le mystère entourant son passé — et par conséquent prise en pitié.

— Toute sa famille a été massacrée par des étrangers et son château détruit par le feu. Seules Doña Clara et sa suivante ont pu s'échapper et implorer la pitié de notre reine, qui connaissait bien ses parents, expliqua à voix basse Doña Tomasa. Elle n'ose pas dire son nom, car il y a ici même des brutes qui cherchent à la détruire dans le but de s'emparer de tout ce que sa famille possédait. Mais Sa Majesté la reine sait parfaitement qui elle est. Un de mes parents m'a écrit à son sujet en me demandant de lui témoigner de la bonté... sans révéler son identité toutefois.

Chacune des dames de compagnie proposa son aide à la jeune fille.

— Qu'avez-vous dit à mon propos, si je puis me permettre de vous le demander ? dit Clara.

Tomasa ne put s'empêcher de rire.

— C'est à cause du motif que vous avez brodé. Il est si riche et si élégant qu'elles en ont conclu que vous étiez de la plus haute noblesse. Mais j'ignore toujours ce qu'il en est, ajouta-t-elle.

Les jours passèrent, et le lion souriant fut rejoint, sur le pan gauche, par une lionne élégante à la queue enroulée : allongée sur un lit de fleurs, elle tendait une patte vers le lion. Clara s'occupa à ajouter des fleurs et, entre elles, la tête de petits animaux où l'on pouvait deviner des souris, un lièvre, un chat, un furet et un agneau bouclé à souhait.

Clara s'affairait encore sur la robe de mariée de Doña Tomasa quand la reine retrouva ses dames. Elle semblait encore plus frêle, et le manque de sommeil avait creusé ses yeux, mais elle rit de bon cœur à une plaisanterie, et l'ambiance se détendit. La santé du roi s'améliorait — la nouvelle s'était répandue plus tôt dans le camp et, avec la présence de la reine, on pouvait enfin y croire.

Quand Sa Majesté la reine se fut retirée dans ses appartements, Clara sortit pour échapper à la chaleur de la tente. Un groupe de dames étaient assises à l'ombre, mais leurs voix criardes lui faisaient mal aux oreilles et leurs rires aigus la tourmentaient. Elle préférait entendre une cuisinière se plaindre de la pingrerie de sa maîtresse que d'apprendre qui épouserait la cousine éloignée d'une personne qu'elle ne connaissait même pas. Elle était trop lasse et trop préoccupée pour sourire ou même approuver d'un mouvement de tête.

C'est alors que Tomasa s'approcha d'elle et lui effleura le genou. Clara sursauta comme touchée par la pointe d'une épée.

— Ma chère Clara, lui dit Doña Tomasa, calmez-vous. Tout ira bien, je vous l'assure. Maintenant que Sa Majesté est revenue parmi nous, vos difficultés vont bien vite s'arranger. Quand la reine était absente, ajouta-t-elle, aucun changement ne pouvait survenir. Je ne m'étonne pas que vous fussiez si tendue.

— Tomasa, Sa Majesté va prendre des décisions à mon propos. Qui sait ce qu'il adviendra de moi ? Cet îlot de calme pourrait m'être arraché.

— Un îlot de calme ? La cour, réunie en lisière d'un champ de bataille ? Vous êtes une jeune fille étrange et charmante, mais venir dans un pays en guerre pour y trouver la paix, voilà qui est encore plus étrange !

Tomasa versa dans une coupe une boisson fraîche à la menthe et la tendit à Clara.

— Buvez ceci, et nous reprendrons notre ouvrage. Je reviens dans un instant.

Sur quoi, elle entra sous la tente.

Clara ne pouvait se résoudre à l'imiter. Elle marcha jusqu'au chemin qui ceignait les quartiers provisoires de Sa Majesté : de là, elle apercevait la mer. Elle la contempla fixement et fit un effort de réflexion. Son esprit était empli d'images privées de sens qui refusaient de former un tout cohérent. Que pouvait-il lui arriver de pire ? Être renvoyée à Barcelone ? Si telle était la décision de la reine, qu'adviendrait-il alors ? Elle n'imaginait rien hormis le chaos et, paniquée, revint vers la tente.

Quand elle se pencha pour ramasser son ouvrage, celui-ci avait disparu. La robe de Tomasa n'était plus là. Angoissée, elle regarda autour d'elle. Une soie aussi belle, on l'accuserait de l'avoir volée.

— Je ne trouve plus la robe, dit-elle, désespérée.

— Tomasa l'a emportée, la rassura Doña Elvira. Elle voulait la montrer à Doña López. Elle en est si fière qu'elle a déclaré vouloir la porter à la cour avec rien d'autre que des chaussures, des bas et des bijoux !

Les femmes éclatèrent de rire et reprirent leurs occupations. Clara ramassa le livre tant négligé et, d'une voix douce, hésitant parfois sur un mot, se mit à lire.

Soudain, Doña Maria fut à côté d'elle.

— Sa Majesté la reine désire vous voir, si ces dames peuvent se passer de vous un instant.

Il n'y avait qu'une réponse possible à une telle convocation. Clara reposa le livre et se leva. Elle salua Doña Maria et la suivit en direction de la tente royale.

— Ma très chère Tomasa m'a apporté une pièce de soie brodée par vos soins, Clara.

Sa Majesté avait en face d'elle une tête inclinée, un corps à demi penché, car Clara n'était pas encore parvenue à se redresser. Elle leva un instant les yeux et reprit une position normale.

— Oui, Votre Majesté, murmura-t-elle.

— C'est à la fois adroit et charmant. De quelle tête a pu jaillir une telle idée ?

— De la mienne, Votre Majesté, dit Clara avec une nouvelle révérence.

— Puisqu'il en est ainsi, je serais enchantée de vous voir exercer vos talents sur la robe que Tomasa et vous-même étiez en train de reprendre. Nous avons avec nous quantité de fils d'or et d'argent. Doña Maria veillera à vous les confier.

Le seigneur Pere Boyll et le vicomte de Cardona avaient été installés dans la cabine du capitaine, par droit de rang ; à leurs côtés, dans des hamacs, Yusuf, le serviteur du vicomte et celui du seigneur Pere qui, vu son état, était plutôt là en tant que malade. Où le maître du bateau allait-il dormir ? Yusuf l'ignorait et s'en moquait d'ailleurs. Cinq autres seigneurs et leurs serviteurs occupaient trois cabines du château. L'un d'eux, le noble Ramón de Ruisech, partait organiser une flottille de galées à Valence avant de s'en revenir avec elle. Il lui fallait partager la plus petite cabine avec le capitaine, mais en le voyant monter péniblement à bord, chacun s'accordait à dire que son valet et lui-même devaient la garder pour eux. Il était en effet très malade.

Les chevaliers souffrants disposaient de hamacs, dans l'entrepont.

Ce fut une bien sinistre compagnie qui quitta le port d'Alghero et chercha un vent capable de la conduire à Valence.

Le vicomte était en trop piteux état pour bavarder. Yusuf prépara une grande cruche de décoction, leur seule arme contre les fièvres, l'adoucit en puisant modérément dans leur précieuse réserve de sucre et demanda à son serviteur de le faire boire, de gré ou de force. Il les quitta pour voir comment allaient les autres passagers. À l'exception de Ramón de Ruisech, les nobles étaient en voie de guérison, et leurs suivants avec eux.

Près de vingt-cinq chevaliers étaient couchés dans l'entrepont, dans des hamacs pour la plupart. Plusieurs dormaient. Il n'en connaissait que quelques-uns et passait systématiquement de l'un à l'autre pour voir qui étaient les plus atteints. Quand il eut fini sa tournée, il tira son livre de sa tunique et sortit sur le pont.

Là, le seigneur Pere Boyll, emmitouflé dans sa cape, était en grande conversation avec un homme qui tournait le dos à Yusuf.

— Tout est calme dans la cabine, mon garçon, lui dit le seigneur Pere. J'en avais assez de tous ces malades.

Son interlocuteur se retourna et ébaucha un sourire.

— Ah, voilà notre page. Je suis enchanté de vous voir sur cette galée.

— Señor Gueralt, dit Yusuf. Êtes-vous tombé malade, vous aussi ?

— Il semble que Don Gueralt de Robau ait d'autres raisons de nous accompagner, expliqua le seigneur Pere.

— C'est vrai, mais pourquoi vous rendre à Valence, Yusuf ? Est-ce votre terre natale ?

— J'y ai été envoyé par Sa Majesté. Quant à votre question, la réponse est non. Je ne suis pas allé à Valence depuis...

— Depuis quand, Yusuf ? voulut savoir le seigneur Pere.

— Depuis la guerre, s'empressa-t-il de répondre.

— Je vois. Il est temps que tu y retournes. Je te montrerai la ville si tu veux bien me le permettre.

Une semaine après son départ de Gérone, Oliver revint dans cette cité, plus couvert de poussière et plus assoiffé que jamais.

— Votre Excellence, dit-il en s'effondrant sur un siège, il faut éviter la route de Lleida à cette époque de l'année. Mon cheval et moi-même avons pris la couleur du chemin, qui est aussi celle des champs que nous avons traversés. Cette fois-ci, je ne refuserai pas un pichet d'eau et un tonnelet de vin.

— Ils seront là dans un instant, répondit Berenguer. Mais qu'avez-vous découvert, en dehors du fait que la route de l'ouest est chaude et poussiéreuse au mois d'août ?

— J'ai trouvé non loin d'ici une auberge où un certain Martín, originaire de Tudela — un farceur féru de bons mots, si l'on en croit la chambrière —, a séjourné en compagnie de son maître, un dénommé Geraldo.

Bernat et un page entrèrent en silence. Sur la table, ils déposèrent de l'eau et du vin, du pain, un plateau de fruits et un autre de viande froide, puis le page disparut.

— Voilà qui est le bienvenu, dit Oliver en se versant du vin et de l'eau. Nous parlions de l'auberge où Martín et son maître ont séjourné. Une nuit — un vendredi, peut-être, la chambrière n'en est pas certaine —, les deux hommes sont sortis. Une heure plus tard, Geraldo est revenu, apparemment très perturbé, a rassemblé tout ce qu'il pouvait et est parti. Quelques heures plus tard, Martín est revenu à son tour, a découvert que son maître avait pris la majeure partie de ses biens, demandé un bandage pour son bras blessé ainsi qu'une miche de pain, puis est parti également. Elle espère que Martín va bien. Je ne lui ai pas révélé sa mort. En revanche, je l'ai mise en garde contre les grands seigneurs...

— Ils se sont battus...

— Avec Pasqual, Votre Excellence. C'est la nuit de sa disparition.

— Dès que l'affrontement a commencé, ce mystérieux Geraldo a disparu, laissant son homme tout seul avec Pasqual.

— Celui-ci a peut-être recueilli des informations intéressantes auprès de Martín, dit Oliver. Il aura décidé de les rapporter...

— Sans vous prévenir, seigneur Oliver ?

— Effectivement.

Il pela une poire et mordit dedans.

— Peut-être est-il aussi allé voir son épouse. Cela expliquerait son absence. Il faut absolument la retrouver.

— Comment allons-nous nous y prendre ? demanda l'évêque.

— Nous cherchons une certaine Doña...

— Précisément, mais Doña qui ?

— Nous allons suivre l'excellente suggestion de votre médecin et rechercher un contrat de mariage établi entre Pasqual Robert et... quelqu'un d'autre.

— Sommes-nous certains qu'il s'appelait réellement ainsi ?

— Oui, Votre Excellence. Je l'ai toujours connu. La première fois que je l'ai vu, j'étais page au palais de Saragosse.

— Oui, mais avant ? Pasqual avait au moins quinze ans de plus que vous, fit remarquer Berenguer. Quand vous l'avez rencontré, il avait une vingtaine d'années. Qu'avait-il fait auparavant ?

— Dans ce cas, nous rechercherons la señora Robert. Peut-être même la señora Gil ?

— Pourquoi ?

— Parce que l'enfant dont j'ai parlé — celle qui ressemble au portrait de la femme de Pasqual — se faisait appeler Gil. Je la soupçonne d'avoir choisi le nom de son père : elle y répondrait plus facilement qu'à tout autre.

— Selon vous, nous aurions affaire à un certain Pasqual Gil ?

— C'est possible.

— Ou à Gil quelque chose ?

— Tout le monde l'appelait Pasqual. Si ce n'était pas son nom, il n'y aurait pas répondu aussi naturellement. Du moins, je pense, ajouta Oliver.

Bernat se pencha vers son maître et lui murmura à l'oreille.

— C'est exact. Bernat m'a rappelé que l'on a trouvé une carte parmi les possessions de Martín de Tudela. Il estime qu'elle pourrait vous intéresser, monseigneur. L'aubergiste l'a portée au médecin et s'est bien fait rembourser de ses peines.

Bernat déplia la carte devant Oliver. Il l'examina, la fit pivoter, fronça les sourcils et la reposa.

— Avant toute autre chose, je dois parler à cette aubergiste.

À l'heure où Oliver y débarquait, les seuls clients de l'auberge étaient les mouches qui pataugeaient dans les taches de vin laissées là depuis le matin. La mère Benedicta sortit de sa cuisine en l'entendant taper du poing sur le comptoir, le dévisagea longtemps et tendit vers lui sa cuiller en bois.

— Vous êtes l'ami de Pasqual, hein ? Qu'est-ce que vous me voulez ?

Oliver jeta deux ou trois piécettes sur le comptoir.

— Quelques mots. Rien de plus. C'est à propos de ce Martín de Tudela, celui que vous avez veillé.

— Je peux rien dire d'autre sur lui.

Oliver grossit le petit tas de pièces de monnaie.

— Vous savez à quoi il ressemblait en arrivant ici. S'il était plus près de mourir que de...

— Comme si j'allais donner un lit à un individu qui aurait plutôt besoin d'un cercueil ! cracha-t-elle avec mépris. C'est pas avant la nuit du dimanche qu'il a eu l'air mal en point. Et le lundi, il pouvait même plus se lever.

— Je vois, fit Oliver. Il paraissait donc en bonne santé le samedi ?

— Il était aussi vif qu'une pucelle, oui. Il est entré, il a demandé un lit, de la soupe, de la viande froide et du pain. Il a même mangé deux assiettées de soupe, oui, sans s'arrêter de causer pour autant. Il cherchait après un certain señor Luis, qu'il disait. Il lui devait de l'argent, cent sous, et voulait savoir si je connaissais quelqu'un qui s'appelle comme ça. Tout le monde a répondu en même temps. C'est pas dur de dénicher des Luis, mais tous ceux qu'on connaît verront jamais cent sous de toute leur vie, fit la femme en caquetant de rire.

— Il y a dans cette ville certains Luis dont la valeur est bien supérieure, fit remarquer Oliver.

— C'est des messires, oui, reprit Benedicta. Ce Martín, il avait l'air d'un bon bougre, mais c'est pas dans mon établissement qu'il les aurait trouvés, hein ?

— Dites-moi, la mère, a-t-il fini par dénicher ce señor Luis ?

— Sûrement que oui.

— Qu'entendez-vous par là ?

— Il avait de l'argent quand il est mort. S'il en avait eu en débarquant en ville, il serait pas venu coucher dans mon grenier, hein ? Il aurait choisi mieux. C'est donc que quelqu'un le lui a donné après son arrivée. Ce Luis, probablement. Le dimanche, puisque c'est le lundi matin qu'il devait partir. Et alors là, il est tombé malade.

Oliver sourit et déposa de nouvelles pièces auprès des premières.

— Vous êtes une femme intelligente et très observatrice, dit-il. Je vous remercie.

Berenguer jouait aux échecs avec le médecin quand Oliver revint au palais.

— Étudiez cette carte pendant que nous terminons notre partie, mon ami, puis nous parlerons de ce que vous avez découvert.

L'aveugle prit un cavalier, mettant ainsi en péril la reine de l'évêque.

— Et maintenant, toute ma concentration est détruite, dit Berenguer en déplaçant sa reine.

Isaac s'en empara, plaçant le roi en situation d'échec.

— Je concède la défaite avant qu'elle devienne ignominieuse...

— Vous pourriez sauver votre roi, dit Oliver en se penchant au-dessus de la table. Il vous suffirait de...

— Non, seigneur Oliver. C'en est fini. Intéressons-nous plutôt à notre problème, n'est-ce pas, maître Isaac ?

— Comme le voudra Son Excellence.

— Qu'avez-vous appris de l'aubergiste ?

— Un ou deux détails intéressants, répondit Oliver qui leur rapporta sa conversation.

— Un certain Luis, réfléchit l'évêque. Luis Mercer prétendait avoir été en relation avec Pasqual. Il a assisté à ses funérailles et a payé afin que des messes soient dites pour le repos de son âme.

— Cela fait-il de lui un assassin ? s'étonna Oliver.

— Certainement pas. Il me fatigue par sa droiture.

— D'autres personnes présentes à son enterrement ont dû faire dire des messes, Votre Excellence, intervint Isaac. Tous les marchands qui fréquentent la bourse de commerce avaient une haute opinion de Pasqual Robert.

— C'est vrai, il n'était pas le seul...

— Mais s'appelaient-ils également Luis ? demanda Oliver.

— Luis Vidal était à la cérémonie. Et je ne vois pas en lui un assassin. C'est un homme plein de bon sens.

— J'irai leur parler, déclara Oliver d'un ton brusque. Ainsi qu'à tous les Luis que je dénicherai dans cette ville et ses faubourgs.

— La chasse va être longue. Comment vous y prendrez-vous ?

— Je ferai en sorte que le greffier de chaque paroisse me dresse la liste de ses Luis. Tous ceux qui sont nés il y a plus de quinze ans. Et je rendrai visite à tous.

— Savez-vous également comment retrouver la belle femme du portrait ? demanda Isaac.

— J'irai voir chaque notaire et consulterai tout ce qui touche aux dots, expliqua Oliver. Dès que j'aurai terminé mon dîner. Et même si je dois les tirer de leur lit.

— Avant que de déranger les greffiers paroissiaux, proposa Isaac, j'ai plusieurs Luis parmi mes patients. Je pourrais leur demander si quelqu'un a tenté de récupérer cent sous auprès d'eux. Cela faciliterait votre tâche.

— Voilà une excellente idée, reconnut Berenguer. Mais je suggère tout de même que le seigneur Oliver s'occupe de Luis Mercer. Son attitude à l'égard des femmes est étrange, ajouta-t-il, et je ne voudrais pas exposer votre douce Raquel à des difficultés.

Oliver commença par Luis Mercer, qui l'accueillit comme s'ils étaient de vieux camarades.

— Seigneur Oliver, je suis enchanté de vous voir.

Il sonna pour faire venir des rafraîchissements et, en les attendant, parla du temps, de la chaleur et des chances de voir arriver avant l'hiver une cargaison de drap d'Angleterre. Il versa à Oliver un gobelet de vin, sa petite servante le lui porta avec une révérence et, sur un signe de son maître, disparut.

— Bien, fit-il en s'adossant à son siège, que puis-je pour vous ?

— Je dois m'excuser de vous paraître discourtois, maître Luis, mais j'avais totalement oublié notre rencontre.

— Cela n'a rien d'étonnant, dit Luis en secouant la tête. C'est le jour où notre loyal et efficace Pasqual Robert est mort. J'attendais une importante livraison et avais fait ouvrir les portes avant prime. Comme vous pouvez l'imaginer, je m'étais levé tôt et patientais sur place quand cette chose horrible est arrivée.

Mais quelques instants avant que notre ami bien-aimé n'entre en ville, quelqu'un — je ne me souviens plus qui — s'apprêtait à me présenter à vous. Je ne doute pas que cet incident ait pu s'effacer aussitôt des tablettes de votre mémoire.

— Ah, elle nous joue de ces tours ! dit Oliver sur un ton badin. Votre visage m'est familier, mais l'incident... non, plus rien.

— Je n'en suis pas surpris. Quelle matinée ! Quelle mort soudaine et horrible ! J'ai souvent côtoyé la mort, mais celle de Pasqual Robert m'a beaucoup affecté. Elle a perturbé mon sommeil pendant plusieurs jours.

— C'est de la mort de mon ami que je suis venu vous parler.

— À moi ? s'étonna Luis Mercer.

— À vous et à bien d'autres. Un homme est-il récemment venu vous réclamer une dette d'un montant de cent sous ?

— Cent sous ? Mais quel rapport y a-t-il avec la mort de Pasqual Robert ?

— Je sais seulement qu'il y en a un, señor. Peut-être ne vous en souvenez-vous pas.

— Je vous assure, seigneur Oliver, que je n'oublierais pas une telle demande et un tel montant, fit Mercer en riant.

— Vous arrive-t-il de devoir ce genre de somme ?

— Certainement. Chaque fois que je reçois une livraison, je dois cela, et bien plus encore. Mais chaque fois, je m'y attends. Je n'ai pas l'habitude qu'un étranger m'aborde ainsi.

— Justement, un étranger vous a-t-il réclamé une somme récemment ?

— Non, dit-il en secouant la tête d'un air pensif. Bien qu'une chose étrange me soit arrivée il y a peu. Un étranger, avec une curieuse façon de parler, a demandé à me voir. Quand Catarina l'a introduit, il m'a examiné de pied en cap, a fait non de la tête, s'est excusé de m'avoir dérangé et est reparti sans un mot.

— À quoi ressemblait-il ? demanda Oliver.

— À quoi il ressemblait ? Eh bien... Débraillé. Oui, vêtu d'une livrée à la mode, comme le serviteur d'un riche, mais qui aurait connu des moments difficiles. Sa tunique était sale et déchirée, sa culotte aussi, je crois.

— Était-il grand ? Gros ?

— Pas grand. Plutôt mince. Il me semble qu'il avait une cicatrice au front. C'était peut-être un soldat.

— Était-il blessé au bras ?

— J'ai l'impression, oui. C'est curieux que vous sachiez tout. Puis-je vous proposer encore un peu de vin ?

— Je ne dois pas vous arracher trop longtemps à vos affaires, maître Luis.

Avant de rentrer, Isaac s'arrêta au domicile de Luis Vidal, marchand d'étoffes spécialisé dans les soieries et les tissus de belle qualité.

— Maître Isaac, s'écria le marchand, je suis heureux de vous voir ! J'allais vous envoyer chercher pour une broutille, et vous voici. Du vin, dit-il en coupant d'eau la boisson qu'il tendit au médecin. On est assoiffé par une aussi chaude journée.

— C'est vrai. Je vous remercie. Et quelle est cette broutille que vous évoquiez ?

— Une irritation qui me brûle et me démange le bras.

— Je ne suis accompagné que du petit Judah, dit Isaac, et il ne fait pas encore la différence entre une rougeur et une morsure de chien. Allons, dites-moi à quoi cela ressemble, et s'il le faut je m'en reviendrai avec Raquel.

Après avoir assuré au marchand qu'il lui ferait porter des sels destinés à apaiser son bras, Isaac aborda avec Luis Vidal le problème qui l'intéressait.

— Si quelqu'un est venu me réclamer cent sous ? La réponse est simple, et c'est oui, maître Isaac.

— Pouvez-vous me parler de lui ? Pourquoi voulait-il cet argent ? Son nom ? À quoi ressemblait-il ?

— Il ne m'a pas confié son nom, maître Isaac, mais c'était un homme maigre, aux membres déliés et au visage de fouine. Vous savez, un nez fort et pointu, des joues creuses, un front bas et de petits yeux vifs. Il m'a assez plu. Il m'a demandé si je m'intéressais aux cartes.

— Aux cartes ? répéta le médecin.

— Oui. C'était un cartographe, paraît-il, capable de me dresser la carte de l'endroit où je voulais me rendre. Je lui ai répondu que je n'en avais nul besoin. Je ne suis pas un voyageur, et si j'emprunte des routes, je les connais déjà.

— Quelle a été sa réaction ?

— Il m'a remercié très poliment, regrettant d'avoir été mal informé, et s'est excusé de m'avoir fait perdre mon temps. Un homme assez plaisant. Un étranger, je pense.

— Un Castillan ?

— Oui.

Comme maître Luis Mercer n'habitait pas très loin de la taverne de Rodrigue, Oliver porta ses pas dans cette direction. À en juger d'après les bruits qui s'échappaient par la porte grande ouverte, la bonne humeur régnait : les journaliers reprenaient des forces avant les trois ou quatre heures de travail qui les attendaient encore dans la chaleur moins virulente de cette fin d'après-midi. Il monta l'escalier et se trouva une place à l'extrémité d'une longue table à tréteaux.

— Que voulez-vous ? lui demanda une grande et

belle femme, sortie en silence d'une cuisine que l'on ne voyait pas depuis la porte d'entrée.

— Êtes-vous la tenancière de cet établissement ?

— Je suis Ana, épouse de Rodrigue.

— Une assiettée de soupe, maîtresse, dit calmement Oliver. Un gobelet de vin et un peu de votre temps.

— La soupe et le vin seront ici sans tarder, répondit-elle sur le même ton. Mais mon temps m'appartient, et je ne le vends certainement pas aux seigneurs du palais.

Elle disparut pour revenir un court moment plus tard avec une soupe fleurant bon les épices, du pain et du vin.

— Dans ce cas, je vous implore de m'accorder un peu de votre temps au lieu de vous le demander. Par bonté pour un ami défunt, murmura Oliver.

— Le mien ou le vôtre ?

— Le mien. Pasqual Robert. Un certain Martín, maintenant mort d'une mauvaise blessure, recherchait un dénommé Luis. Je sais que Martín suivait Pasqual. Il l'a fait sans arrêt depuis la Castille. Je sais également qu'il ne l'a pas tué. Ce Luis connaît peut-être le nom et le mobile de l'assassin.

— Je vous vendrai les informations que vous désirez, dit maîtresse Ana.

— Excellent. Et quel sera le prix ?

— Un cierge. Quand vous en brûlerez un pour Pasqual Robert, qui était un brave homme, allumez-en un autre pour un pécheur nommé Baptista[1].

— Je vous le jure.

— Dans ce cas, venez dans la cuisine dès que vous aurez terminé.

— Martín est arrivé samedi. Les affaires battaient

1. Voir *Consolation pour un pécheur*, 10/18, n° 3381.

leur plein et tout le monde était joyeux. Il s'est planté au milieu de la pièce et il a dit chercher un nommé Luis — il ne pouvait préciser lequel —, mais ce Luis attendait une certaine marchandise et pouvait se permettre de lui en donner cent sous. Il y avait deux Luis dans la salle. Il a eu une longue conversation avec chacun d'eux. D'ailleurs, l'un d'eux se trouve ici. C'est un rouquin, légèrement dégarni, un homme robuste, mais pas aussi grand que vous, señor. Cela vaut-il un cierge pour Baptista ?

Ses yeux audacieux le défiaient de poser une question, mais il n'en fit rien. Il se contenta de hocher la tête.

— Cela vaut bien le cierge que je brûlerai pour lui et la messe que je ferai dire pour le repos de l'âme de Baptista, maîtresse. Merci.

Il sortit de la cuisine et se trouva une place à côté de Luis le rouquin.

— C'est bizarre, dit Luis, maintenant que vous en parlez... Ce Martín m'a pris à part pour me demander si j'étais bien le Luis qui lui donnerait cent sous contre un renseignement inscrit sur un morceau de papier. Je lui ai répondu que je paierais volontiers cette somme, mais il faudrait que ce soit écrit sur parchemin.

— Et alors ?

— Il a dit que ça n'avait pas d'importance, sur quoi c'était écrit. C'est plus l'information qui comptait, une information qui me conduirait à ce que je désire vraiment. Il faut que je vous explique, messire, que je suis boucher. Un bon boucher. Mon maître est mort sans héritiers, et je cherche une licence pour ouvrir mon propre commerce. La sienne est disponible, et je donnerais cent sous à quiconque me permettrait de l'obtenir, ajouta-t-il en secouant la tête.

— Je comprends. C'est ce que vous aviez en tête,

et vous avez cru qu'il parlait de la même chose que vous.

— Oui, messire. C'est moi, que je lui ai dit. Alors, il fouille dans sa tunique et il m'en sort un morceau de papier couvert de lignes. Il le pose sur la table et explique qu'il n'y en a que la moitié. La moitié de quoi ? que je fais. C'est alors qu'il répond : « La moitié de la carte. Donne-moi cent sous et tu auras les deux parties. Je l'ai suivi de Saragosse jusqu'à l'endroit qui t'intéresse. Je sais suivre les gens, moi, même des roublards comme lui. » Au lieu de transmettre cette information à son maître, il me raconte qu'il veut me la vendre. Je lui explique alors qu'il s'est trompé de Luis — je ne m'intéresse qu'à une licence de boucher — et là, il s'excuse et disparaît.

— Merci, dit Oliver. Je vous souhaite sincèrement d'obtenir cette licence.

— Nous disposons à présent de trois versions du comportement de Martín de Tudela, dit Oliver le lendemain matin. Au moins l'une d'elles abonde en mensonges.

— Est-ce parce que Martín a abordé différemment chacun des Luis ? demanda Berenguer, le front soucieux.

Assis sur un tabouret devant lui, son médecin lui manipulait le genou et massait ses muscles endoloris.

— Oui. Le premier a révélé que Martín cherchait un homme ayant une certaine allure, le deuxième qu'il était un artisan cartographe, et le troisième qu'il désirait vendre des informations.

— Tous trois peuvent dire la vérité, intervint Isaac. Un homme habile façonne son approche à la mesure de son public. Par exemple, j'explique soigneusement à Son Excellence l'importance d'un bon équilibre entre l'activité et le repos lorsque l'on souffre du genou, mais je me contente de gronder

Caterina, la vendeuse de friandises, et lui lance qu'elle doit bouger ses grosses fesses quand elle se trouve dans le même état !

— Et quelle méthode l'emporte ? demanda Oliver en riant.

— Aucune, monseigneur, tous deux m'ignorent superbement.

— J'apprécie néanmoins de savoir pourquoi mes douleurs reviennent, dit Berenguer. Car c'est dans la connaissance que réside la puissance. Avez-vous appris autre chose ?

— Ayant connu un certain succès auprès de Benedicta et de maîtresse Ana, de Luis Mercer également, je me suis attaqué aux listes que les greffiers m'avaient préparées en toute hâte.

— Et alors ?

— La confusion la plus complète. Certains Luis avaient été approchés, d'autres en avaient entendu parler ; en tout cas, chacun des premiers était contacté par Martín sous un prétexte différent. Même la somme changeait. Mais au moins la moitié des Luis n'ont jamais vu Martín de Tudela. Ceci peut s'expliquer de diverses manières.

— Il était trop malade pour poursuivre sa quête, proposa Isaac.

— C'est possible, concéda Oliver. Mais la mère Benedicta a insisté sur le fait qu'il avait récupéré une belle somme d'argent après son arrivée en ville.

— Oui...

— Ce qui voudrait dire qu'il a trouvé son client.

— Mais pour quelle raison ? demanda Isaac. Que vendait-il ?

— Cette carte. Quoi d'autre ?

— Premier problème, il ne l'a pas vendue. La mère Benedicta l'a retrouvée parmi ses effets, expliqua Isaac. Il est vrai qu'il aurait pu en avoir fait une copie... Second problème, plus important celui-ci : que représente cette carte ?

— Je vais l'étudier avec infiniment de soin, dit Oliver en se levant. Je vous souhaite le bonjour à tous deux.

— Où allez-vous, mon ami ? lui demanda l'évêque.

— Je vais rendre visite à six ou sept notaires. Et si Votre Excellence désire accorder une licence commerciale à un bon boucher, je lui recommanderais le dénommé Luis, habitant de cette ville.

Il s'inclina et sortit.

CHAPITRE XV

Le jour où la galée appareilla, les dames de compagnie de la reine ne parlaient que d'une chose, la mort de Don Manuel.

— Était-il malade ? demanda Doña Tomasa.

Doña Elvira de Vilafranca leva les yeux de sa broderie.

— Don Manuel ? Non. Il s'était remis depuis longtemps des fièvres. Ma suivante m'a rapporté qu'il se trouvait en compagnie d'un ami parti ce matin même pour Valence. Ils ont bu pas mal de vin et étaient assez joyeux. Mais quand son serviteur est allé le réveiller, ce matin, ce fut pour le trouver sur sa chaise, froid et raide. Il y avait quelque chose dans son vin, ajouta-t-elle en baissant la voix, et l'on pense qu'il l'avait lui-même ajouté, mais son serviteur n'y croit pas, selon ma suivante. Il pense que son compagnon de beuverie l'a empoisonné.

— Et qui était-ce ? demanda paresseusement Clara.

— Gueralt de Robau. Bel homme. Un fils cadet, sans avenir, dit brièvement Doña Elvira pour résumer la situation. La nièce de ma cousine a jadis soupiré pour lui. Son père s'est empressé de la marier à meilleur parti. Vous le connaissez ?

— Non, répondit Clara. Nous l'avons croisé sur la

route de Barcelone alors qu'il voyageait avec son père.

— Qu'avez-vous pensé de lui ? Je voudrais comprendre l'émoi dans lequel fut plongée ma famille. Est-il beau à ce point ?

— Il l'est assez, mais il est aussi trop enclin à plaisanter et questionner, dit Clara en reprenant son ouvrage. De plus, il n'a pas reconnu les couleurs de Son Excellence l'évêque de Gérone.

— C'est étrange. Les couleurs de votre protecteur sont pourtant connues de tous.

Riches de cette première véritable information à propos de Doña Clara, les dames se tournèrent vers Doña Elvira dans un bruissement de satisfaction.

— Qu'avez-vous appris d'autre sur Don Gueralt ?

— Pensez-vous que je devrais répéter cette roue sur l'autre pan ? demanda Clara. Ou en réaliser une autre de la même taille, en or, avec des animaux différents ?

Les dames de compagnie passèrent les vingt minutes suivantes à s'extasier en toute franchise sur la bordure de la robe de Sa Majesté. Et quand la décision fut prise, elles avaient complètement oublié Don Manuel et Gueralt de Robau.

— Vous êtes une femme intelligente, Doña Clara, murmura Tomasa. Mais un jour je souhaiterais connaître le fin mot de l'histoire. J'ai d'excellentes raisons pour vouloir être votre amie.

À l'aube du troisième jour, Yusuf se sentait comme un voyageur et médecin expérimenté, avec deux douzaines de patients se portant assez bien malgré des conditions parfois difficiles. Vers tierce, sa confiance vacilla. Des vents de travers firent rouler et tanguer la galée, et il s'accrocha au bastingage, plutôt nauséeux.

— Nous dirigeons-nous vers l'orage ? demanda-t-il à un marin.

— Non, messire. Ce sera du beau temps, aussi loin que vous pouvez voir. En approchant des îles, les vents sont un peu contraires. Mais ne vous inquiétez pas. On arrivera au port en bonne forme.

Le timonier eut un sourire.

— Ne le croyez pas. Mais vous vous serez fait au roulis quand il aura cessé.

Sur ce, il éclata de rire et reprit sa barre.

À cet instant, le serviteur de Don Ramón de Ruisech fit son apparition.

— Jeune maître, dit-il. C'est mon seigneur. Il va très mal ce matin. Il refuse d'ingurgiter votre mixture.

— C'est le gros temps. Il affecte tout le monde, dit Yusuf.

— Je ne crois pas, messire. Vous devriez le voir.

— J'arrive. Laisse-moi le temps de prendre mon panier.

Il passa par sa cabine et se rendit auprès de Don Ramón. Celui-ci était dans un état désespéré.

Yusuf s'assit auprès de lui et l'épongea. Il lui fit couler dans la gorge une boisson aux plantes sucrée et du bouillon. Mais Don Ramón ne gardait rien. Yusuf dut recommencer à maintes reprises, lui donnant de l'eau, puis sa décoction, en vain à chaque fois. Se souvenant de son maître, il mit dans de l'eau une goutte d'un remède contre la douleur provenant de sa réserve personnelle et en tamponna les lèvres sèches et craquelées de Don Ramón. Il dormit alors si longtemps que Yusuf craignit de l'avoir tué. Mais il n'allait pas mieux quand il se réveilla.

Pendant le sommeil de Don Ramón, Yusuf prit une plume et de l'encre et, malgré les mouvements de la galée, alla s'asseoir à l'extérieur pour noter ce qu'il venait de faire pour ce patient.

— Cela m'étonne que vous puissiez écrire par un tel temps, dit une voix familière.

C'était Gueralt de Robau, qui le regardait en souriant.

— Ce n'est peut-être pas parfait, mais je profite de ce que mon patient dort. Vous-même, que faites-vous ici ?

— J'ai aidé ces pauvres âmes et il me faut de l'air frais. Est-ce là la triste légende de mon ami Don Manuel ?

— Non, dit Yusuf en refermant son livre. Ce sont des notes relatives à la traversée et aux soins prodigués aux malades. Mais de quelle légende parlez-vous ?

— Je me flatte de voir clair en toute chose, dit-il avec un rire sardonique. Mais Don Manuel m'a fait connaître mes limites. Savez-vous qu'il n'a jamais été page chez le seigneur Pere ? J'admire un homme capable de raconter pareille fable, ajouta-t-il d'un ton léger, mais je pense qu'il est allé trop loin. Je l'interrogeais souvent sur la vie qu'on menait dans cette maison. J'ai fini par me rendre compte qu'il connaissait encore moins Valence que moi.

— Qu'avez-vous fait alors ?

— Ce que j'ai fait ? Mais rien. C'était un ami, Yusuf. Heureusement, je devais quitter le campement le lendemain. Cela m'a donné une bonne leçon. Je suis monté à bord de cette galée, et voilà. Mais ce fut douloureux.

— Pourquoi vous en aller ? s'étonna Yusuf. Vous ne semblez pas du tout malade.

— Ce sont les ordres. Je reviendrai quand...

Mais le serviteur de Don Ramón appela avant qu'il pût achever sa phrase.

— Il bouge, messire.

Yusuf rangea livre, plume et encre sous un rouleau de cordage.

— À plus tard, señor.

Don Ramón s'agitait en tous sens mais ne se réveillait pas malgré tous les efforts déployés.

— Fais en sorte que son visage et ses mains soient toujours frais, finit par dire Yusuf. Et tamponne d'eau ses lèvres. Je vais revenir.

— Et puis, seigneur Pere, quand je suis ressorti, je n'ai pu retrouver mon livre. La plume était bien là, et l'encre, mais pas le livre.

L'homme et le garçon étaient assis sur le pont dans un endroit abrité, non loin de l'escalier.

— Qu'y avait-il dans ce livre ? demanda le seigneur Pere en s'allongeant pour laisser le soleil caresser son visage.

— Des contes... des récits de chevalerie dans des contrées lointaines, des histoires d'amour et de magie. Je tenais un journal sur les pages vierges.

— Et de quoi y parles-tu ?

— De mes patients, de leur traitement, de leur issue. Ainsi que du temps et des événements survenus pendant la traversée.

— Relates-tu ce que tu as entendu sous la tente de Sa Majesté ?

— Certainement pas. Il a exigé qu'aucun mot prononcé en ce lieu ne soit répété.

— Même dans une autre langue ?

— Nombreux sont ceux qui sont plus aptes que moi à la lire.

— Et les propos des marins ?

— Parfois, quand ils me parlent de bateaux, dit Yusuf, mais ce n'est pas toujours facile à rapporter fidèlement. Tout le reste demeure dans ma tête. Je ne vois pas pourquoi on aurait dérobé mon livre. Si je l'ai mal rangé, peut-être est-il passé par-dessus bord.

— Certainement pas, si l'encre et la plume sont encore là, fit remarquer le seigneur Pere. Chacun croit que Sa Majesté t'a placé ici pour nous espionner. Celui qui t'a pris ton livre te le rendra quand il saura ce qu'il contient, ajouta-t-il en bâillant.

— Pensez-vous que je sois un espion ? demanda Yusuf.

— Ne le sommes-nous tous pas peu ou prou ? Ah, je me sens plus robuste de jour en jour, je pourrais marcher jusqu'au rivage !

CHAPITRE XVI

Le samedi 23 août au matin, sous un soleil éclatant, la galée pénétra dans le port de Valence. Comme l'avait prédit le seigneur Pere Boyll, le livre de Yusuf était réapparu la veille, négligemment posé sous un aviron en réparation. Ainsi qu'il l'avait également annoncé, il put mettre le pied sur la terre ferme comme s'il n'avait jamais été malade, bien que son visage trahît un état qui fit regretter à Yusuf qu'il ne lui eût pas demandé d'aide.

Le débarquement des autres passagers fut à la fois long et délicat. Don Guerالt de Robau allait de l'un à l'autre, aidant par ici, plaisantant par là.

— Séjournerez-vous longtemps à Valence, Yusuf? demanda-t-il alors que les marins descendaient le dernier malade.

— Non, señor, je reviens dès que possible à Barcelone. Et vous?

— Je repars avec la flotte. En attendant, je resterai ici. J'accueillerai avec plaisir ce changement. Mais il est temps pour nous de quitter ce navire. Prenez soin de vous.

— Tu viens avec moi, Yusuf, dit le seigneur Pere qui l'attendait avec des palefreniers et deux chevaux.

Et je dois veiller à ce que tu prennes la première galée en partance pour Barcelone.

— Où allons-nous ? demanda Yusuf alors qu'ils empruntaient des rues ombragées.

— Au palais. Nous devons y présenter notre rapport.

— Je ne suis pas certain d'avoir quelque chose d'intéressant à raconter.

— Il faut tout mentionner, lui dit son guide.

Ils chevauchèrent en silence jusqu'aux marches du palais.

— Nous allons entrer dans la grande salle, dit Pere Boyll. T'en souviens-tu ?

— Non, répondit Yusuf.

Mais quand les portes s'ouvrirent devant lui, il se figea.

— Je ne puis entrer dans ce palais, dit-il, très pâle.

— Mais si, fit le seigneur en l'empoignant par les épaules et en le poussant à l'intérieur. Regarde. Ce n'est qu'une pièce spacieuse. Que vois-tu ?

— On l'a transformée. Elle était plus vaste auparavant.

— Elle n'a pas changé, Yusuf, c'est toi qui as grandi.

Il regarda l'extrémité de la salle, les larges fenêtres que les rayons du soleil estival traversaient en dansant. Ses yeux suivirent leur chemin jusqu'au carrelage. Il était recouvert d'une grande mare rouge vif ; l'odeur nauséabonde du sang et de la mort envahit ses narines.

— Il est toujours là, seigneur Pere, murmura-t-il, le sang est toujours là...

Et les ténèbres s'abattirent sur lui.

Quand il rouvrit les yeux, une paire de mains puissantes le soutenait.

— Il n'y a rien sur le sol, dit le seigneur Pere. Les carreaux sont depuis longtemps nettoyés du sang de ton père. Regarde-les.

Il obéit. Les carreaux blancs et bleus étincelaient de propreté ; une brise d'été aux parfums de fleurs traversait la haute salle.

— Il n'y est plus... Que s'est-il passé ?

— Il n'y est plus depuis des années, dit le seigneur Pere. Je crois que ça va aller à présent, ajouta-t-il à l'adresse du serviteur qui soutenait Yusuf. Viens avec moi, nous allons nous asseoir dans la cour.

Il murmura à l'oreille de son serviteur et conduisit le garçon dans un espace charmant occupé par des fontaines, des orangers et des buissons verdoyants.

— J'étais depuis peu au service de Sa Majesté — je n'étais plus page depuis longtemps, mais je n'avais encore que du duvet au menton — quand ton père est arrivé avec toi. Tu as charmé tout le monde, surtout notre défunte reine Leonor. Tu étais un merveilleux enfant, avec toutes les manières d'un courtisan accompli.

— Je me suis souvent demandé pourquoi mon père m'avait pris avec lui. Je devais être un fardeau pour lui.

— Nullement. Tu étais l'une des raisons de sa venue. Tu devais être page dans la maison de Sa Majesté le roi, expliqua le seigneur Pere.

— Page ? Auprès de Sa Majesté ?

— Oui. C'est pourquoi notre roi se sent une telle responsabilité envers toi. Tu étais un petit gage dans le cadre d'un accord entre Grenade et l'Aragon, l'élément d'un effort pour ramener la paix aux marches du royaume et en faire un rempart contre la puissance castillane.

— Un otage, dit Yusuf.

— Non. Pas un otage. Tu n'aurais pas perdu la tête si l'émir avait déçu Sa Majesté. Ton père a été pris dans le soulèvement et a péri avant que tu puisses rejoindre la maison royale. Nous pensions que tu étais mort, toi aussi, même si nous ne trouvions pas ton cadavre. C'est un miracle que tu aies survécu à ce bain de sang. Tu as dû être très rapide.

— Je me souviens d'avoir couru. Et de m'être caché, à plusieurs reprises, jusqu'à ce que j'atteigne la campagne. Un comédien itinérant m'a trouvé, il m'a enseigné la langue du pays.

— Ton père était un homme très digne et un grand guerrier. J'ai été fort affligé par sa mort, mais j'ai exulté de joie en apprenant que l'on avait retrouvé son fils. Allons nous restaurer à présent, puis nous ferons notre rapport au procurateur de Sa Majesté.

Quand le seigneur Pere Boyll et Yusuf furent introduits dans son cabinet, Son Excellence, Huc de Fenollet, archevêque de Valence et procurateur de Sa Majesté pour le royaume de Valence, était assis en compagnie de son secrétaire et de plusieurs autres aides. Il était décharné et paraissait épuisé, mais il les accueillit tout de même d'un sourire courtois.

— Monseigneur, dit l'archevêque, vous êtes bien la dernière personne que je m'attendais à voir dans ce palais. On m'a dit que vous étiez plus mort que vif en débarquant ce matin.

— Heureusement, Votre Excellence, il y avait là un peu d'exagération, dit Boyll. Mais j'espère que nous vous trouvons en meilleure santé.

Fenollet secoua doucement la tête.

— Ma santé n'a que peu d'importance. Quelles nouvelles nous apportez-vous de Sa Majesté ? Certains rapports...

— Sa Majesté se remet. Sa maladie ne fut qu'une attaque de sa vieille ennemie, la fièvre intermittente, expliqua Boyll. Les affaires de la guerre sont à nouveau entre ses mains.

— Je suis soulagé de vous entendre le confirmer. Le royaume s'est joint en prière pour sa guérison. Mais Ramón de Ruisech ?

— Son état est très inquiétant, Votre Excellence. Nous avons dû le porter jusqu'à la grève.

— Il devait retourner en Sardaigne avec six galées pleinement armées et lourdes d'approvisionnement, fit l'archevêque d'un air las. Nous avons travaillé jour et nuit pour qu'elles soient prêtes à temps.

— Et le seront-elles ? s'enquit le seigneur Pere en se tournant vers le secrétaire.

— Oui, monseigneur, répondit celui-ci, quand il sera guéri.

— Et va-t-il guérir, mon garçon ? Qu'en pcnses-tu ? demanda le seigneur Pere à Yusuf.

— Monseigneur, ceux qui sont morts aujourd'hui étaient aussi malades que lui. Je regrette de ne pas être assez savant pour pouvoir en dire davantage.

— Qui est-ce, monseigneur, qui parle comme un médecin ? demanda Fenollet. Votre page ?

— Non, Votre Excellence. C'est le page de Sa Majesté le roi, Yusuf ibn Hasan.

— Le jeune Hasan... des rumeurs prétendaient que tu étais mort.

Il examina soigneusement le garçon pendant quelques instants.

— Je suis ravi de constater qu'elles n'étaient pas fondées. Tu es le miroir de ton noble et valeureux père, ajouta l'archevêque avec la grâce d'un courtisan. Mais les nouvelles concernant Don Ramón sont plutôt inquiétantes.

— C'est vrai, reconnut Boyll. Ce garçon a d'autres nouvelles inquiétantes concernant la Sardaigne, si Votre Excellence veut bien les entendre.

L'archevêque acquiesça.

— Bien des hommes de haut rang sont malades, mais les forces de Sa Majesté ont été affaiblies par d'autres qui s'enfuient de l'île, expliqua Yusuf, ou s'y essayent.

— Pourquoi ?

— Certains prétendent que nous n'avons pas les moyens de mener un siège prolongé et que, par conséquent, cette guerre est inutile. D'autres disent qu'ils n'ont pas échappé à la peste pour mourir des fièvres. D'autres encore qu'il n'y a rien à attendre d'une éventuelle prise de la ville. D'autres enfin que Sa Majesté est trop faible pour gouverner et que le royaume se porterait mieux en de tierces mains.

— Trahison, dit doucement l'archevêque. De la part de tous, mais surtout des derniers.

— Je ne ferais pas décapiter un homme pour avoir bougonné à propos de l'ennui que suscitent les sièges ou même de la mort par les fièvres, dit Boyll. Pas s'il est désireux de suivre Sa Majesté au combat.

— C'est vrai, ce n'est pas un péché capital que de ronchonner, mais ils devraient garder pour eux leurs doléances, dit Fenollet. Qu'as-tu à ajouter ?

— Seulement que Sa Majesté croit que quelqu'un répand le mécontentement, Votre Excellence. Le matin, les gentilshommes d'une section du camp se contentent de passer le temps, mais à dîner ils ne parlent que de partir pour regagner leurs foyers. J'ai entendu quelqu'un suggérer — sur le ton de la plaisanterie — qu'ils devraient feindre la maladie parce qu'il savait par ouï-dire que les malades pourraient, s'ils le désiraient, rentrer chez eux. Sur la galée, certains feignaient d'être malades, effectivement.

— C'est vrai, Votre Excellence, reprit Boyll. Je serais tenté de les faire surveiller, mais je pense qu'on les trouverait menant une vie paisible auprès de leur épouse, au sein de leur famille, ayant brusquement décidé que la guerre ne les enchante plus.

— Qui pourrait avoir provoqué un tel mécontentement ?

— Sa Majesté soupçonnait Don Manuel de...

— Dans ce cas, le problème est résolu, trancha l'archevêque. Don Manuel est mort empoisonné la nuit précédant votre départ. De ses propres mains, peut-être. C'était dans les dépêches reçues hier.

— Don Guerałt de Robau m'a confié à bord qu'il avait découvert la tromperie de son ami, dit Yusuf. Il paraissait bouleversé. En revanche, il ignorait sa mort.

— Son corps n'a été découvert qu'après le départ de la galée, précisa le secrétaire. Un vaisseau plus rapide que le vôtre nous a apporté la nouvelle.

— Nous aurons besoin d'un rapport sur cette conversation, dit Fenollet. Mais pour l'heure...

Une quinte de toux prolongée l'empêcha de poursuivre. Son serviteur entra, et chacun se leva.

— Son Excellence va se reposer, dit le secrétaire. Est-ce la traversée du jeune Hasan vers Barcelone qu'il me faut organiser ?

— Oui, mon père, dit Boyll. Ce garçon doit retrouver Gérone et Berenguer de Cruilles le plus rapidement possible.

— Ce sera fait.

CHAPITRE XVII

Oliver passa une semaine marquée par la monotonie et la frustration avant de revoir Berenguer le lundi suivant, les mains vides. Il avait rendu visite à chaque notaire de Gérone et attendu qu'il fouille dans ses archives pour dénicher un contrat de mariage établi durant les dix années précédant la naissance de Clara entre une femme dont le prénom commençait par « S » et un homme du nom de Pasqual, Robert ou Gil.

Il trouva bien un Robert marié à une certaine Sibilla, ainsi qu'un Pasqual uni à une demoiselle Salvadora. Pasqual était un excellent ébéniste, qui avait passé toute sa vie dans cette ville et récemment travaillé pour le notaire. Robert et son épouse étaient tous les deux morts de la peste. Il était temps qu'il prenne congé de l'évêque.

— Il est possible, Votre Excellence, que Pasqual se soit marié ou fiancé avant d'avoir quatorze ans. Ou qu'ils se soient unis après la naissance de Clara. Mais je pense que c'est improbable.

— Ce sont des choses qui arrivent, fit remarquer Berenguer, plus fréquemment qu'on ne le croit.

— Je vais chercher à Barcelone. Si je n'y trouve rien, Votre Excellence me reverra très vite.

— Je me trouverai alors dans une situation délicate, car je prendrai plaisir à votre échec, dit Berenguer en riant. Je ne sais si je dois vous souhaiter de réussir ou pas.

Le mardi matin, Oliver engagea quatre jeunes greffiers provisoirement sans emploi pour qu'ils posent les mêmes questions aux notaires de Barcelone. Il s'attaquerait personnellement au problème Clara.

La maison de ses anciens employeurs se trouvait dans une rue paisiblc, non loin des limites de la ville. Elle n'avait rien d'un palais, mais était tout de même assez spacieuse ; une famille prospère, songea Oliver. La rue était déserte, à l'exception de quatre gamins qui jouaient à lancer des pierres à l'intérieur d'un cercle tracé dans la poussière.

— Qui habite cette maison ? leur demanda Oliver en examinant la façade massive et terne.

— Laquelle, señor ? répondit l'un des enfants.

Oliver la montra du doigt.

— La señora Vicent, dit le gosse. C'est une vraie sorcière. Elle est tout le temps en train de nous crier dessus et elle nous fait chasser par son serviteur. Mais on aime bien sa cuisinière.

— Je cherche Clara. On m'a dit que je la trouverais là.

— Partie, dit un autre enfant. La señora l'a vendue. C'est ce que tout le monde raconte. Tenez, demandez-le-lui, ajouta-t-il en ricanant. La voilà.

Il montra une robuste femme qui se hâtait dans la rue, suivie d'une servante portant un panier.

— Elle n'a pas l'air commode, dit Oliver en adressant un clin d'œil aux gamins. Je vais plutôt essayer la cuisinière.

Il leur jeta une pièce ou deux et se dirigea vers la cuisine.

Sa silhouette imposante se dessina dans le cadre de la porte. La cuisinière se retourna vivement, le visage écarlate.

— Qu'est-ce que vous voulez ? lui lança-t-elle.

— Clara, répondit Oliver en faisant un pas en avant pour que la lumière du soleil éclaire son visage. On m'a dit au couvent qu'elle était ici. Ta maîtresse est sortie, ajouta-t-il avec un sourire charmeur, alors je suis passé par ici. Je peux savoir ce qu'il y a dans ce pot-au-feu qui sent si bon ? dit-il en désignant la grosse marmite posée sur le feu.

— Ce qu'on y met d'ordinaire, si vous vous y connaissez.

Les mots s'échappaient de ses dents serrées.

— De l'épaule de mouton, des saucisses, de l'ail, des oignons et des herbes.

— Il n'y a pas que ça, affirma Oliver. C'est ce que tout le monde y met.

— Quelques épices, admit-elle. Du gingembre et autre chose...

Elle était seule dans cette grande cuisine, entourée de plats à divers stades de préparation. Tout en parlant, elle tournait la broche, puis la délaissait pour rectifier son pot-au-feu et remuer une sauce.

Oliver s'approcha de la broche qu'il fit tourner.

— Une cuisse de chevreau, dit-il, admiratif. Comment le prépares-tu ?

— Je commence par le frotter d'un mélange d'huile, de sel, d'épices et d'herbes. À sixte, je le mets en broche.

Comme Oliver tournait toujours, elle se dirigea vers la table et trancha des légumes verts.

— Si vous êtes vraiment venu pour Clara et pas seulement pour goûter à mon repas, vous arrivez trop tard. Elle est partie.

— Partie ? Je ne comprends pas. Où donc ?

— Elle s'est enfuie, c'est ce que dit la maîtresse. Moi, je n'en sais rien.

— Est-ce la raison pour laquelle tu es seule dans cette grande cuisine ? Dans une telle maison, on s'attendrait à ce que tu aies au moins deux ou trois aides.

— C'est bien ça le problème ! dit la cuisinière en reposant son couteau. Cette cuisse de chevreau que vous tournez est pour le dîner. Le maître en raffole. Ça ne me dérange pas parce qu'il me donne assez d'argent pour l'acheter.

Elle entreprit de hacher un gros tas d'herbes fraîchement cueillies.

— Le prix de la chèvre sur le marché ces jours-ci, c'est à peine croyable, mais il y met le prix, et il a ce qu'il veut. Tout le monde sait qu'elle ne dépense même pas ce qu'il lui donne. Je me demande en vue de quoi elle économise.

— J'ai déjà entendu dire ça...

— C'est un vrai pince-maille. Le pot-au-feu, c'est pour le souper et pour demain, parce que c'est jour de lessive et que je n'aurai pas le temps de préparer à manger.

Elle reprit son couteau et se mit à hacher comme si sa maîtresse était allongée sur la planche.

— Comment on arrive à venir à bout de la lessive sans une personne de plus dans la maison, je me demande encore...

— Quand on exige d'une excellente cuisinière qu'elle sache tout faire, je suis surpris que ta maîtresse n'ait pas peur de te perdre.

Elle eut un timide sourire de contentement.

— J'ai appris la cuisine, et on me demande de travailler dur. Je suis forte, et ça ne me dérange pas. Mais quand je suis arrivée, je croyais que c'était pour ça, pas pour le linge. Je m'en moque bien de donner un coup de main çà et là s'il le faut, mais la maîtresse veut toujours...

Elle secoua la tête, comme si ce qu'exigeait la maîtresse était trop terrible pour être révélé.

— Pourquoi Clara s'est-elle enfuie ?

— Je ne vous ai rien dit de tel. Pourquoi voulez-vous le savoir ?

Une fois encore, Oliver se présenta sous les traits d'un oncle voyageur, parti depuis longtemps.

— Les religieuses m'ont envoyé ici dans l'espoir que l'on m'aiderait à la retrouver.

— D'abord, dit la cuisinière, ce n'est pas ce que vous croyez. Quand une fille se sauve, les langues vont bon train, mais ici, il y avait des problèmes...

Elle lui raconta avec un plaisir certain l'histoire du maître qui s'amourache d'une jeune servante.

— La maîtresse était au courant et cela ne lui plaisait pas. Pour dire toute la vérité, et même si c'était une bonne enfant et que je l'aimais bien, ce n'était pas la meilleure aide de cuisine de Barcelone. Intelligente et vive, oui, mais le dur labeur, ce n'était pas fait pour elle.

— Alors elle s'est sauvée ? Parce que le maître la pressait et qu'on lui demandait trop ?

— Pas exactement. C'est une brave petite, vous savez. Mais quelqu'un a offert cinq cents sous à la maîtresse pour lui acheter la fille. Je les ai entendus. Il fallait faire quelque chose. Je ne voulais pas qu'on l'emmène en terre païenne pour qu'elle devienne le jouet d'un homme riche entouré d'une douzaine d'épouses qui lui feraient subir Dieu sait quoi. C'est une bonne enfant, je vous dis, mais la maîtresse l'a détestée dès qu'elle est arrivée et elle a dit à cet individu qu'il pourrait l'acheter mais qu'il lui faudrait attendre quelques jours que le maître s'en aille pour Majorque.

Oliver avait déjà entendu tout cela, de la bouche de Clara il est vrai, mais pas de manière aussi spontanée. La cuisinière continua de parler et il arrêta de tourner la broche pour mieux l'écouter.

— Je vous dis que c'est une gentille fille. Le maître voulait l'établir comme sa maîtresse, dans une maison bien à elle, avec des habits, des bijoux et des serviteurs, mais ça aussi elle n'en voulait pas. Je l'ai entendue le lui dire. Elle est venue vers moi, en larmes, et je lui ai expliqué que ce n'était pas un mauvais homme, qu'il n'essaierait pas de la contraindre, mais on ne sait jamais, elle ne devait pas rester seule en sa présence. À partir de là, elle a partagé mon lit, elle y était en sécurité avec moi entre la porte et elle.

Les bras robustes de la femme en auraient convaincu plus d'un, songea Oliver.

— Je suis persuadé qu'elle ne craignait rien avec toi, maîtresse.

— Vous n'avez certainement pas vu votre nièce depuis qu'elle est gamine, mais c'est devenu une vraie beauté.

— Sa mère était très belle, je ne m'étonne pas qu'elle le soit aussi.

Le chevreau commençait à fumer. La cuisinière poussa un cri perçant.

— Petit !

Une sorte de galopin qui devait avoir dans les quatorze ans déboucha dans la cuisine.

— Hé, j'ai un nom ! grommela-t-il.

— Ah oui ? Et tu t'en rappelles ? Tu sais aussi pourquoi on t'a engagé ?

— Arrête de brailler, dit-il d'un ton renfrogné avant de se mettre à tourner la broche. Tout le monde me crie dessus. Toi, la maîtresse, tout le monde. Et puis je t'ai entendue parler de cette Clara. Je voudrais bien savoir ce qu'est devenue la tunique qu'elle m'a volée. C'était presque ma plus belle et elle avait de la valeur.

— Ferme ta bouche ! lui lança la cuisinière. Cette tunique était si petite qu'elle ne serait même pas parvenue à couvrir le bout de ta langue de vipère.

— Mais elle était à moi...

— Elle appartient à la maîtresse. Va lui dire que tu en veux une autre...

Comme la discussion allait durer jusqu'à l'heure du repas, Oliver déposa une bourse dans la main de la cuisinière.

— Pour te remercier d'avoir pris soin de ma nièce, dit-il avant de s'esquiver.

La cuisinière tira les cordons de la bourse et regarda à l'intérieur.

— Tu vois ça ? fit-elle au gamin. Si tu avais été gentil avec cette fille, je t'en aurais donné la moitié. Mais tu ne l'as pas été. Jamais. Et Dieu sait que je dis la vérité.

Oliver n'avait rien appris de la cuisinière si ce n'est que Clara était franche et honnête — une information bien utile, mais qui ne l'aidait pas à retrouver la mystérieuse femme de Pasqual.

En soupirant au souvenir du chevreau rôti, Oliver se dirigea vers une taverne où il avait invité les jeunes greffiers à le rejoindre pour lui faire part de l'avancée de leurs recherches.

L'établissement avait deux avantages. En premier lieu, il occupait une position centrale en ville. Et la soupe y était insipide, le pain ramolli et le vin aigre. Ceux qui le savaient l'évitaient donc, et le lieu était pratiquement désert. Une fois la soupe avalée, les employés d'Oliver ingurgitèrent un plat composé de lentilles, d'ail et de mouton qui sentait la graisse rance. Il put alors les interroger sur leurs recherches.

— J'ai déjà vu quatre notaires, dit le premier tout en mâchonnant.

— Quatre ? Comment est-ce possible ? À Gérone, j'avais déjà de la chance quand j'en rencontrais deux en une seule journée, alors quatre en une matinée ! Cherchent-ils dans leurs archives ou se contentent-ils de vous mettre à la porte ?

— Certainement pas, répondit son voisin. Mais quelqu'un d'autre s'est déjà intéressé aux dots de la région de Gérone. Mes notaires se sont étonnés de voir deux personnes se passionner pour la même chose. Mais ils ont été déçus que j'en sache moins que mon prédécesseur.

— Tu t'es occupé d'une partie de la ville où vivent les notaires les plus riches et les plus discrets, reprit le premier. On les paie pour qu'ils aient des soupçons. D'après ce que j'ai entendu dire, cet étranger cherchait le même acte que nous. Si j'avais eu une bourse pleine, j'en aurais appris bien plus.

— Moi, j'ai quelque chose, fit un troisième, assis en face d'eux. Mais vous savez quel quartier de la ville j'ai exploré. Ça m'a coûté quelques piécettes avec le garçon qui s'occupe du balayage et fait le feu.

— Et qu'as-tu trouvé ?

— Le « S » correspond à Serena ou Sereneta, et la propriété est sise entre Hostalric et Gérone. C'est tout ce qu'il a entendu dire.

— Sais-tu qui a posé ces questions avant toi ? Quelle raison a-t-il donnée ? À quoi ressemblait-il ?

Ils se regardèrent.

— J'ignore qui était cette personne, dit le deuxième greffier, mais je me suis rapidement rendu compte qu'ils avaient déjà cherché dans leurs archives. C'est comme ça que j'en ai déduit que quelqu'un était venu avant moi.

— Je vois, dit Oliver.

Après avoir remboursé celui qui avait donné de l'argent au saute-ruisseau et distribué quelques sous à tous afin qu'ils soudoient les petits serviteurs, il les renvoya en mission.

En pleine chaleur de midi, il se rendit à la maison où il avait conduit Clara dès leur arrivée à Barcelone. Il évita l'entrée principale, fit le tour de la demeure et franchit un portail qui le mena droit à la cuisine.

— Monseigneur, dit la cuisinière. Nous ne vous attendions pas. Avez-vous mangé ?

— Disons qu'on a rempli une assiette et qu'on l'a placée devant moi, mais non, je n'ai rien mangé. N'importe quoi fera l'affaire tant que ce n'est pas une soupe à l'eau, un oignon desséché et un mouton mort d'épuisement pour être arrivé en courant de Perpignan !

Elle secoua la tête et lui présenta un poisson en sauce froid. Sur la table, il y avait une corbeille de fruits, des fromages, de la viande froide et des miches de pain.

— Si vous étiez arrivé plus tôt, j'aurais pu...

— Ne t'inquiète pas, ma chère Gabriela, dit-il en prenant une bouchée de poisson, je t'assure que c'est un régal à côté de ce que je n'ai pas mangé. Qui est à la maison en ce moment ?

— Personne, hormis votre cousin. C'est pour lui que j'avais préparé ce poisson, mais il a autant d'appétit qu'une sardine.

— Je vais peut-être séjourner ici quelques jours, mais n'en fais pas grand cas. Je passerai par ici pour rejoindre ma chambre.

— Bien sûr, monseigneur.

— Tu me réveilleras avant vêpres, ajouta-t-il.

La veille, il avait quitté Gérone avant l'aube, s'arrêtant en divers endroits et parlant à toutes sortes de gens avant d'arriver à Barcelone à l'heure où la plupart des gens achevaient leur souper. Il avait passé une bonne partie de la nuit au palais à parler de ce qu'il avait ou non trouvé durant son absence, y avait brièvement dormi puis s'était attelé à sa mission matinale.

À présent, il empruntait l'escalier dérobé de la maison de son cousin, regagnait la chambre qui lui était réservée et s'effondrait sur un lit large et moelleux. Il s'endormit aussitôt.

Quand les cloches appelèrent aux vêpres, il ressortit tout aussi discrètement, lavé, changé et arborant des airs de respectable gentilhomme. Il avait en tête le nom des notaires qui, selon les petits greffiers, avaient déjà été contactés.

— Non, monseigneur, répondit le premier. Vous n'êtes certainement pas le premier à vous intéresser à la dot de Doña Serena. Rien qu'aujourd'hui, un jeune homme dépenaillé est venu demander à mon apprenti ce qu'il en savait. Mais un notaire est tenu au secret et ne répand pas aux quatre vents le moindre renseignement relatif à ses clients. C'est une chose dont je ne discuterais avec personne, soyez-en persuadé.

Oliver avait connu plus d'un notaire qui ne s'en était pas privé, et le discours de celui-ci ne l'impressionna nullement.

— Je veux seulement des informations sur cette mystérieuse personne qui s'intéresse à mes affaires familiales. Le greffier est-il le premier à être venu vous questionner ?

— Non, un autre était là il y a trois ou quatre semaines peut-être, et il a posé le même genre de questions. Mais la réponse fut la même. Je n'ai pas eu l'honneur d'établir un contrat de mariage entre une certaine Doña Serena et un sieur... je ne me rappelle plus le nom qu'il a donné pour l'autre partie.

— Mais vous êtes certain qu'il s'agissait bien de Serena ?

— Ma défunte épouse bien-aimée s'appelait ainsi, dit le notaire d'un ton sec. Je ne puis l'oublier.

— Je regrette de raviver des souvenirs aussi pénibles, messire. Mais vous souviendriez-vous à quoi ressemblait ce premier homme ?

— Rien de bien particulier. Il avait l'air d'un greffier. Très ordinaire. Il se disait employé par un notaire de Gérone, qui l'avait envoyé voir si le document existait bien. Son maître lui avait précisé que je l'avais moi-même rédigé. Quelqu'un l'aura mal informé.

Le deuxième notaire avait disparu depuis le matin, ayant sans aucun doute décidé qu'une chaude journée d'août n'incitait pas au travail.

Le troisième avait été approché par une personne différente.

— Non, monseigneur, dit-il, ce n'était pas un greffier, mais un gentilhomme. Cette Doña Serena était sa cousine. Elle est morte il y a plusieurs années, et les documents relatifs à sa dot se sont perdus. L'enjeu est considérable, semble-t-il. Il recherchait les noms des témoins présents lors de la signature ou toute autre information susceptible de l'intéresser.

— Et avez-vous pu le renseigner ?

— Certainement pas, monseigneur. Je lui ai demandé si la dame avait testé et il m'a répondu que, quand la peste avait frappé Gérone, elle avait eu la prudence d'écrire son testament pour le cas où elle-même serait frappée. Elle succomba effectivement, mais son notaire aussi, de sorte que le document disparut. Un parent plus lointain, prétendait-il, aurait retrouvé les témoins, qui auraient déclaré que la propriété lui revenait à part entière, mais ce me semble douteux.

— Il vous a raconté toutes ces choses ?

— Le pauvre homme... C'est une affaire difficile, et je suppose qu'il préférait me l'expliquer. Il espérait que j'étais le rédacteur de l'accord, puisque cette dame était originaire de Barcelone, et que j'en aurais conservé une copie. Mais ce n'était pas le cas. Vous seriez étonné, monseigneur, du nombre de gens dont les affaires se trouvent dans le même état suite à l'épidémie. Aujourd'hui encore, elle continue de perturber nos existences.

— Je ne voyais pas les choses sous cet angle, reconnut Oliver.

— Mais quel est votre intérêt, monseigneur, dans le cas présent ?

— Si je viens vous déranger, c'est dans celui de l'unique enfant de cette dame. J'imagine que la propriété, une fois reconnue son appartenance à Doña Serena, reviendra à l'enfant sans que cela fasse problème.

Le notaire ne put s'empêcher de rire.

— Et ainsi, les cousins n'auront que leurs yeux pour pleurer. Mais mon visiteur paraissait tout ignorer de l'existence de cet enfant. Est-ce un fils ?

— Oui, dit Oliver, un fils né du mariage.

Le dernier notaire chez lequel il comptait se rendre habitait trop près du port pour être susceptible de détenir des documents relatifs à un contrat de mariage de cette importance, mais le jeune espion dépêché par Oliver disait que son étude avait reçu une visite ; il pensait de plus que le saute-ruisseau serait sensible au tintement d'une pièce d'argent.

Le réduit où il exerçait sa charge était sombre, étouffant, et le notaire lui-même était absent.

— Le maître s'est absenté pour la soirée, dit le jeune garçon, et moi je m'en vais aussi. Revenez demain.

— Ce n'est pas grave, répondit Oliver d'un ton badin, mais la nuit est chaude et j'ai le gosier sec. Pourrais-tu m'indiquer un endroit où l'on sert du vin ? Du vrai, pas le vinaigre que j'ai eu à dîner.

— Vous m'inviteriez, señor ?

— À boire et à souper aussi, oui. Mais attention, je veux de la qualité.

Il tira sa bourse et la fit danser dans sa main pour bien indiquer qu'elle était pleine.

— Certainement, señor. Mon maître n'est pas assez généreux pour que je refuse à boire et à manger quand on me convie.

— Parfait. La soirée est idéale pour marcher un peu.

Une fois que le jeune homme eut compris qu'Oliver ne cherchait pas un établissement proposant également des femmes au menu, il l'emmena dans une plaisante gargote où l'odeur des sardines grillées embaumait l'air. Oliver commanda un cruchon du meilleur vin, un grand plat de sardines et plusieurs autres mets avant de trinquer avec son hôte.

— Bien, fit-il en poussant vers lui deux piécettes d'argent, causons.

Le saute-ruisseau regarda les pièces puis Oliver.

— De quoi ? fit-il prudemment.

— De l'homme qui est venu trouver ton maître il y a deux ou trois semaines et qui cherchait des traces d'un contrat de mariage ou d'une dot concernant une certaine Doña Serena, originaire de Barcelone.

— Que voulez-vous ? Une description ?

— C'est un bon début.

Le garçon évoqua un homme d'allure ordinaire, correctement vêtu.

— Comme un marchand, précisa-t-il, mais ses vêtements n'étaient pas bien entretenus. Peut-être n'avait-il pas beaucoup d'argent...

— Son nom ?

— Il se faisait appeler Robert de Finestres, mais ce n'était pas le sien. Quand je me suis adressé à lui en disant Don Robert, il n'a pas réagi.

— Voilà qui est intéressant.

— Il voulait que nous lui disions tout ce que nous savions de Serena de Finestres. Il se prétendait l'un de ses proches parents — quel autre nom aurait-il pu nous donner ? Le maître lui a révélé qu'il avait bien un contrat pour une dame prénommée Serena. Il ne se rappelait pas son nom de famille, mais ç'aurait bien pu être de Finestres. Il faut dire que le maître avait déjà plusieurs coupes de vin à son actif — pas aussi bon que celui-là, señor — et que sa mémoire était incertaine. Il semble qu'il avait établi un contrat deux ans auparavant pour une autre Serena, mais ce n'était pas le mariage auquel ce Robert s'intéressait.

Oliver fit glisser une autre pièce sur la table, jusque sous la main du jeune homme.

— Sais-tu où se situe la propriété ? Celle qu'il cherchait.

— Il savait que c'était entre Hostalric et Gérone. Pas sur la grand-route, non, un peu à l'écart. Il a ajouté qu'il lui faudrait pas mal de temps pour visiter toutes les propriétés de la région. Il espérait que nous pourrions le renseigner plus précisément. Il prétendait que cette ferme était à lui, légalement et de par la volonté de cette dame.

— Il avait tort. Si tu le revois, ajouta Oliver en montrant sa bourse, il y en aura d'autres pour toi. Rends-toi à la porte du palais, celle qui jouxte la chapelle, et dis au garde que le seigneur Oliver t'a envoyé. Quelqu'un viendra te parler : révèle-lui tout ce que tu sais. Ceci mis à part, garde un silence absolu !

— Merci, monseigneur, dit le saute-ruisseau en empochant l'argent.

— Il y a là deux jeunes gens qui semblent te connaître. Peut-être t'aideront-ils à terminer le repas et le vin. Bonsoir.

Les rues bondées étaient tour à tour brillamment éclairées par la lune et sombres comme un gouffre infernal. Abruti par le manque de sommeil et une sorte de sinistre pressentiment, le cerveau d'Oliver élaborait des images de sang et de mort : la forme fragile de Clara, perdue dans une tunique brune en haillons, devenait le cadavre ensanglanté de Pasqual. Dans son cauchemar éveillé, il perçut une voix criarde aux accents paysans.

— Allons, señor, fit une femme maigrelette à la robe minuscule, viens avec moi, je sais comment te guérir !

Une torche éclaira brièvement son visage et, l'angoisse au ventre, il se rendit compte que c'était une fillette, qui ne devait pas avoir plus de treize ou quatorze ans.

— Tiens, prends ça et rentre chez toi, dit-il d'une voix rauque.

Il plaça la bourse dans sa main et se fraya un chemin parmi les catins et les matelots enivrés.

Le parapet du quai l'arrêta. Il était arrivé au port. Une galée déchargeait sa cargaison et, sur la grève, ses passagers s'attardaient. Sous lui, une voix claire, juvénile, l'appela par son nom. Et puis, dans la lumière de la lune, il distingua une silhouette familière.

— Yusuf ? Mais que fais-tu là, au nom du ciel ?

— J'arrive de Valence, monseigneur.

— Attends-moi...

Ils envoyèrent au palais le coffre et les effets de Yusuf puis déambulèrent dans les rues.

— Sa Majesté a recouvré la santé, dit Yusuf. Elle a essayé l'une des potions de mon maître, et celle-ci s'est révélée très utile. Mais je n'ai rien pu apprendre à propos de maîtresse Clara. Les quartiers privés de Sa Majesté la reine sont bien gardés, et j'ai jugé sage de ne pas chercher à m'y introduire.

— Très sage, en effet. Mais sache que j'ai un espion dans la place qui m'informe que Doña Clara se porte très bien et que ses travaux d'aiguille l'occupent beaucoup. Je ne puis l'imaginer, mais c'est, sans aucun doute, mieux que d'être fille de cuisine. Est-ce là tout ce qui t'est arrivé ? Allons, je suis las et des pressentiments ridicules me harcèlent. Distrais-moi plutôt avec des récits de voyage.

Yusuf lui parla de la tente-infirmerie, de Marc et des soins apportés aux malades.

— Et Gueralt de Robau nous a suivis sur la galée. N'est-ce pas étrange ?

— Non, répondit Oliver. À ton avis, combien de galées quittent chaque jour la Sardaigne ?

— Je l'ai souvent vu au camp, lui et son étrange ami, Don Manuel. Don Gueralt nous a accompagnés à Valence. Il s'est montré agréable, monseigneur. Il m'a aidé de bien des façons, refusant mes remerciements sous prétexte que cela le distrayait. Il s'ennuie souvent, à mon avis. Il devait revenir avec nous, mais il a été en retard et nous sommes partis sans lui.

— Toutes tes aventures se limiteraient à Don Gueralt ? Tu n'as pas tiré l'épée en défense de Sa Majesté ? le taquina Oliver.

— Il n'y a rien eu d'important, répliqua Yusuf, un peu vexé.

— Allons, dis-moi ce qui s'est passé. Je ne me moquerai pas.

— Rien qu'une chose qui, selon Son Excellence l'archevêque, est des plus banales.

— Parle.

Yusuf décrivit la perte de son livre, puis son retour miraculeux.

— Chacun affirme que c'est une mauvaise plaisanterie, rien de plus.

— Et Gueralt a disparu. Prends garde à lui, Yusuf.

— Il ne représente pas un danger. C'est son ami, Don Manuel, qui était dangereux, mais il est mort. Comment vont vos recherches, monseigneur ?

— Lentement...

Sur quoi, il lui résuma ses visites aux notaires.

— Avez-vous parlé aux religieuses qui l'ont recueillie ?

— Oui, dit Oliver. Elles en savent encore moins que nous. Clara pensait être attendue, semble-t-il.

— C'est étrange, seigneur, qu'une femme de cette condition envoie seule son enfant en escomptant qu'on s'occupera d'elle.

— Sa nourrice devait peut-être s'en charger. Elle ne l'aura pas fait.

— Il est possible qu'elle ne se soit pas rendue chez les religieuses convenues. C'est une chose qui peut arriver quand on n'a pas l'habitude de se déplacer seul dans une ville. J'ai connu ça... Mon ancien maître m'avait envoyé porter une lettre au boucher et je devais me faire payer pour son travail.

— Mais de quoi parles-tu ?

— Un instant, monseigneur. Quand le boucher a appelé les officiers du guet pour qu'ils me chassent de la ville, j'ai compris que je m'étais trompé d'adresse. Nous devons trouver le couvent qui attendait l'arrivée de Clara.

— Pourquoi ? À quoi cela nous servira-t-il ?

— Les sœurs en savent peut-être plus sur sa mère.

— J'ai du mal à l'avouer, mais oui, Yusuf, tu dois avoir raison, convint Oliver. Rendons visite aux couvents.

— J'ai appris certaines choses auprès de mon maître Isaac, dit Yusuf avec sérieux. À mettre de l'ordre dans mes pensées et à procéder avec logique.

Prenant pour point de départ le lieu où avait vécu Clara, Oliver localisa les couvents les plus proches.

— Si elle a été envoyée seule chez les religieuses, c'est certainement parce qu'elles se trouvaient tout près, dit Oliver.

— Tout près de quoi, monseigneur ? On ignore où elle vivait.

— De l'endroit où elle a échoué ! lui lança Oliver. C'était vraiment exaspérant d'être sans cesse amené à réfléchir — même si c'était très utile — par un gamin de douze ou treize ans.

Le large cercle tracé autour de leur point de départ abritait trois couvents où Oliver ne s'était pas rendu, plus deux autres où il avait posé de mauvaises questions. Chaque fois, il convainquit la sœur tourière de le laisser entrer, puis il eut accès aux archives. Il n'y trouva nulle mention d'une enfant nommée Clara. Rien n'indiquait même qu'elle eût existé.

— Peut-être est-elle allée au bon couvent, finalement, dit Yusuf découragé.

— Il y en a deux autres plus loin, répliqua Oliver dont la mauvaise humeur s'atténuait avec le jour qui passait. Si tous deux disent ne pas la connaître, j'examinerai d'autres possibilités.

La sœur tourière du premier couvent leur lança un regard soupçonneux, les laissa dans la rue et alla chercher conseil.

— Si elle était censée venir ici, sa mère avait une haute opinion de son endurance et de ses talents, fit remarquer Yusuf. C'est si loin de là où elle a fini !...

— Elle habitait peut-être juste à côté.

— Notre prieure souhaiterait vous parler, dit une voix derrière le portail, qui n'était pas celle de la sœur tourière.

— Apparaît-elle dans vos archives, ma sœur ?

— Suivez-moi, fut sa seule réponse.

— Avant que je réponde à toute question, monseigneur, dit la prieure, dites-moi, je vous prie, quel est votre lien avec Clara de Finestres.

Le regard inquisiteur de la prieure constituait plus qu'un avertissement.

— Pour d'autres, dame Violant, dit Oliver, je me suis fait passer pour un oncle désireux de récupérer les biens de sa mère afin d'en faire bénéficier Clara. Ce n'est pas vrai. Je suis ici parce que je suis responsable d'une jeune fille de quinze ans dénuée de toute ressource, une jeune fille dont le langage et les manières m'ont amené à penser qu'elle avait une famille et qu'elle pourrait la rechercher. Je souhaite retrouver cette famille et la lui rendre.

— Très bien, dit la prieure. Poursuivez.

— Alors que je cherchais cette famille, reprit-il en pesant soigneusement chaque mot, et dans le cadre de mes devoirs à la cour, je suis tombé sur un portrait qui lui ressemble tant que j'en ai conclu que ce devait être sa mère. Cette peinture et d'autres preuves m'ont incité à croire que cette femme, sa mère, est toujours vivante et qu'elle vit cachée, pour certaines raisons ayant trait aux affaires de Sa Majesté. Si elle est celle que je crois, son époux est décédé, et avec lui disparaît le besoin de masquer son identité.

— Vous recherchez une femme dont vous ne pouvez faire plus que postuler l'existence.

— Oui, madame. Mais Clara croit elle-même n'avoir plus de famille, à l'exception d'un lointain parent, éventuellement. Sa mère met sur le compte de sa propre négligence la mort de sa fille bien-aimée.

— Comment savez-vous ceci si vous ne pouvez qu'émettre un postulat ?

— J'ai une lettre et le portrait, tous deux retrouvés dans les effets de mon ami. La lettre était signée « S. ». Elle y parle de la mort de sa fille. Le portrait, je l'ai sur moi. L'enfant ressemble tant à la femme qu'elles ne peuvent être que très proches.

Il sortit le sac de cuir qui renfermait le petit tableau ovale et tendit ce dernier à la prieure.

Elle l'examina longuement, très longuement.

— Elle est très belle, dit-elle enfin.

Elle le lui rendit et traversa son cabinet pour s'approcher de la fenêtre. Là, elle regarda dans le jardin, comme si elle prenait une décision, et se retourna brusquement.

— Il faut dire qu'elle a toujours été belle, même

lorsque nous étions enfants. Je ne pense pas être à même de vous aider, cependant. Je crois qu'elle est partie pour Majorque.

— Non, dame Violant. Majorque était sa seconde ligne de défense, la première que j'ai vérifiée. Elle a trop d'allure. Et l'île n'abrite aucune femme comme elle, je puis vous l'assurer. À moins qu'elle n'y travaille comme chambrière.

Un léger sourire se dessina sur le visage de la prieure.

— C'est peu probable. J'ai ici une information qui pourrait vous intéresser. Elle m'est personnellement inutile. Si votre garçon veut bien attendre ici avec la sœur intendante, je vous la montrerai.

— Alors, vous a-t-elle dit quelque chose d'utile ? demanda Yusuf dès qu'Oliver l'eut rejoint.

— Je n'en suis pas certain. Mais elle m'a fait une confidence...

— Et maintenant, que faisons-nous ?

— Maintenant ? Nous rentrons à Gérone !

CHAPITRE XVIII

Le lendemain matin, Oliver emprunta le couloir menant au cabinet de l'évêque et vit une femme qui, vêtue d'une simple robe noire et porteuse d'un voile, était assise devant la porte. Elle se leva pour le saluer et fit une révérence.

— Seigneur Oliver, dit-elle, bienvenue à Gérone.

— Maîtresse Raquel, n'est-ce pas ? L'habile fille du médecin ?

— C'est bien moi. Puis-je savoir si vous avez des nouvelles de Yusuf ? Il nous manque beaucoup, je dois le reconnaître.

— J'ai mieux encore. Quand vous rentrerez chez vous, ce sera pour l'y trouver. Je viens de confier son cheval à l'un des palefreniers de Son Excellence. Mais pourquoi hantez-vous les couloirs du palais ?

— J'attends mon père, qui est auprès de son patient.

La porte du cabinet s'ouvrit brusquement et Bernat apparut.

— Son Excellence vous demande d'entrer, seigneur Oliver.

— Qu'avez-vous à nous rapporter d'intéressant, seigneur Oliver ? dit Berenguer. En plus de l'excellente nouvelle du retour de Yusuf dans cette ville et de celle de la guérison de Sa Majesté ? Avez-vous découvert quelque chose en ce qui concerne la mort de Pasqual ?

— Je cherche actuellement une propriété inscrite dans votre diocèse. Si je la retrouve, j'en saurai peut-être plus... bien plus. Mais je crains que cette quête ne doive s'effectuer dans le calme et la discrétion. Pourrais-je utiliser l'une de vos excellentes mules ? Neta se trouve à Barcelone et mon cheval a été mis à rude épreuve au cours de cette semaine. Je ne demande rien de plus.

— Bien entendu, dit Berenguer.

— Si Votre Excellence veut bien m'excuser, j'ai hâte de souhaiter la bienvenue à mon apprenti errant.

— Je vous accompagne, maître Isaac. Je dois voir comment va mon cheval.

— Avez-vous besoin d'aide dans votre quête ? demanda poliment Isaac. La région abonde en chemins creux élevés au rang de routes et il y a de quoi se perdre. Je pourrais recommander — Son Excellence le pourrait aussi, je n'en doute pas — un homme discret qui connaît parfaitement la campagne. Il vous assisterait.

— Je doute que le plus discret des hommes parvienne à m'aider, soupira Oliver. À moins qu'il n'ait aussi assez d'esprit pour résoudre une énigme.

— Une énigme, monseigneur ?

— Oui, je cherche une propriété proche de Gérone où l'on peut s'endormir au son de l'eau.

— Ce pourrait être en bord de mer, dit Raquel.

— Ce pourrait aussi être près d'une fontaine, ma fille, dit Isaac. Il y en a beaucoup dans les environs.

— Cette propriété doit aussi posséder un beau bassin peuplé de poissons et des poiriers.

— Cela m'évoque un monastère.

— Et que savez-vous des monastères, papa ?

— Je suis allé dans plus d'un, ma chérie. Même les bons pères tombent malades. Quand je voyais encore, j'ai visité un jour un monastère pourvu d'un grand bassin rempli de poissons et d'arbres fruitiers. Ainsi que d'une fontaine. Elle était très belle, mais on n'aurait pu en dire autant du bassin.

— Je ne crois pas qu'il s'agisse d'un monastère ou d'un couvent. Pour moi, c'est une ferme.

— On dirait presque celle où nous nous sommes arrêtés, papa, fit Raquel, rêveuse. Elle était si belle. Avec la petite rivière et les vignes. Et les oliviers.

— Mais où il n'y a ni bassin ni fontaine ? dit Oliver amusé. Et pas de poiriers ?

— Il y avait une sorte de grand bassin là où tombait la chute d'eau. Le son en était très agréable. L'eau venait frapper les rochers, puis le bassin.

— Oui, mais pas de poiriers.

— Il y avait des arbres fruitiers, et certains ressemblaient à des poiriers. En revanche, elle n'était pas tout près de Gérone et ne ressemblait pas à l'endroit que vous décrivez. Mais c'était si beau, ajouta-t-elle en soupirant. Sauf la maison. Tout était fermé comme si les propriétaires s'attendaient à être attaqués.

— C'est parce que les propriétaires n'y vivent pas, dit Isaac. Il n'y a qu'une gouvernante et un vieil homme pour s'en occuper.

— Où est-ce ? demanda incidemment Oliver.

— Peu après l'endroit où nous nous sommes arrêtés pour manger avant de vous quitter, le jour où Yusuf s'en est allé, expliqua Raquel. Si vous vous étiez retourné, vous nous auriez vus nous diriger par là.

Le seigneur Oliver quitta Gérone bien avant l'aube, le lendemain, et chevaucha à la lueur de la lune. Quand il arriva sur le chemin, peu après l'endroit où la route franchissait la rivière, il laissa la mule aller à son pas parmi les ornières et les nids-de-poule. Il vit le bassin et la chute d'eau, et il mit pied à terre, laissant la mule là où elle se trouvait.

Il marcha le long du chemin jusqu'à ce qu'il vît la maison derrière une rangée d'arbres. Elle était silencieuse, fermée de toutes parts, hors du monde. Il la laissa sommeiller et continua sur l'autre rive, loin de la maison. Il suivit les méandres de la rivière jusqu'à atteindre une vigne et le petit pont qui y conduisait. Là, il vit clairement des empreintes de pas dans l'herbe luisante de rosée de la prairie. Quelqu'un avait récemment franchi ce pont. Il s'arrêta pour tendre l'oreille puis suivit les traces jusqu'à la vigne.

— Du calme, Blanqueta, dit une voix douce parmi les pieds de vigne.

Encore un pas, et il vit une grande femme qui lui tournait le dos et inspectait des grappes à peine mûres. Elle était vêtue d'une simple robe brune comme en avaient toutes les paysannes du coin. Ses cheveux étaient recouverts d'un fichu et les cordons de son tablier dansaient à ses côtés.

Il s'arrêta, dépité. Il avait réussi à approcher une paysanne tôt levée pour éviter la chaleur du jour. Il s'en voulait d'avoir cru à une histoire évoquant une ferme à la beauté magique, racontée par une jeune femme un peu fantasque. Il fit un pas en arrière, mit le pied dans un trou et trébucha. Le chien aboya.

— Qu'y a-t-il, Blanqueta? dit la femme en se retournant.

Son visage le stupéfia, mais un instant seulement.

— Señora, s'empressa-t-il de dire, ne craignez rien, je vous en prie. Je m'appelle Oliver de Centelles. Je travaillais avec votre mari, que je ne connaissais que sous le nom de Pasqual Robert, mais je l'aimais depuis toujours, depuis l'âge de huit ans, en réalité, quand j'étais au service de Sa Majesté : il s'est montré bon envers moi alors que tous me méprisaient.

— Vous le connaissiez ? dit-elle tandis que toute couleur quittait ses joues. Pourquoi parlez-vous au passé ?

— Je ne connais pas de moyen plus doux de vous présenter cette nouvelle, señora...

— Il est mort, alors, dit-elle en prenant appui sur un piquet autour duquel la vigne s'enroulait.

Elle regardait droit devant elle, le regard perdu dans le vague.

— Sans cesse, j'ai imaginé ce jour, où un homme viendrait m'annoncer la mort de Gil. Il avait promis de venir me voir dans une semaine. Il ne l'a pas fait. J'aurais dû comprendre.

Elle se dirigea vers un petit monticule et s'assit, regardant ses mains posées sur ses genoux. Puis elle leva les yeux.

— Comment est-il mort ? dit-elle d'une voix bien assurée.

— Il a été assassiné, señora. Il y a plus de trois semaines.

— Quel jour ?

— Un lundi, tôt le matin. Le lundi 4 août.

— Tôt le matin ? Il venait de quitter mon lit. Il devait être plein d'insouciance.

Son visage était figé et elle ne pleurait pas.

— Qui a fait cela ? Les Castillans qui vous suivaient ?

— Je n'ai eu de cesse de répondre à cette question, de la Castille à Barcelone, depuis l'instant où il est mort dans mes bras. Ses dernières paroles furent pour vous, señora. Je croyais qu'il me parlait de sérénité, mais aujourd'hui je comprends que c'était : « Je vous supplie de prévenir Serena, mon ami. » Puis il a ajouté : « C'est une farce, une farce... le Seigneur Se rit de moi. Priez pour moi et veillez sur mes petits. »

— Alors il n'a pas été tué par les Castillans, dit-elle. Car c'eût été un échec plus qu'une farce, un mauvais coup du sort. Il a été tué par quelqu'un qu'il jugeait inoffensif.

— Il a été frappé dans le dos, señora, apparemment par quelqu'un dont il ne se sentait pas menacé.

— Un couteau ?

— Oui.

— Montrez-moi où il l'a frappé. Soyez précis, je vous en prie.

Oliver indiqua l'endroit sur son propre dos.

— Ô Dieu du ciel, dit-elle avant de se cacher la tête dans les mains comme si la lumière naissante du jour lui était insupportable.

— Vous êtes le fils de Gilabert de Centelles, dit-elle en relevant enfin les yeux.

— Oui, mon père vivait non loin d'ici. Il est mort quand j'avais huit ans.

— Mon époux m'a souvent parlé de vous. Il accordait à peu de gens la confiance qu'il mettait en vous.

— Il ne s'est toutefois pas assez fié à moi pour me révéler votre existence, señora. J'ai dû chercher longtemps pour vous retrouver.

— Qui vous envoie ici ? demanda-t-elle. Je pensais que nul ne connaissait cet endroit hormis notre notaire, et je n'aimerais pas savoir qu'il a révélé un secret de cette importance.

— Ce n'est certainement pas votre notaire. J'ai rendu visite à nombre de ses confrères et, s'il était l'un d'eux, il a juré de manière très convaincante, et avec tous les autres, n'avoir jamais entendu parler de vous.

— Je ne doute pas qu'il me mettra au courant de votre requête, mais tout cela n'a plus d'importance. Plus rien ne compte, désormais, ajouta-t-elle à voix basse.

— Señora, la personne qui a par inadvertance révélé l'existence de cet endroit est l'une de vos plus vieilles amies, la prieure du couvent qui devait accueillir votre fille.

— Violant ? murmura-t-elle avant de tourner légèrement la tête pour dissimuler son visage. Je vous en supplie, monseigneur, ne réveillez pas en moi d'autres chagrins.

Il n'y prit pas garde.

— Si je suis allé trouver dame Violant, c'est parce que je recherchais la mère d'une jeune fille de quinze ans nommée Clara.

Serena voulut se lever, mais il posa une main sur son épaule pour l'obliger à l'écouter.

— Señora, écoutez-moi, et laissez-moi vous parler d'elle. Pour l'heure, il importe peu de savoir comment je l'ai rencontrée, mais je suis malgré moi son unique protecteur. Je l'ai immédiatement remise aux bons soins de ma nourrice, une femme honnête et fiable. Cette petite Clara prétendait n'avoir aucune famille et pas d'autre nom, mais je vous assure que son langage et ses manières trahissent une éducation supérieure.

— Vous sentez-vous également obligé de me faire écouter toutes ces...

— Oui, señora. J'étais à la recherche de ses parents quand un portrait est parvenu entre mes mains — le portrait d'une belle femme qui m'était inconnue, mais dont je retrouvais tout le charme dans le visage de la jeune Clara. Voici ce portrait, señora, et c'est bien vous qui y êtes représentée, n'est-ce pas ? Et votre fille Clara vous ressemble beaucoup, même si elle n'est pas aussi grande que vous.

— Monseigneur, essayez-vous de me dire qu'elle n'est pas morte ? Ne me tourmentez pas. Je sais qu'elle l'est. J'ai déposé des fleurs sur sa tombe. Clara est morte.

Il saisit Serena de Finestres par les épaules et la secoua.

— Elle est vivante, señora, dit-il avec véhémence. Et elle va bien.

— Clara ?

Soudain elle éclata en sanglots, désemparée, le cœur brisé.

— Où est-elle à présent ? demanda-t-elle quand elle se fut ressaisie. Cette fille que vous prétendez être Clara.

— C'est assez compliqué. Elle se trouve pour l'instant en Sardaigne et...

— En Sardaigne ? s'écria Serena.

— Elle vit parmi les dames de compagnie de Sa Majesté la reine, et elle s'y trouve en sécurité comme dans un château gardé par mille chevaliers et cinq mille archers.

— Mais que fait-elle là ?

— C'est une longue histoire, señora, et je vous la raconterai, dans le moindre détail, mais pour l'instant il suffit de dire que je craignais qu'elle n'ait besoin de protection et que c'était à mon avis le meilleur moyen de la lui assurer.

— Vous ne faites pas les choses à moitié, monseigneur. Mais où l'avez-vous rencontrée ?

— Elle se rendait à Gérone avec l'espoir d'y trouver un parent susceptible de l'aider.

— Il aurait été de piètre assistance, oui, fit-elle avec mépris. Mais elle n'aurait pu le trouver. Il est mort. Depuis longtemps. Le second été de la peste.

— En êtes-vous certaine ?

— Oui. Je l'ai appris récemment par une lettre que m'a adressée mon notaire. Il semble qu'avec sa stupidité habituelle mon cousin ait fui sa maison — alors que personne n'est mort cet été-là — pour se réfugier dans une ville où la maladie faisait des ravages.

— Vous étiez sa seule famille ?

— Je crois qu'il s'était marié. Et il avait certainement d'autres cousins. Son notaire a écrit au mien pour lui demander s'il lui connaissait des proches susceptibles de revendiquer ses biens. J'ai répondu à mon notaire de nier tout lien entre nous. Mais comme j'ai reçu cette lettre bien après la disparition de Clara, elle ne pouvait être au courant de son décès.

— Elle semblait ignorer jusqu'à son nom.

— C'est possible.

Oliver observa son visage. Le souci et l'inquiétude avaient gravé dans son front des rides que les rayons bas du soleil rendaient plus visibles. Elle était pâle, et ses yeux étaient encore emplis de larmes. Mais malgré tout, c'était l'une des plus belles femmes qu'il eût jamais vues. Très calme, elle était apparemment perdue dans ses pensées.

— Si elle est vivante, comme vous le prétendez, dites-moi au moins ce qui s'est passé le jour de sa disparition.

— Je vous donnerai plus tard tous les détails, señora, mais à mon avis — d'après ce qu'elle m'a avoué —, elle a été prise dans une vaste foule et en a été perturbée au point de se tromper de couvent. Les religieuses ont été très bonnes et se sont bien occupées d'elle, ajouta-t-il.

— Se tromper de couvent ! s'écria Serena. Je ne puis y croire. Elle savait aussi bien que moi comment y aller. Nous allions souvent rendre visite à Violant, c'était même l'une de nos promenades préférées.

Son regard se perdit dans le lointain et elle demeura un long instant tout à ses réflexions. Oliver crut bon de ne pas la troubler.

— Je suis venue la chercher cinq jours plus tard, dit-elle en se tournant vers lui. Violant m'a dit ne pas l'avoir vue. Nous avons cherché partout et découvert qu'une fillette était morte ce jour-là, piétinée par un cheval. Elle était porteuse d'un balluchon. On me l'a montré pour que je le reconnaisse.

— Et était-ce le sien ?

— Oh oui, je n'ai eu nul doute là-dessus. Son pauvre petit corps avait déjà été jeté dans la fosse commune, mais dès que j'en ai eu la possibilité, sans craindre pour ma personne, je l'en ai fait retirer. Je ne pouvais que croire à la mort de ma Clara.

— Et vous avez cessé de la chercher. Je comprends à présent tout ce qui s'est passé. Vous devriez rentrer, señora. Vous avez l'air très faible. Avez-vous un serviteur susceptible de veiller sur vous ?

Elle lui adressa une ébauche de sourire.

— J'en ai plusieurs, tous loyaux, dit-elle en se levant. Mais pardonnez-moi. Vous devez avoir fait une longue route, seigneur Oliver. Le feu était allumé dans la cuisine quand je suis sortie, et ma cuisinière devrait pouvoir vous offrir un rafraîchissement.

— Señora, je vous en prie, ne vous inquiétez pas pour moi. Pensez plutôt à vous-même.

— Oh, pourquoi ? dit Serena de Finestres en se redressant avec effort. Quoi qu'il en soit, rentrons à la maison.

Il lui offrit son bras et ils marchèrent lentement jusqu'au corps de ferme.

— J'ai encore une chose à dire, señora, avant que vous n'entriez. Il y a des questions auxquelles vous seule pouvez répondre, et tant qu'elles n'auront pas obtenu de réponses, il est possible que ni votre fille, ni votre fils, ni vous-même ne soyez en sécurité. Avant que je ne parte, me parlerez-vous de ces choses que j'ai besoin de connaître ?

Elle acquiesça et laissa Oliver aux bons soins de Dalmau, le vieux serviteur.

— Assieds-toi, Dalmau, lui dit Oliver après avoir mangé, et réponds-moi. As-tu souvent été importuné par des visiteurs qui désiraient voir ta maîtresse ? Ou ton maître ?

— Oh, oui, monseigneur, répondit Dalmau en tirant un tabouret. C'est arrivé à plusieurs reprises, trois ou quatre fois par an peut-être. Des gens arrivent, seuls ou par paires, et demandent après le maître ou la maîtresse.

— Ils connaissent leur nom ?

— Ils ne disent jamais celui du maître, mais un homme s'est présenté il n'y a pas si longtemps, qui connaissait celui de la maîtresse. Nous répondons toujours la même chose. Qu'ils ne résident pas ici et que nous ignorons jusqu'à la date de leur retour. Nous avons Blanqueta, mais le maître insiste... insistait, devrais-je dire, rectifia-t-il en se signant. Qu'il repose en paix, car c'était un homme bon. Il insistait pour que la chienne reste auprès de la maîtresse, pour la protéger, elle et son fils.

— Il prenait grand soin d'elle, dit Oliver.

— C'est vrai. La maîtresse sera très affectée par sa mort. Elle l'aimait tendrement.

— C'est tout à fait vrai.

— Qu'est-ce qui est tout à fait vrai ? demanda une voix derrière Oliver, et Dalmau se leva brusquement. Oliver se retourna et fit de même.

— Señora, nous parlions de ce qui est arrivé.

— Tu peux te retirer, Dalmau, dit-elle. Je crains que vous n'appreniez pas grand-chose auprès de lui.

— Assez pour me convaincre que votre vie peut être encore en danger. Après tout, si quelqu'un avait une raison personnelle d'attenter à la vie de votre mari et si cette personne sait où vous vivez, elle pourrait...

— Oh non, monseigneur, l'interrompit-elle. Vous vous fourvoyez. Ce n'est pas ma vie qui est en danger, c'est *la sienne*. Que ce lâche vienne une fois encore demander après moi, et il apprendra ce que c'est que de mourir avec un couteau dans le dos !

Provoquées par l'émotion, des taches écarlates

marbraient la pâleur de son visage. Ses yeux humides brillaient d'hostilité.

— Señora, écoutez-moi. Quand je me suis mis en quête de l'assassin de votre mari, j'ai juré à mon départ de Gérone que je rapporterais sa tête à son épouse. C'est toujours dans mes intentions, mais avant, il vous faut écouter ce que j'ai à dire.

L'après-midi, Oliver de Centellcs arriva au palais épiscopal de Gérone, accompagné de Serena de Finestres, de son fils Guillem, âgé de six ans, et d'une servante.

— J'ai envoyé quérir le médecin, dit Berenguer. La señora de Finestres n'a pas l'air bien.

— J'espère qu'il pourra quelque chose pour elle, répondit Oliver. Ce serait très triste si je devais retrouver la mère de cette enfant pour qu'elle meure de chagrin avant de revoir sa fille.

— Mais vous lui avez certainement appris que sa fille était en vie ?

— Oui. Elle admet que ce peut être vrai, mais elle n'y croit pas. Au fond de son cœur, tout au moins. Elle pleure son époux, dont le nom était Gil, Votre Excellence. Gil de Finestres.

— Ce doit être le fils de Don Francesc de Finestres, dit l'évêque. Il s'occupait de bateaux et de transports maritimes.

— Vous le connaissiez, Votre Excellence ?

— Oui. À Majorque, en 1343, il combattait aux côtés de Sa Majesté, lorsqu'elle a défié le roi Jaume et l'a fait céder. Je me rappelle qu'un de ses fils était entré comme page au service de Sa Majesté, mais j'avais l'impression qu'il était mort jeune.

— Une impression soigneusement suscitée, je n'en doute pas. Car quand je suis allé à Saragosse, son nom était Pasqual Robert, et il côtoyait Sa Majesté depuis l'enfance.

Il s'approcha de la fenêtre et regarda au-dehors.

— La première chose que j'ai apprise au palais, c'est de voir un ennemi éventuel en tout homme — et toute femme. L'éducation de Sa Majesté fut plus rude que celle d'un enfant des rues.

— Sa belle-mère aurait été enchantée si le fils aîné de son mari était mort d'une maladie banale, fit observer l'évêque.

— Je me suis toujours demandé pourquoi Sa Majesté ne m'a pas chassé de la cour quand mon père s'est montré rebelle.

— Il avait confiance en vous. Sa Majesté est prête à pardonner à ses ennemis — la plupart du temps. Et à récompenser largement la loyauté. Votre père a fait acte de contrition et l'a prouvé pendant le reste de sa vie. Le roi lui a pardonné. Vous avez été loyal. C'est aussi simple que ça.

— Elle est en parfaite santé, dit le médecin. L'intensité de son chagrin l'empêche de prendre toute nourriture solide ou liquide. C'est, en partie du moins, la raison de sa pâmoison. Raquel est avec elle et l'a convaincue de boire du bouillon et de manger un morceau de pain. Il lui faut dormir aussi, mais elle me dit qu'elle doit d'abord vous confier ce qu'elle sait des faits et gestes de son mari.

— Si nous voulons découvrir son assassin, oui. Il est vrai que je dois lui parler si elle s'en montre capable.

— C'est une femme déterminée, à la forte volonté, déclara Isaac, et elle souhaite s'entretenir avec vous. Mais elle est plus faible qu'elle ne le pense : je préférerais demeurer à proximité pendant que vous la questionnez.

— Certainement, mon ami, dit Berenguer.

— Il y a aussi Yusuf, ajouta Oliver. Comme elle croit toujours que sa fille n'est qu'un fantôme né de mon imagination, il pourra la rassurer.

Serena était allongée sur des coussins dans l'un des appartements du palais épiscopal. Sa pâleur mortelle avait disparu, mais ses yeux étaient rouges d'avoir trop pleuré et son visage blême de désespoir.

— Señora, lui dit l'évêque, avez-vous présentement la force et le courage de nous parler ?

— Si cela peut contribuer à venger mon mari, je trouverai cette force.

Ils s'assirent autour du lit, Oliver et Berenguer d'un côté, Raquel, Isaac et Yusuf de l'autre. Oliver, après un coup d'œil vers l'évêque, commença.

— Señora, je sais désormais que c'était chez vous que votre mari se rendait quand il disparaissait sans la moindre explication. Ce que je dois vous demander, c'est s'il a dit une chose susceptible de nous aider au cours des jours qui ont précédé sa mort.

— Oui, répondit-elle avec assurance. Avant d'arriver à la *finca*[1], il est descendu dans une auberge toute proche. La première fois qu'il a essayé de rentrer chez lui, il était suivi. Il n'en a pas été étonné, monseigneur, puisque vous étiez tous deux suivis depuis la Castille, ainsi que vous le savez.

— Par Martín de Tudela ? demanda Berenguer.

— Oui, dit Oliver.

— Pas cette fois-ci, reprit-elle. Pas la première fois. Ils étaient deux. Gil ne les connaissait pas et a rebroussé chemin pour en savoir plus.

— Ce devait être Martín et son maître, Geraldo, dit Oliver. Les deux Castillans qui nous ont suivis.

— Le maître de Martín n'était pas plus castillan que vous et moi, monseigneur. Il est né non loin d'ici, et son nom est Gueralt.

— Gueralt ! s'écria Oliver. De Robau ?

— Sa mère est castillane, précisa l'évêque.

— Et c'est là-bas qu'il a fait ses études. Son père disait qu'il venait d'achever son éducation.

1. Ferme, propriété en espagnol. *(N.d.T.)*

— Où est-il maintenant ? demanda Berenguer.

— Il a disparu à Valence, Votre Excellence, répondit Yusuf qui semblait stupéfait. Même après que Sa Majesté m'eut prévenu contre lui, je ne le considérais pas comme un traître.

— Il a dû franchir la frontière de la Castille, dit Oliver.

— Gueralt a laissé Martín s'en prendre seul à votre époux, intervint Isaac sans tenir compte de la déconfiture de Yusuf. Il ne pouvait se permettre d'être reconnu.

— Non, maître Isaac. Gil les connaissait tous deux assez bien, dit Serena avec un soupçon d'impatience, et certes, Martín le suivait, discrètement — mais il y avait aussi un homme étrange et son serviteur, bruyants, et ne cherchant pas à se dissimuler.

— Gil ignorait qui c'était ? s'enquit l'évêque.

Elle secoua la tête.

— Oui, Votre Excellence. Tout comme Martín.

— Il faisait nuit. Trop sombre pour voir.

— La lune était pleine, rectifia Oliver. On y voyait comme en plein jour.

— C'est vrai, monseigneur. Martín a dit à l'étranger qu'il s'était perdu. Il a expliqué qu'un compagnon de beuverie lui avait promis un lit s'il l'accompagnait, mais qu'il l'avait perdu. Martín a demandé à l'étranger s'il avait vu un homme sur un cheval noir et si oui, où il allait. L'étranger a répondu qu'il donnerait cent sous à celui qui lui indiquerait son adresse, car son serviteur et lui-même le recherchaient également. Martín a enfin dit qu'il dénicherait volontiers une maison contre cent sous.

— Cent sous, fit Isaac. Luis.

— C'est tout ce que Gil a entendu de leur conversation, dit Serena d'un air las, mais c'était assez. Martín était devenu trop dangereux. Il retourna à l'auberge pour les éloigner de la *finca*, et il repartit le lendemain. Une fois de plus, Martín l'a suivi. Seulement, cette fois-ci, Gil l'attendait, et il l'a attaqué. Puis il est venu passer la fin de semaine en notre compagnie. Il ignorait la gravité de sa blessure.

— Il est mort une semaine plus tard, dit Berenguer, ou à peu près. Peut-être a-t-il décidé de se venger avant de...

— C'est improbable, Votre Excellence, intervint Isaac. La blessure affectait le bras qui tient l'épée et elle l'aurait affaibli. Le lundi matin, il devait éprouver tous les effets de la putréfaction. Frapper un homme — un homme habitué à se méfier de tous — et s'enfuir est chose tout à fait improbable.

— J'ai vu des individus grièvement blessés frapper à mort leur ennemi, dit Oliver.

— C'est vrai, monseigneur, un brave est capable d'un tel exploit. Mais il ne quitte pas son lit, avec une blessure vieille de cinq jours. Il lui faut être dans la chaleur du combat.

— C'est tout à fait exact, maître Isaac. Mais si ce n'est pas Martín, qui est-ce ?

Un long silence fit suite à la question d'Oliver.

— Oui, qui ? répéta l'évêque.

— Puis-je poser une question ? demanda Serena.

— Mais bien entendu, tout ce que vous voudrez.

— Comment m'avez-vous retrouvée ? Nous pensions que je ne pourrais être découverte que par la personne qui suivrait mon époux. Le seigneur Oliver dit que Violant le lui a appris, mais ce n'est pas possible. Elle ne savait rien de la *finca*.

— Vous avez dit à dame Violant que si Clara ne pouvait pas dormir, elle se trouverait bientôt en un endroit d'où elle pourrait à nouveau entendre le bruit de l'eau, voir le bassin aux poissons et le poirier. Elle a écrit ces mots pour que le sache quiconque aurait à s'occuper d'elle

— Et cela vous a suffi ?

— Seulement après avoir découvert que Pasqual Robert avait une femme. Il gardait par-devers lui une lettre de vous ainsi que votre portrait. J'avais l'enfant qui vous ressemblait, la lettre qui parlait de la *finca* et la description de dame Violant. De plus, un saute-ruisseau m'a appris qu'elle se trouvait entre Hostalric et Gérone. J'ai ensuite beaucoup réfléchi, et j'ai réussi.

— Señora, dit l'évêque, je crois que nous devrions prendre des mesures pour faire rentrer au plus vite votre fille de Sardaigne.

— Votre Excellence, lui répondit Serena avec froideur, je connais ces histoires de propriétés en déshérence apparente et d'héritiers disparus qui reviennent comme par magie. Je ne pense pas que vous cherchiez à abuser de mon chagrin et de ma crédulité, mais ce n'est certainement pas le cas de cette enfant et de ceux qui l'ont dressée.

— Non, señora, dit Yusuf. J'ai passé plusieurs jours avec Clara et nous avons beaucoup bavardé. Peu importe ce que nous avons dit, mais elle continuait à insister sur le fait que sa mère était morte. Moi aussi, j'ai remarqué que vous lui ressemblez tant que c'en est surprenant.

— Je ne puis y croire.

— Señora, dit Oliver, permettez-moi de lire les nouvelles d'elle arrivées avec le dernier sac de courrier. Vous jugerez par vous-même s'il s'agit bien de votre fille.

— De qui est-ce ? demanda Berenguer.

— De mon espion. Je vous l'ai dit, n'est-ce pas, que j'avais un espion à la cour ? En fait, c'est une espionne. Ma sœur — ma demi-sœur, Tomasa, qui se trouve en Sardaigne et à qui j'écris. Je l'ai suppliée de veiller sur Clara et de devenir son amie, car il lui en faut une après avoir vécu ce qu'elle a vécu.

— Que voulez-vous dire ?

— Je vous en prie, señora, écoutez-moi. « Mon cher frère, votre amie est arrivée et elle nous charme tous. Cette traversée l'a bouleversée et elle s'est inquiétée de son oisiveté, c'est pourquoi elle m'aide à reprendre une des robes de Sa Majesté. Je lui en ai donné une de rechange, car ses sous-vêtements sont en piteux état, et elle n'a rien apporté avec elle. Tandis que je travaillais, elle a brodé l'une de mes robes de noces. Vous n'avez jamais rien vu de tel. J'aimerais avoir un mari capable d'apprécier un ouvrage d'une telle qualité. À présent, elle décore de bêtes fantastiques une splendide robe appartenant à Sa Majesté, et chacune se réjouit de sa présence. Elle est d'une grande beauté, mais aussi d'une formidable timidité, et elle ne veut révéler à quiconque qui elle est. Qui est-ce ? Le savez-vous ? » Le reste n'est que bavardage sans intérêt.

Serena regardait Oliver comme s'il venait de lui annoncer une centaine de trépas.

— Des bêtes fantastiques ? murmura-t-elle en effleurant le bras de Raquel. Dites à Joana de m'apporter le balluchon.

La servante apporta un tas de haillons, sales et maculés de boue, qu'elle déposa sur le lit. Serena l'ouvrit. Il y avait là une robe d'enfant, une robe d'été taillée dans une étoffe très légère.

— Regardez...

Sur les manches et la jupe étaient brodés de longs animaux à l'allure extravagante : malgré leur petite taille, leur face révélait une expression — rusée, amusée ou, dans le cas d'un chat, étonnée.

— Elle était si douée, dit sa mère. Je passais mon temps à lui dire qu'elle ferait mieux de s'occuper des déchirures au lieu de broder des choses inutiles...

Raquel prit la robe qu'elle examina avec grand intérêt.

— Vous lui achetiez tout de même les plus beaux fils de soie, señora.

— C'est tout ce qui me reste d'elle. Le jour où nous nous sommes enfuis de notre maison, une bande d'ivrognes y a mis le feu.

— Y a-t-il eu des blessés ?

— Non, les serviteurs s'y attendaient, m'a-t-on dit. Ils sont partis une heure ou deux avant l'attaque. Ils ont probablement emporté tout ce qu'ils pouvaient.

— Alors, dois-je demander qu'elle revienne ? dit Berenguer.

— Je vous en prie, Votre Excellence. Je dois la voir sans plus attendre. Et regagner la *finca* avec elle.

— C'est impossible tant que nous n'aurons pas mis la main sur l'assassin de votre mari, dit Oliver.

— Alors, trouvez-le, monseigneur. Trouvez-le !

CHAPITRE XIX

— Sommes-nous enfin sur le point de savoir qui a tué son époux ? demanda Oliver alors qu'ils se trouvaient de nouveau dans le cabinet de Berenguer.

— La carte est-elle en rapport avec la mort de Gil ? voulut savoir Isaac.

— La carte ? C'est la route de la *finca*, dit-il en la présentant dans un sens, puis dans un autre.

Bernat se tenait derrière le siège d'Oliver pour mieux examiner le document.

— C'est une portion de route non loin de la *finca*, mais pas la propriété elle-même. Il y a là la rivière, mais on ne voit pas la courbure de celle-ci ni la chute d'eau. En revanche, ajouta-t-il en tendant la main, voici la route qui mène à Hostalric. Et là, c'est une auberge.

— L'auberge où nous sommes descendus, oui, approuva Oliver. L'étranger était le mystérieux Luis qui désirait tant donner cent sous contre une carte. Celui qui a dû tuer Pasqual. Enfin, Gil.

— Cela n'a aucun sens, déclara Berenguer. S'il connaissait déjà l'auberge où séjournait Gil de Finestres et la direction qu'il empruntait chaque nuit, pourquoi acheter cette carte ?

— Ce n'est pas la partie de la carte qu'il s'est procurée, déclara calmement Isaac. Il a acheté le reste, où l'on voit quelle maison appartient à Gil de Finestres.

— Dans ce cas, pourquoi ne pas l'attaquer dans un endroit désert, près de chez lui ou n'importe où sur la route ? Pourquoi attendre le lundi matin et le tuer à la porte de la ville ?

— Il n'a peut-être pas eu la carte avant le dimanche, suggéra Oliver. Et s'il savait que Gil et moi partions le lundi matin, il lui a paru moins compliqué de laisser Gil venir à lui que d'aller le chercher.

— Il semble que les faits et gestes du señor Gil étaient connus de chaque membre du diocèse, dit Isaac. Après tout, il était suivi depuis la Castille. Ce sont les déplacements de la señora Serena qui étaient inconnus.

— Personne ne l'a importunée depuis la mort de son mari, objecta Oliver.

— Je me demande... commença Isaac. Si Votre Seigneurie et Votre Excellence n'y voient aucune objection, j'aimerais émettre une suggestion...

— Impossible, trancha Oliver. Ça ne marchera pas.

— Il faut que je réfléchisse, dit Berenguer. C'est peut-être réalisable.

— Uniquement si tout le monde en ville est au courant, précisa Isaac.

Le mardi suivant, Serena de Finestres quitta la protection du palais épiscopal et regagna lentement sa *finca*, à plusieurs lieues de la ville. Elle n'était accompagnée que de sa servante, de son jeune fils, du médecin, de sa fille et de Yusuf. Isaac et ses aides étaient là pour s'assurer qu'elle supportait bien les rigueurs du voyage. Ils devaient s'en revenir le jour suivant.

Elle arriva sans le moindre incident à la *finca* et, selon un voisin qui passait par là, disparut aussitôt dans sa maison barricadée comme une forteresse.

En ville, l'opinion était divisée quant à la sagesse et à la nécessité d'un tel déplacement.

— J'aurais fait de même. Je n'aurais pas aimé séjourner au palais de l'évêque en un moment aussi douloureux, dit la femme de Pons Manet, qui était très attachée à son mari. J'aurais préféré rentrer chez moi.

— Mais on prétend que sa vie est en danger, rétorqua sa belle-fille, une jeune femme timide prénommée Francesca. Et elle n'a plus de mari pour la protéger à présent. Non, je resterais le plus longtemps possible au palais.

Sur la grand-place, le marchand de grains aborda Pons Manet.

— On raconte que l'évêque l'a chassée. Je suis bien de son avis. Elle a une belle propriété et elle a besoin d'un homme pour veiller dessus. Ce n'est pas au palais qu'elle en trouvera un.

— Donnons à cette pauvre femme le temps de pleurer son mari, dit le bon maître Pons, qui songeait à son épouse affectionnée. Qu'elle séjourne un temps là où elle se sent le plus en sécurité.

— Qui doit se sentir en sécurité ? interrogea Luis Mercer, qui les avait abordés.

— La femme de Pasqual, lui répondit le marchand de grains. L'évêque l'a renvoyée chez elle. Las de la voir traîner dans le palais, à mon avis.

— Vraiment ? fit Mercer. Ça ne lui ressemble pas.

— Eh si, pourtant. Je le tiens de source sûre.

— Ah oui ? Le poissonnier Bartolomeu ? Vous ne croyez tout de même pas ces bavardages de bonnes femmes !

— Quels bavardages ? voulut savoir Luis Vidal, qui avait rejoint le petit groupe.

— On raconte que maîtresse Serena est rentrée à sa *finca*. Je tiens la nouvelle du père Francesc, fit le marchand de grains avec indignation. Je n'écoute pas les commérages, moi.

— Quand je disais que vous prêtiez l'oreille aux vieilles femmes ! lança Luis Mercer, et les deux hommes éclatèrent de rire.

— Non, c'est vrai, reprit Luis Vidal. Je me suis levé tôt ce matin et je l'ai vue partir.

— Bien gardée, j'espère.

— Rien du tout, à moins que vous ne considériez l'apprenti du médecin comme un garde, dit Luis Vidal. Son maître et lui étaient les seuls hommes.

— Alors je prie pour qu'elle arrive saine et sauve chez elle.

Clara achevait la décoration de la robe vert de mer de Sa Majesté quand elle fut convoquée sous sa tente.

— Doña Clara, dit la reine, venez vous asseoir près de moi.

Clara obéit.

— J'ai reçu des lettres vous concernant, Clara de Finestres. Car tel est bien votre nom, n'est-ce pas ? ajouta la reine après une longue pause.

— Oui, Votre Majesté.

— Ces lettres apportent des nouvelles que je dois vous transmettre. L'une d'elles est joyeuse, mais l'autre n'est que chagrin.

— Oui, Votre Majesté ? fit Clara, à peine capable de parler tellement elle tremblait. Puis-je demander ce qui va m'arriver ?

— Vous découvrirez dans un instant la réponse à cette question, Doña Clara. Cela m'attriste beaucoup de vous apprendre que votre père, loyal et fidèle serviteur de Sa Majesté le roi, est mort de la main d'un assassin.

Le temps s'évanouissait, à nouveau elle avait onze ans.

— Mais, Votre Majesté, la chose s'est produite...

— Il y a un mois, reprit Doña Eleanora. En revanche, votre mère est en parfaite santé et impatiente de vous revoir.

— Ma mère ? Votre Majesté, ma mère est morte.

— Non, mon enfant. Votre mère est en vie et elle attend votre retour. Vous partirez au matin avec une escorte appropriée. J'envoie Doña Tomasa avec vous parce qu'elle aimerait voir son frère. Je ne doutc pas qu'elle vous expliquera tout. Vous avez tout juste le temps de vous préparer. La galée appareille à l'aube.

Clara était pétrifiée. Les derniers mots de la reine résonnaient dans sa tête.

— Comprenez-vous le sens de mes paroles, Doña Clara ?

— Votre Majesté est le plus généreux des monarques, finit par dire Clara, les yeux pleins de larmes. J'ignore comment, mais vous m'avez sauvée et rendue à ma famille. Je vous dois ma vie et mon honneur. Comment vous rembourserai-je une telle dette ?

— Ne parlez pas de dette, mon enfant. Je n'ai pas retrouvé votre mère. D'autres s'en sont chargés. Vous aurez l'occasion de les remercier à votre retour. Je vous souhaite une plaisante traversée.

L'entrevue était terminée.

Clara rangea ses effets — à peine plus nombreux que lors de son arrivée — dans un coffre apparu comme par enchantement. Ils étaient bien loin de le remplir.

— Tomasa, dit-elle, regardez. Je pourrais rentrer dans ce coffre et il y aurait encore de la place.

Doña Maria López de Heredia écarta la tenture. Les deux jeunes femmes se levèrent brusquement pour faire une révérence.

— Je vous ai apporté quelque chose de la part de Sa Majesté, dit Doña Maria. C'est un cadeau de noces.

— Vraiment ? fit Tomasa. Mais ni elle ni moi n'allons...

— C'est pour Doña Clara, par égard pour son père et pour elle-même, dit Doña Maria sur un ton quelque peu solennel.

Elle s'écarta et sa suivante entra, porteuse de la robe verte sur laquelle Clara avait brodé des animaux fantastiques et des fleurs.

— Désirez-vous que je la range ? demanda la suivante, qui entreprit aussitôt de la plier proprement et de la disposer dans le coffre.

— Quel honneur ! dit Doña Maria. C'est un cadeau splendide.

Elle sortit de la tente.

— Ce qu'elle entend par là, expliqua Tomasa, c'est qu'elle aurait dû en être l'heureuse bénéficiaire. Je pensais qu'elle était destinée à l'une des nièces de Sa Majesté qui vivent en Sicile.

La suivante se releva, sourit et disparut.

CHAPITRE XX

Au matin du deuxième jour à la *finca*, Isaac s'éveilla après avoir dormi d'un sommeil léger. Les piaillements des oiseaux annonçaient l'aurore. Il resta allongé, immobile, pour écouter : quelqu'un se levait dans une pièce voisine. Au grincement d'un gond de porte, il se leva, fit ses ablutions, se vêtit et dit ses prières matinales. Avant de prendre son bâton, il réveilla Yusuf qui dormait dans la même pièce, sur un lit improvisé.

La cuisine débordait déjà d'activité. Les feux avaient été allumés et, à ce qu'il entendait, deux personnes au moins étaient déjà au travail.

— Bonjour, maître Isaac, lui dit la cuisinière. Dès que le four sera assez chaud, j'y ferai cuire le pain. Si vous avez faim, il m'en reste encore d'hier.

— Merci beaucoup, mais je vais attendre pour déjeuner, répondit-il en se dirigeant vers la porte.

— La señora doit être dans la vigne, maître Isaac. Elle aime y réfléchir le matin. Le garçon va vous accompagner si vous voulez vous joindre à elle.

— Je peux trouver mon chemin tout seul, maîtresse. Ne vous inquiétez pas pour moi. Vous avez déjà assez de travail.

— C'est vrai, dit la cuisinière qui façonnait de petits cylindres de pâte qu'elle mettrait ensuite au feu. Il a une façon de se repérer, c'en est étonnant, ajouta-t-elle à l'adresse du garçon.

Mais ce dernier était si affairé qu'il ne l'entendit pas.

Isaac quitta la maison, humant l'air matinal et écoutant les sons de la campagne. Il trouva le chemin qui menait au ruisseau, localisa le petit pont et le franchit. De là, il marcha d'un pas confiant vers le banc installé dans les vignes.

— Maître Isaac, appela Serena, venez vous joindre à moi si vous le souhaitez !

— J'en serais enchanté, señora.

— Prenez place, là, près de moi. C'est ici que je viens trouver la paix.

— Ce doit être un endroit charmant. Tous ces fruits, ces fleurs odorantes, ces oiseaux qui chantent, le bruissement de cette eau...

— Oh oui. J'étais là, à examiner les grappes, dit-elle d'une voix qu'elle maîtrisait parfaitement, quand le seigneur Oliver m'a apporté la nouvelle de la mort de Gil.

Elle s'arrêta pour reprendre sa respiration.

— Je vivais cette triste expérience pour la seconde fois, maître Isaac. Mais on ne s'y habitue pas.

— La seconde fois ? s'étonna le médecin. Je ne comprends pas.

— La première fois, c'était à Barcelone, expliqua-t-elle. Gil se rendait à un rendez-vous, important et secret, quand il fut attaqué. Il s'en est tiré de justesse. Il semble que l'un de mes fidèles serviteurs était un espion. Quelqu'un a décidé qu'il valait mieux que ses adversaires croient qu'ils avaient réussi. On m'a dit qu'il était mort.

— A-t-on cru que vous étiez l'espion en question ?

— Non, mais on a voulu que je me comporte comme s'il était mort. Pendant six terribles semaines, j'ai souffert horriblement avant que l'on me dise qu'il était vivant mais en danger. On souhaitait qu'il reste mort, officiellement, pour que ses adversaires ne le cherchent plus. Je me devais de vivre comme toute autre veuve et me préparer à gagner ma retraite. On ne me demandait pas de feindre le chagrin, mais j'étais séparée de Gil et je craignais tant pour lui que je n'avais rien d'une femme heureuse.

— Un terrible sacrifice, señora.

— Oui. Mais quand je me suis installée ici, nous étions ensemble plus souvent que le sont certaines femmes avec leurs maris. Et quand je m'assieds parmi les plants de vigne, j'aime à croire que ces heureux temps sont revenus. Car nous étions heureux, ici, lorsque Gil était parmi nous.

— Jusqu'à ce que l'on vous rattrape.

— Son Excellence pense que quelqu'un m'a retrouvée, dit Serena, mais ce ne sont peut-être pas les mêmes ennemis.

— Vous êtes une femme très brave, señora. Revenir ici pour affronter cet homme, quel qu'il soit...

— Non, maître Isaac, je ne suis pas brave. Je suis en colère. Et je ne suis pas seule. Vous m'êtes d'un grand réconfort. J'espère que votre absence ne dérangera pas Son Excellence.

— Ne vous méprenez pas. Si elle a besoin de moi, elle s'empressera d'envoyer quelqu'un me chercher.

— Ah, ce sont des jours difficiles ! dit la veuve à voix basse. Et je dois prendre soin de moi. Dans l'intérêt de ma fille et de mon fils, ainsi que... et aussi pour la mémoire de mon époux. C'est une lourde tâche.

— Vous portez un enfant, señora ? demanda le médecin.

— Comment le savez-vous ?

— Ce n'était qu'une supposition. Était-il au courant ?

— Nous nous en réjouissions, dit Serena d'une

voix douloureuse. On eût dit une jeune épousée et son mari.

— J'en suis heureux pour vous. Cela explique aussi pourquoi il a dit « veillez sur mes petits ». Cette phrase m'avait surpris puisque vous n'aviez qu'un fils et que l'on n'avait pas encore retrouvé votre fille.

— Et ainsi vous en avez déduit...

— Cela et d'autres choses encore. Peut-être votre chagrin était-il d'une qualité différente — celui d'une mère autant que d'une épouse. Je ne puis dire, en vérité, comment je l'ai su. J'ai pensé qu'il en était ainsi, tout simplement. Mais, señora, votre tristesse ne doit pas vous empêcher de manger, ajouta-t-il.

— Je vous obéirai. Je suis venue ici dans l'intention de cueillir une poire bien mûre dans le verger, mais je me suis assise afin d'écouter la rivière et les oiseaux.

Pendant tout ce temps, Blanqueta, le molosse à la robe pâle, n'avait cessé de dormir aux pieds de sa maîtresse. Elle releva soudain la tête et se mit à gronder doucement.

— Du calme, Blanqueta ! lui ordonna sa maîtresse. Nous avons des invités, tu ne vas pas guetter chacun de leurs mouvements.

— Faites silence, señora, lui murmura Isaac. Gardez le chien auprès de vous et écoutez.

Pour Serena, tout était aussi paisible qu'avant le lever du soleil. Dans la cour, un coq chanta. Les oiseaux cessèrent leur babillage. Le vent leur apporta l'odeur du pain qui cuit et le claquement de la porte de la cuisine. Puis une branche craqua, et elle serra plus fort la nuque de la chienne.

— Vous étiez plus maligne avant, dit une voix rude.

Isaac se leva et se retourna, brandissant son bâton devant lui comme pour se défendre.

— Qui est là, demanda Serena, pour venir ici à cette heure ?

Isaac perçut le bruissement de sa robe quand elle se retourna pour regarder derrière elle.

— Messire, vous êtes sur ma propriété sans ma permission.

Dans sa voix, la détermination avait remplacé l'angoisse.

— Partez, ou d'autres viendront vous chasser.

— Je suis armé, fit l'inconnu. Dans ce chêne, mon archer est caché, prêt à décocher une flèche dans la tête de votre charmant molosse si vous faites le moindre mouvement ou ne le maîtrisez pas.

Isaac entendit Serena se lever.

— Et pourquoi un étranger s'introduirait-il chez moi ? Qu'attendez-vous de moi, messire ?

— Un étranger ? Moi ? Je ne puis y croire, Serena. J'avais prévu tant de problèmes. Je m'attendais à ce que vous soyez entourée d'hommes en armes ou claquemurée dans votre forteresse. J'étais prêt à affronter un molosse, oui, mais vous trouver seule, sous la protection d'un aveugle...

Il s'arrêta un instant, comme s'il réfléchissait.

— Non, vous voulez m'abuser. Vous me connaissez parfaitement.

— Je n'ai pas la moindre idée de votre identité. Je sais seulement que vous devez être fou.

— Qui suis-je ? fit-il d'une voix chargée d'angoisse. Je suis l'homme à qui appartient toute cette propriété, Serena. L'homme qui a été dépouillé de ses droits et a vu sa vie détruite par vos intrigues et vos mensonges.

— Vous êtes effectivement fou, messire. Cette terre est mienne, elle m'a été donnée par mon grand-père pour que j'en sois la propriétaire, et je peux en disposer à ma guise, par vente ou par testament.

— C'était votre dot, Serena. C'est ce qu'il entendait par là. J'aurais dû l'avoir. Et vous avec. Vous m'appartenez, et vos enfants auraient dû être les miens. Je n'ai songé à pratiquement rien d'autre depuis ce jour où je vous ai vue descendre les marches de l'église au bras d'un autre — un rien du tout, un insecte insignifiant que nul ne connaissait. Maintenant, il est mort : seuls votre fils et vous me barrez le chemin. Quand vous mourrez, tout me reviendra, comme cela aurait déjà dû être.

— Luis ?

Elle secoua la tête d'incrédulité et ne put s'empêcher de rire.

— Seul Luis pourrait prononcer de telles paroles, reprit-elle. Ce doit vraiment être vous. On m'avait dit que vous étiez mort.

— Vous excuserez cette légère inexactitude. Elle m'a facilité beaucoup de choses. J'espère que cette nouvelle ne vous a pas bouleversée.

— Oh non, je vous l'assure, mon cher cousin Luis. Je vous reconnais maintenant, mais vous avez encore plus vilaine allure qu'à treize ans. Je ne puis croire que vous ayez jamais songé que je vous épouserais. Ne vous ai-je pas dit que je préférerais léguer tous mes biens à un couvent ? Et Dieu sait si je ne voulais pas être religieuse !

— Vous m'étiez promise ! cria-t-il.

— Par qui ? Pas par mon père. Ni mon grand-père, qui ne m'aurait jamais donné cette terre s'il avait pensé que vous la récupéreriez.

— Votre mère a juré à mon père...

— Pauvre maman, dit-elle de façon dédaigneuse. Papa y a mis bon ordre. Il n'en a plus été question une fois qu'il a su.

— Vous m'étiez promise !

— Il n'y a pas eu de fiançailles.

Elle s'arrêta un instant. On ne percevait que le bruissement des feuilles et le grondement sourd de la chienne.

— Et vous pensez que, parce que Gil a été tué,

vous pouvez me tuer moi aussi, et mon enfant, et tout vous approprier ? Et ensuite ? Vous y avez réfléchi ? Comment allez-vous quitter ma propriété ? Le chemin en sera barré.

— Par qui ? Un vieillard gâteux, deux gamins et quelques servantes ? Les garçons de ferme sont partis au marché et il n'y a personne d'autre ici. Qui pourrait m'arrêter ? J'aurai encore moins de mal à vous tuer que j'en ai eu pour Gil, Serena. Et j'y ai parfaitement réussi.

— Est-ce vrai, Luis ? demanda-t-elle doucement. Avez-vous réellement tué mon mari ? J'ai du mal à le croire. Des hommes plus vaillants que vous s'y sont essayés dans le passé, et le chagrin de leurs veuves est là pour prouver que ce ne fut pas facile. Vous mentez, en espérant vous faire valoir grâce à un acte de bravoure.

— Je jure par la Très Sainte Vierge Marie que je l'ai tué, Serena. Je lui ai révélé qui j'étais — son plus farouche ennemi — et, comme vous, il s'est ri de moi, déclarant que je ne pouvais avoir aucune prétention sur lui, sa femme ou ses biens. Il m'a tourné le dos, Serena, afin de s'en aller. J'ai alors ajouté que j'hériterais de tout après sa mort, et je l'ai tué.

— Vous avez assassiné le meilleur homme qui fût, pour rien, dit Serena avec froideur. Parce que si vous vous débarrassez de moi et de Guillem, tout reviendra à ma fille Clara. Elle est vivante. Et en sécurité.

— Elle *était* vivante. C'est vrai, dit-il avant de poursuivre sur le ton de la conversation. L'histoire de sa mort m'a paru bizarre, alors je l'ai cherchée. Vous l'aviez bien cachée, Serena, mais je l'ai tout de même retrouvée et je me suis assuré qu'elle serait si loin de ce royaume quand je revendiquerais mes biens que personne ne découvrirait qu'elle était encore vivante. Enfin, si elle l'est toujours...

— Quand l'avez-vous trouvée ?

— Il y a un mois. La faire livrer à des trafiquants d'esclaves m'aura coûté cinq cents sous, mais peu importe, je serai largement remboursé de mes dépenses.

— Vous avez dû vendre une autre fille, Luis. Il y a trois jours, Clara bénéficiait de la protection de Sa Majesté la reine. J'en ai la preuve. Alors quittez mon vignoble avant que je lâche mon chien.

— Je n'y crois pas ! s'écria-t-il. Elle est en Égypte. Il m'a juré qu'il la conduisait dans ce pays, où des acheteurs donneraient le maximum pour une telle créature. Vous mentez !

— Non. Peut-être avez-vous menti, trahi, poignardé dans le dos des innocents, Luis, mais pas moi. Je vous jure que tout ce que vous avez fait l'a été en vain. Elle est vivante et en sécurité.

— Dans ce cas, je la retrouverai, hurla-t-il, et je l'épouserai !

Yusuf quitta sa couche, s'habilla et descendit pieds nus dans la cour afin de tirer l'eau du puits. Il lava son visage et but tout son saoul avant de se rendre dans la cuisine, où la cuisinière lui tendit sans cérémonie un morceau de pain de la veille. Il la salua en guise de remerciement et partit vers le jardin clos ; les premiers rayons du matin baignaient déjà de chaleur et de lumière la partie haute du mur ouest. Comme un chat, il se fraya un chemin parmi les choux, grimpa sur le mur et observa avec intérêt la déambulation de son maître autour de la maison, dans la prairie et jusqu'aux écuries. À un moment, Isaac leva son bâton : Yusuf rangea dans sa tunique le pain qui lui restait et sauta de l'autre côté du mur.

Il courut en silence le long de la bordure est de la prairie jusqu'à atteindre la rangée d'arbres qui en marquait la limite sud. Il s'arrêta un instant pour écouter, puis suivit les arbres vers les écuries, s'arrêtant à hauteur du quatrième.

On lui avait dit de traverser la prairie sans être vu, mais il n'y avait rien pour se mettre à couvert entre le ruisseau et lui, rien que quelques animaux occupés à paître. Dans la vigne, on avait une excellente vue de toute la propriété, jusqu'aux arbres qui bordaient la route. Même s'il rampait, on pouvait le voir. Mais une aide inattendue s'offrit à lui. Non loin de là, une ânesse le considérait avec intérêt. Yusuf déchiqueta un morceau de pain et le tint à bout de bras de manière tentante. Elle le regarda, réfléchit, arracha une ultime touffe d'herbe, puis se dirigea vers lui, le regard rivé sur le pain.

Après une dernière hésitation, elle mangea dans sa main.

— Viens, ma belle, on va faire un tour.

Son plan consistait à effectuer deux diagonales dans la prairie jusqu'à atteindre le ruisseau : l'ânesse se trouverait en permanence entre la vigne et lui. Cela réussit au-delà de ses espérances. Deux chevaux et une mule manifestaient une vague curiosité à l'égard de leur compagne d'écurie : ils remarquèrent le pain. En un instant, il se retrouva au milieu d'une petite bande. Distribuant judicieusement des bouchées de pain, il traversa la prairie.

Il s'arrêta dans une petite cuvette, protégé par un buisson ; une fois encore, lentement, avec méthode, il scruta le paysage. Ses compagnons attendirent quelques instants puis, désintéressés, se dispersèrent en direction du ruisseau. Il fit un pas dans l'eau froide, puis s'accroupit, silencieux. Il marcha alors avec précaution sur les pierres, le gravier coupant, les flaques de boue. Quand il fut assez près du banc pour entendre, il s'arrêta.

La lumière qui pénétrait par les fentes des volets réveilla Raquel. Elle sauta à bas du lit, entrouvrit la porte et tendit l'oreille. La maison était encore endormie, à l'exception de quelques sons étouffés en provenance de la cuisine. Elle jeta un châle sur sa robe, se glissa dans la chambre du petit Guillem et se pencha au-dessus de lui. Elle posa doucement la main sur son front. Il était brûlant de fièvre. Dans l'autre lit, Joana, la nourrice, dormait à poings fermés. Raquel ne s'en étonna pas. Guillem avait passé une très mauvaise nuit, tourmenté par des cauchemars et une vilaine toux, et la nourrice l'avait veillé pendant des heures.

Malade ou non, Guillem ne pouvait rester là. Délicatement, elle le serra contre elle et l'emmena à la cuisine.

— Que prend-il le matin ? murmura-t-elle. Il est fiévreux et il a mal dormi.

— Du pain et du lait, répondit la cuisinière. Oh, pauvre petit ! Du miel aussi. Attendez un instant.

— Je vais le recoucher, dit Raquel dès que la cuisinière eut placé une écuelle dans sa main libre. Merci.

Au lieu de le ramener dans sa chambre, elle emprunta des couloirs étroits puis un escalier assez raide conduisant à la partie de l'habitation réservée à sa mère, une tour carrée sise à l'angle sud-ouest de la maison. Raquel savait que, de ses nombreuses fenêtres, on voyait la route, la cour, les vignes et les collines au-delà. C'est là qu'occupée à son ouvrage elle attendait le retour de son mari tandis que son fils jouait à ses pieds. Le petit Guillem aimait bien cette pièce. Il prit un peu de pain et de lait, toussa et se rendormit sur une pile de coussins.

— Et les autres ? demanda la cuisinière.

— Je ne les ai pas entendus, répondit son aide.

— La maîtresse ne sera pas contente, dit-elle en s'asseyant à la grande table. Allez, viens goûter mes pains. On n'aura plus beaucoup le temps de rêver quand ils arriveront.

Et la cuisine plongea dans le calme qui précède l'orage.

Oliver avait passé la nuit entière à attendre, couché dans la cabane dressée dans les vignes. De là, il avait une vue imprenable, quoique limitée, sur la maison, le ruisseau et les vignes. Il avait vu Serena arriver et Isaac se joindre à elle. Il ne s'attendait à rien en particulier, mais il était prêt à tout.

Quand l'étranger se présenta soudain dans son champ de vision, il concentra toute son énergie et s'accroupit sur le sol de terre battue.

Si les yeux et les oreilles de Yusuf ne lui faisaient pas défaut ou s'il ne continuait pas à dormir dans son lit, Oliver n'avait au fond rien à craindre de ce qui se trouvait à l'ouest de la cabane. Lui-même pouvait voir assez bien la majeure partie du paysage qui s'étendait à l'est. Il ne quittait plus du regard le nouveau venu. S'il s'agissait bien du Luis auquel pensait Oliver, il n'était pas venu seul. Avec précaution, il rampa hors de la cabane, à l'affût du moindre bruissement.

L'attaque fut aussi violente qu'inattendue. Un corps massif s'abattit sur lui, l'écrasant au sol.

Il roula sur le côté, sentit une lame caresser ses côtes et tira une longue dague de l'une de ses bottes. Il frappa une fois, entamant la chair et se donnant ainsi le temps de se relever.

Le poignard le toucha à nouveau, au bras cette fois-ci, comme il plongeait vers la main qui le tenait. Puis le métal heurta le métal, et son adversaire fut désarmé. L'homme fit un bond pour échapper à Oliver et ramassa un lourd bâton avec lequel il se mit à exécuter des moulinets.

Le soleil était apparu au-dessus des collines et les autres serviteurs se levaient quand Joana poussa un hurlement. Des portes s'ouvrirent et se refermèrent en claquant, des bruits de pas résonnèrent sur les pierres du sol. Des cris retentissaient dans les salles avec des appels au secours désespérés.

Seule la tour était calme. La lourde porte au pied de l'escalier était barrée ; il eût fallu dix hommes munis d'un bélier pour l'ébranler. Raquel se pencha par la fenêtre, soucieuse de comprendre ce qui se passait mais, à l'exception de son père debout parmi les vignes, elle ne vit rien. Elle remarqua alors Serena assise devant lui. Quelque chose avait dû la perturber, car elle se leva et se retourna brusquement.

Dans la maison, le tumulte ne cessait de s'intensifier.

— Guillem a disparu et maîtresse Raquel avec lui ! s'écria Joana. J'ai fouillé dans toute la maison. Ils ont disparu !

— C'est ridicule, rétorqua la cuisinière. Maîtresse Raquel est descendue avec lui prendre du pain et du lait avant de le ramener dans sa chambre.

— Dieu du ciel, mais comment je vais dire ça à la maîtresse ? Où est-elle d'ailleurs ?

Elle regardait autour d'elle, dans la cuisine, comme si elle s'attendait à la voir attiser le feu.

— La maîtresse aussi a disparu ! brailla-t-elle, prise de panique.

— Elle est dans les vignes, lui répondit calmement la cuisinière. Maintenant, va-t'en de ma cuisine, allez, ouste !

Tous sortirent en poussant des hurlements, Dalmau, la nourrice et les trois servantes, traversant à toute allure le potager pour se diriger vers le vignoble.

En entendant les cris qui venaient de la maison, Luis Mercer tira son épée et fit volte-face, tournant le dos au médecin et à Serena de Finestres pour se protéger d'une éventuelle menace.

Grelottant, trempé, Yusuf bondit du lit de la rivière pour venir en aide à son maître.

— Seigneur, une fois de plus je n'ai pas mon épée quand j'en ai besoin.

— Oublie-la, Yusuf, et va chercher Sa Seigneurie.

— Mais je ne sais pas où elle est !... Bon, j'y retourne.

Pour Serena de Finestres, rien n'existait en dehors de Luis Mercer.

— Les servantes et Dalmau seront peut-être incapables de vous arrêter, dit-elle paisiblement derrière lui, mais pas moi.

Elle lâcha Blanqueta et glissa la main sous son corsage. Elle fit deux pas pour se rapprocher de lui et, de toute la force que la fureur pouvait susciter en elle, lui plongea son arme dans le dos.

Ne se sentant plus tenue par sa maîtresse et soudain ivre de sang, Blanqueta bondit pour enfoncer ses crocs dans le bras droit de Luis, un peu au-dessus du poignet, avant de le plaquer au sol de ses pattes massives.

Luis hurla de douleur et d'étonnement. Des mains saisirent Serena aux épaules et l'écartèrent.

— Non, señora, dit Oliver d'une voix rauque. Vous devez apprendre à placer correctement votre couteau. Vous ne tuerez jamais un homme ainsi.

Yusuf entraîna Serena vers son maître.

— Je l'ai poignardé, maître Isaac, dit-elle d'une voix dépourvue de toute émotion. Mais il n'est pas mort. Blanqueta le maintient à terre et le seigneur Oliver le surveille de près.

— Asseyez-vous, señora, dit calmement le médecin. Là, tout près de moi.

Elle obéit comme un enfant. Isaac lui prit le poignet. Le sang battait dans son bras, mais ses doigts étaient glacés. Il le reposa doucement.

— Il a tué mon mari, et il allait tuer mon enfant. Je lui ai fait exactement ce qu'il a fait à Gil.

Là-dessus, elle se mit à trembler comme une feuille.

De lourds bruits de galoches sur le pont de bois annoncèrent l'arrivée de la nourrice, suivie du reste des serviteurs.

— Señora ! cria Joana, je ne trouve pas Guillem. J'ai regardé partout, il n'est nulle part. Ni cette Raquel.

Sa maîtresse la contemplait comme si elle parlait une langue étrange ou inconnue.

— As-tu songé à voir dans la tour ? Ils devaient s'y réfugier et barrer la porte.

— La tour ? Non, je n'y ai pas pensé, señora, murmura Joana avant de s'en aller.

— Rappelez votre chien, señora, dit Oliver, à genoux auprès de Luis.

— Blanqueta, ici, au pied !

Elle se pencha et enfouit son visage dans le cou de la chienne. Le foulard qui retenait ses cheveux se dénoua ; sa lourde chevelure retomba sur Blanqueta, la cachant au reste du monde.

— Où est maître Luis ? demanda Isaac qui se leva et prit appui sur son disciple.

— À terre, murmura Yusuf en l'entraînant loin de Serena. Le seigneur Oliver est avec lui. Il l'a retourné et lui a enlevé le poignard du dos, seigneur. Il le nettoie avec une feuille de vigne.

— Prends-lui le couteau, lave-le dans le ruisseau et rends-le à Dolmau. Il saura où le ranger.

— Tout de suite, seigneur. Mon maître veut que je vous prenne ce poignard, dit-il à Oliver, que je le lave dans l'eau et que je le rapporte à la cuisine. Il est plein de sang.

— Elle a bien visé, dit Oliver en reprenant son souffle avec difficulté. Mais je l'ai blessé par-devant.

De quoi satisfaire ceux qui veulent que les vermines soient abattues en combat régulier.

— Est-il mort ?

— Pas encore. Conduis-le à la maison et panse ses blessures. S'il survit, on pourra le pendre pour avoir attenté à la vie d'un officier de Sa Majesté.

— Vous aussi, seigneur, vous êtes blessé.

— Pas par cette créature, mais par le sauvage embusqué dans le grand chêne. Oh, ce n'est qu'une égratignure...

Sur quoi, il s'écroula à terre.

— Le sauvage embusqué dans le grand chêne ? répéta Yusuf.

Oliver de Centelles fut porté jusqu'à la maison et conduit dans une chambre où Raquel, aidée de l'une des servantes, s'occupa des blessures qu'il avait reçues au bras, au côté et aussi à la tête. Elle les nettoya, les banda, lui donna une décoction contre la douleur et lui dit que ses explications pouvaient attendre.

— Reste avec lui, ordonna-t-elle à la servante. Empêche-le de bouger ou de parler et appelle quelqu'un s'il n'est pas sage.

Comme elle parlait, le seigneur Oliver sombra dans le sommeil, et elle descendit en toute hâte aider son père et Yusuf à s'occuper d'un Luis Mercer plutôt mal en point.

— Comment va-t-il, papa ?

— Nous ne pouvons rien de plus pour lui que pour celui qu'il a tué, dit Isaac d'une voix qui ne trahissait aucune émotion.

— Je lui ai conseillé de ne plus songer qu'au salut de son âme, dit Serena. J'ai envoyé le garçon chercher un prêtre, mais il ne cesse de répéter qu'il n'en veut pas, il ne réclame que sa terre et tout ce qui m'appartient, l'insensé ! Mais comment va le seigneur Oliver ?

— Il s'est battu, dit Raquel. Il est blessé et a perdu du sang, mais j'ai étanché ses blessures et maintenant, il dort. Je ne lui ai pas permis de parler, j'ignore donc qui l'a agressé. Cet homme ?

— Luis ? Non, fit Serena. Il ignorait la présence du seigneur Oliver, mais il disait avoir amené quelqu'un avec lui.

— Il a dû s'enfuir, señora, fit remarquer Isaac.

— Pourquoi nous occupons-nous de cette charogne, cracha-t-elle avec amertume, comme si sa vie avait une quelconque valeur ?

— Allons, señora, c'est malgré tout une créature du Seigneur. Et peut-être a-t-il quelque chose d'important à nous révéler.

L'homme qui gisait sur le lit semblait avoir été réduit à un visage maigre et à des yeux caves, comme s'il était déjà privé de toute substance.

— Vous parlez comme si je n'étais pas ici, murmura-t-il. Mais j'entends chacune de vos paroles. Vous regretterez, ma jolie cousine, d'avoir épousé ce bon à rien quand vous auriez pu m'avoir... Lorsque mon loyal Enrique terminera le travail...

Il toussa. Du sang jaillit de sa bouche et ses yeux devinrent vitreux.

Isaac ôta la main de sa poitrine.

CHAPITRE XXI

Trois jours plus tard, Oliver de Centelles était installé dans un grand fauteuil garni de coussins moelleux et jouissait du soleil de cette fin de matinée. Raquel brodait non loin de lui, perdue dans ses propres réflexions. Elle ne songeait pas à l'homme solidement charpenté, aux traits plaisants mais burinés, assis tout près d'elle, mais à un grand et beau jeune homme au visage doux et timide qui aurait déjà dû être revenu de Constantinople.

Dans sa tour, assise près de la fenêtre, Serena veillait sur Guillem, occupé à élaborer une construction compliquée à l'aide de cubes de bois, mais elle portait surtout ses regards vers la campagne, comme à son habitude.

Elle les entendit avant de les voir. Quelqu'un chantait avec une voix de basse — cela venait de la grand-route. Puis une saute de vent porta vers elle un nuage de poussière. Elle le regarda se dissiper et entrevit, sur la route bordée d'arbres qui conduisait à la *finca,* un cheval au robuste poitrail. Elle s'approcha de la fenêtre mais resta dissimulée, par habitude. Quatre lanciers en armes, montés sur des destriers, atteignaient le portail. Derrière chevauchaient quatre femmes, elles-mêmes suivies de deux palefreniers, de mules chargées de bagages et de quatre autres lanciers. Un officier fermait la marche.

Elle prit Guillem dans ses bras et descendit l'escalier en courant.

— Ouvre la porte, cria-t-elle à Dalmau, la porte de devant !

Dès qu'il eut fini de batailler avec la barre et les serrures, elle sortit, posa Guillem et attendit.

Les quatre lanciers s'écartèrent, permettant ainsi à deux des femmes d'atteindre les marches. Les palefreniers s'empressèrent de les aider à mettre pied à terre. La plus petite sauta à bas de sa monture et se mit à courir.

— Maman ! s'écria-t-elle, avant de prendre dans ses bras Serena qui s'était penchée pour l'accueillir.

— C'est qui, la dame ? questionna le petit garçon, caché derrière sa mère et affolé par l'arrivée de tant de monde.

— C'est ta sœur, lui expliqua Serena. Clara. Clara qui nous est revenue.

— Du ciel ? demanda-t-il, sceptique.

— Non, Guillem, dit Clara, de Sardaigne. C'est de l'autre côté de la mer, mais pas aussi loin que le ciel.

Elle se tourna vers la jeune femme qui l'accompagnait.

— Doña Tomasa, j'aimerais vous présenter ma mère. Maman, Doña Tomasa a été très bonne pour moi lorsque j'étais en Sardaigne.

— Doña Tomasa, fit Serena. Je suis très honorée. Mais si je ne m'abuse, il y a dans la cour quelqu'un qui vous attend toutes deux.

Elle les conduisit vers un lourd portail de bois, qui s'ouvrait sur une vaste cour formée par le corps de bâtiment principal, son aile unique et deux gros murs de pierre. Un autre portail donnait sur l'extérieur. Là, dans cette retraite paisible, un siège avait été placé à l'ombre d'un arbuste, le dossier tourné vers la maison.

— Monseigneur, dit Serena, je vous ai amené des amies. Je vous laisse profiter de leur compagnie.

L'homme qui occupait ce siège se leva lentement, avec difficulté, puis se retourna.

— Oliver ! s'écria Tomasa en le prenant affectueusement par les mains. Mais que vous est-il arrivé ?

Clara se redressa comme si elle venait d'être foudroyée puis elle les regarda l'un et l'autre, alternativement. Ils avaient tous deux la même charpente, les mêmes boucles couleur de miel, le même teint de peau, les mêmes yeux gris.

— Monseigneur, dit Clara en faisant la révérence, vous vous ressemblez... cela ne m'avait pas frappée.

— Je plains cette pauvre Tomasa si c'est la vérité. A-t-elle oublié de vous avouer qu'elle est ma sœur ? dit Oliver.

— Allons, Oliver, répondit Tomasa, vous m'avez demandé de n'en rien faire.

— Heureusement, son père, Sant Climent, le second mari de notre mère, a meilleure allure que mon propre père, de sorte que la ressemblance n'est pas trop frappante. Je suis heureux de vous revoir toutes les deux, ajouta-t-il. Quant à moi, j'ai été pris au dépourvu par une brute armée d'un bâton et d'un couteau. Cet homme avait apparemment l'intention de m'assommer et de me trancher la gorge.

— Et il n'y a pas réussi. Je m'en réjouis. J'aurais été attristée de vous perdre. On a toujours besoin d'un frère. Moi, en tout cas.

— Il m'a surpris, reprit Oliver d'un ton offensé. Il s'est laissé tomber d'un arbre comme un gros fruit trop mûr. D'où ces blessures. Mais je l'ai touché à deux reprises. Je l'aurais achevé, n'eût été ce bâton...

— Je suis heureuse de me trouver ici, dit Tomasa, où l'on se bat vraiment. J'étais lasse de cette vie paisible sous une tente. Sa Majesté la reine parle de passer l'hiver en Sardaigne. Ou en Sicile. Comment vais-je trouver un mari si je me déplace constamment ? C'est pourquoi j'ai supplié d'accompagner Clara. Mais maintenant, ma tâche va consister à vous ramener chez votre mère. Je suppose qu'elle sera ravie de voir ses enfants voyageurs. Oliver, reconnaissez-vous Clara maintenant qu'elle n'est plus vêtue en garçon ? Ou en moine ? Si tel est le cas, vous devriez lui parler. Aimablement.

— Je constate qu'à la cour vous n'avez pas perdu votre talent pour débiter des phrases à toute allure, Tomasa, répondit son frère qui chancelait, le visage blême.

— Il vaudrait peut-être mieux que le seigneur Oliver s'asseye, dit Clara. J'aimerais m'entretenir avec ma mère, avec votre permission, madame. Je vous laisse avec votre frère.

— Où est ma mère ? demanda-t-elle à Dalmau, la première personne qu'elle trouva.

— Dans sa tour, maîtresse, en haut de cet escalier.

Clara gravit les marches à toute allure, comme si elle n'avait pas chevauché depuis le lever du jour, et fit irruption dans la pièce.

— Maman !

Elle tomba à genoux et enfouit sa tête dans le giron de sa mère.

— Je vous croyais morte. Pourquoi n'êtes-vous pas venue me chercher ? dit-elle enfin, le visage baigné de larmes. Je n'ai cessé d'espérer, mais vous ne veniez pas, et j'en ai déduit que vous étiez morte.

— J'ignorais où tu te trouvais, chérie, répondit Serena en lui caressant les cheveux. J'ai cherché, cherché, mais partout c'était la même chose, l'on ne savait rien de toi.

— Je n'ai jamais révélé à quiconque qui j'étais.

— Pourquoi ?

— Vous me l'aviez demandé, fit-elle, surprise. Pour notre sécurité, je ne devais pas dévoiler le nom de papa. C'est ce que j'ai fait.

— Je ne me rappelle pas avoir exigé de toi pareille chose. Ce jour terrible...

Elle s'arrêta de parler, les yeux pleins de larmes.

— Sans cela, je t'aurais retrouvée. J'ai fouillé toute la ville. Et puis l'on m'a dit que l'on avait retrouvé un balluchon dans les bras d'une petite fille morte au milieu de la foule. On me l'a donné : c'était le tien.

— Elle me l'avait volé, expliqua Clara. Elle me l'a arraché. J'ai essayé de le lui reprendre, mais il y avait tant de monde...

— Je l'ai ensevelie, Clara, en pensant que c'était toi. La pauvre petite...

Elle serra sa fille contre elle.

— Mais où étais-tu ? Qu'as-tu fait tout ce temps ?

— Eh bien, fit Clara qui ne savait pas trop comment présenter la chose, je suis restée un temps au couvent, où j'aidais les sœurs à s'occuper des enfants. Elles ont été très bonnes avec moi, maman. Ensuite, j'ai travaillé.

— Travaillé ? Qu'entends-tu par là ?

— Comme fille de cuisine, maman. Vous n'imagineriez pas à quel point j'étais mauvaise. Et puis, je... je me suis enfuie, parce que la cuisinière m'a fait comprendre que je n'étais pas en sécurité : la maîtresse allait m'envoyer Dieu sait où.

— Je suis au courant...

— Elle m'a coupé les cheveux, j'ai mis une vieille tunique et je suis partie. J'espérais retrouver notre cousin de Gérone. Au lieu de ça, j'ai rencontré le seigneur Oliver, le frère de Doña Tomasa. Il m'a envoyée auprès de la reine.

— Dieu soit loué, murmura la mère.

— Et Sa Majesté m'a renvoyée auprès de vous. Maman, qui est notre cousin de Gérone ?

— L'homme qui a tué ton père et voulu te vendre à des étrangers. Il me haïssait, il ne s'intéressait qu'à nos terres et notre fortune.

— Alors c'est tant mieux si je n'ai pas atteint cette ville. Toutefois, quand vous m'avez parlé de lui, vous auriez dû me révéler ce qu'il était vraiment, ajouta-t-elle sur un ton de reproche.

— Je pensais ne jamais le revoir, chérie. Il avait treize ans lors de notre dernière rencontre. J'en avais dix-sept et je le trouvais méprisable. Nous n'avons plus eu affaire à lui après ce jour. Il y a peu, j'ai appris qu'il était mort de la peste. Il n'était pas de notre sang, sais-tu ? C'était le fils du beau-frère de mon grand-père, né d'un premier mariage.

— Pourquoi vous détestait-il autant ?

— Je lui avais dit que je préférerais m'enfermer dans un couvent plutôt que de l'épouser.

— Où est-il à présent ?

— Mort. Je l'ai vu périr, mon cœur. J'ai cherché à le tuer de mes mains, murmura Serena. Dans les vignes. Que dois-tu penser de ta maman ? J'étais certaine d'avoir réussi, mais le seigneur Oliver me jure que non. Il certifie avoir achevé Luis en combat loyal.

— Comme vous êtes brave, maman ! Je l'ai toujours su.

— Savais-tu également que Sa Seigneurie et ton père travaillaient ensemble au service de Sa Majesté le roi ? Mais il faut que je me repose. Nous aurons tout le temps de bavarder, mon amour. Va rejoindre tes amis dans la cour. Trop de bonheur me fait défaillir.

— J'irai dans un moment, maman. Dites-moi d'abord comment vous vous portez.

— Une autre personne est assise ici, fit remarquer Tomasa. Existe-t-elle réellement ?

— Très certainement, répondit Oliver. Son père et elle m'ont sauvé la vie. Maîtresse Raquel, appela-t-il. Excusez mon manque de courtoisie, je vous en prie, mais puis-je vous demander de quitter un instant votre confortable siège pour faire la connaissance de ma sœur ?

Raquel traversa la cour et fit la révérence.

— Il n'était pas utile de hausser la voix, monseigneur, je vous entends parfaitement. Je suis très honorée, Doña Tomasa. Et je me permets de vous rappeler, monseigneur, que vous êtes ici pour prendre du repos dans la cour de la propriété de Doña Serena. Pas pour vociférer et déambuler.

Tomasa éclata de rire.

— Votre bravoure m'impressionne, maîtresse Raquel. Rares sont ceux qui osent parler ainsi à mon frère.

— Elle me terrifie, ajouta Oliver. Mais elle est surtout très habile.

Un bruissement d'étoffes le fit se retourner, réveillant sa blessure à l'épaule. Il eut un instant le souffle coupé, et Raquel se pencha au-dessus de lui pour lui tamponner le front.

— Vous êtes en sécurité ici, monseigneur, le rassura-t-elle. Il est inutile d'être sans cesse sur vos gardes. Ce n'est pas bon pour vous.

— Me voilà une fois de plus réprimandé. Doña Clara, je croyais avoir reconnu votre pas, mais mon médecin m'interdit d'aller à votre rencontre.

— Maîtresse Raquel, dit la jeune fille, ma mère vous sera à tout jamais reconnaissante de ce que vous faites. Votre présence ici lui apporte le plus grand réconfort. Elle m'a confié que, sans votre aide, elle n'aurait jamais été retrouvée par ceux qui désiraient nous réunir.

— J'ai fait peu de chose, mais ce fut de bon cœur. Permettez-vous, Doña Clara, que je place ici une chaise ? Ainsi le seigneur Oliver pourra converser avec vous sans se tordre en tous sens ou hausser la voix.

Indifférente aux joues écarlates de Clara, elle fit signe à Dalmau de déplacer le siège.

— Ma mère dit qu'elle se sent faible. Est-elle malade ? demanda Clara.

— Non, mais elle a eu beaucoup de chagrin et une très grande joie. Je suis certaine qu'elle vous expliquera tout ce qui s'est passé mais, pour l'heure, elle est épuisée. Je vais la rejoindre.

— Et je m'assiérai à votre place, maîtresse Raquel, dit Tomasa, car moi aussi je suis épuisée par ce voyage.

Tomasa paraissait plus agitée qu'exténuée, en réalité. Après quelques instants de calme pendant lesquels le pépiement d'un oiseau constitua le gros de la conversation, elle se releva.

— Je n'ai pas apporté de broderie avec moi. Je ne puis rester ici comme une oisive tandis que vous bavardez. Je vais aller voir ce que sont devenus mes bagages.

Et, sans attendre une réponse, elle disparut.

Entre la cour et sa chambre, elle parut perdre tout intérêt pour son ouvrage. Elle ouvrit la porte, regarda à l'intérieur, constata que tout était bien rangé et referma.

— Où puis-je trouver la señora ? demanda-t-elle à Joana, qui passait par là, les bras chargés de linge propre.

La servante tenta une révérence.

— Là-haut. Désirez-vous...

— Inutile, fit Tomasa avant de s'élancer dans l'escalier.

— Veuillez me pardonner cette intrusion, dit

Tomasa. Surtout quand vous avez besoin de repos. Mais j'ai décidé que, si je ne quittais pas cette cour, mon pauvre frère serait incapable de prononcer le moindre mot. Je lui fais l'effet d'un haut mur de pierre...

— Un mur, Doña Tomasa ?

— Oh oui, répondit la jeune femme en tirant un tabouret et en s'installant près de la couche de Serena. Oliver est d'habitude aussi téméraire qu'une troupe de lions, et je sais que Clara est charmante et pleine d'esprit. Mais, señora, ils sont assis là comme deux statues. Mon frère m'a écrit en des termes tels que je ne puis m'empêcher de me demander s'il n'est pas épris d'elle.

— Voyons, Clara n'a que...

— Elle a seize ans, señora.

— C'est vrai. Il ne m'a pas été donné de la voir se transformer en jeune femme. Quel choc !... Ainsi, madame, ajouta-t-elle avec un petit sourire, vous préparez une union, n'est-ce pas ?

— Je l'aimerais comme une sœur. Je prise beaucoup sa compagnie. Et en le voyant ici, tout malheureux, tout rouge de confusion, je crois avoir raison. C'est surprenant, señora, parce que les femmes — de grandes dames très bien dotées — se jettent à son cou depuis qu'il a du poil au menton. Mais il n'a voulu en épouser aucune, au grand désespoir de ma mère. Et il est opiniâtre.

— Je dois y réfléchir, dit Serena. Et parler à Clara. Mon époux aimait beaucoup votre frère — il l'aimait comme son fils ou son cadet. Il avait en lui une confiance absolue. Mais elle est si jeune...

— Voyons ce que les autres pensent de cette union. Qu'avez-vous à dire, maîtresse Raquel ?

— J'apprécie votre frère, madame, répondit Raquel, mais il faut tenir compte des sentiments de la jeune fille.

— Oh, une adepte des mariages d'amour ! Mais c'est excellent ! Êtes-vous mariée, maîtresse Raquel ?

— Non, madame, dit-elle en baissant les yeux.

— Fiancée, peut-être ?

— Oui, madame.

— Comme j'aimerais l'être ! fit Tomasa d'un ton mécontent. Maman ne cesse de m'en parler.

— Aimeriez-vous être fiancée à quelqu'un en particulier ? s'enquit Serena. Ou désirez-vous simplement avoir votre propre maison ?

— Si mon frère épousait quelqu'un que j'aime, dit Tomasa en guise de réponse, je pourrais vivre avec lui. Les terres de son père ne sont pas loin d'ici. Une jolie *finca,* même si elle n'est pas aussi vaste qu'elle le fut autrefois. Mais il s'est rebellé contre Sa Majesté, ce qui ne fut ni loyal ni intelligent.

— Est-ce important, demanda Raquel, de n'être pas loin d'ici ?

Les joues de Tomasa virèrent au rose.

— J'ai, du côté de mon père, un cousin éloigné qui est à la fois charmant, timide et courtois. Il est aussi très brave, sauf avec les femmes. Ma mère ne l'aime pas. Il n'est pas aussi riche que mon père, et il ne cherche pas à progresser à la cour. Elle préférerait que j'épouse un vicomte, suivant ainsi son exemple. Je lui rétorque que ce n'est pas bien parce que les vicomtes se querellent avec le roi, sont bannis et meurent jeunes, comme le père d'Oliver.

— Pas tous, certainement, dit Serena en réprimant un rire. Et qu'en pense votre père ?

— Papa l'aime bien, mais maman monte la garde, et il n'aura pas le courage de demander ma main.

— Il vit près de la *finca* de votre frère ? voulut savoir Raquel.

— Comment le savez-vous ?

— Je l'ai simplement deviné, madame.

— Parlez-moi de votre fiancé, lui demanda Tomasa.

Raquel s'embrouilla en évoquant leurs relations, expliquant avec embarras qu'il lui avait fallu longtemps pour se rendre compte des merveilleuses qualités de Daniel.

— Son oncle l'a envoyé à Constantinople, et je tremble de peur quand je songe aux périls d'une telle traversée.

— Balivernes ! fit Tomasa. Je suis allée en Sardaigne et j'en suis revenue, et Clara a fait de même. Constantinople ne doit pas être beaucoup plus loin. Quand reviendra-t-il ?

— Je l'ignore, fit Raquel d'une petite voix. Bientôt, j'espère...

— La maman de Clara s'endort à moitié à nous entendre bavarder ainsi. Retournons auprès de mon frère.

— Votre sœur a quitté précipitamment la cour, dit Clara. Je me demande pourquoi.

— Oh, je la connais, fit Oliver, elle a dû se rappeler qu'il lui fallait mettre une broche sur sa cape ou une épingle d'argent dans ses cheveux.

— Doña Tomasa n'est pas si futile. Et j'aurais été bien seule en Sardaigne si elle n'avait été là. Pas une fois elle ne m'a demandé d'où je venais ni qui j'étais, contrairement à toutes les autres dames. Elle sentait que je me refusais à en parler.

Oliver rougit.

— Elle a bon cœur, mais avant que vous ne la canonisiez, je dois confesser que l'une des lettres qui vous accompagnaient sur le bateau était destinée à Tomasa : je lui annonçais votre venue et la priais de ne pas vous questionner car d'importantes affaires d'État étaient en jeu.

— Vous devriez avoir honte, monseigneur, de

m'avouer que ma plus tendre amie ne fut bonne pour moi que parce que vous le lui aviez demandé !

— Non, répliqua-t-il avec calme. Elle s'est attachée à vous dès qu'elle vous a rencontrée. Et personne, pas même son frère, ne peut obliger Tomasa à agir contre son gré. Posez la question à ma mère. Mais si elle s'est interdit de vous interroger, c'est probablement pour honorer ma requête.

— En êtes-vous certain ?

— Oui. J'ai ici une lettre qui ne cesse de chanter vos louanges. Un jour peut-être vous la montrerai-je. Ou peut-être que non. Clara, j'ai une chose à vous demander...

— Oui ?

— Quelle était la longueur de vos cheveux avant que vous ne les coupiez ?

Clara se mit à rire.

— Quelle curieuse question ! Mais je veux bien y répondre. Jusqu'ici, dit-elle en désignant un endroit à mi-hauteur de son dos. Ils vont repousser, vous savez.

— Vous êtes... extraordinaire.

— Que dites-vous, monseigneur ? Je suis extraordinaire ?

— Oui. Brave et intelligente. Vous pouvez me rendre fou, mais vous savez aussi me faire rire.

Il s'adossa à son siège, essoufflé.

— Je pense que si vous portiez une tunique déchirée ou un froc de moine, je pourrais vous parler plus facilement. Cette robe de soie et cet endroit agréable me lient la langue.

— Je vous fais rire, mais vous me préférez garçon. Un petit frère ? demanda-t-elle d'une voix soudain tendue. Ou quelqu'un pour seller vos mules ?

— Je ne vous l'ai jamais demandé, Clara.

— Maintenant que vous vous rendez compte que je suis une jeune femme riche et que je dois être traitée avec égard, vous êtes troublé, n'est-ce pas ? Pour qui me preniez-vous ? Une créature enfermée dans une jolie petite maison pour vous distraire quand vous vous trouvez en ville ? Si j'avais désiré une telle vie, j'aurais résolu mes problèmes il y a des mois et évité bien des souffrances, mais je n'ai pas voulu.

— Non, dit-il d'un air grave, c'était loin de mes pensées. J'ai vu que vous étiez étonnante et su que j'étais amoureux de vous.

— Amoureux, fit Clara avec amertume. Mon maître aussi me parlait d'amour. Et j'ai autant de mal à vous croire. Votre comportement... ce n'est pas ainsi qu'un homme traite l'objet de son amour.

— Que savez-vous du comportement d'un homme amoureux ?

— J'étais pauvre, monseigneur, mais pas privée de la vue, de l'ouïe ou de l'esprit. J'observais.

— Peut-être aviez-vous de piètres modèles sous les yeux, Doña Clara.

— Et quand êtes-vous tombé amoureux de moi ? demanda-t-elle. Quand vous avez vu ceci et compris que j'aurais une dot confortable ? Doña Tomasa m'a parlé à plusieurs reprises de son frère, trop pauvre pour se marier...

— Ma sœur a l'habitude de plaisanter avec l'argent pour taquiner notre mère. Non, Clara. Je connais bien des femmes qui ont plus de terres et des dots plus importantes. Mundina m'a révélé que vous étiez une fille, et je suis tombé amoureux de vous à cet instant. Même si le sergent Domingo m'accusa de l'être bien avant cela et a dû en être fortement troublé. Après tout, nous vous prenions pour un garçon de onze ans.

Elle ne put s'empêcher de rire.

— Un garçon pas très convaincant, je le crains.

— Vous avez tort. Vous faisiez un drôle d'aide de cuisine, mais j'étais persuadé que vous étiez un garçon. C'est votre passé que vous ne pouviez dissimuler. Si vous aviez été, comme votre allure le suggérait, une enfant des rues, vous aurais-je tout de même aimée ? Je le crois. Et j'aurais fait de mon mieux pour vous avoir près de moi et ne pas vous perdre. Mais sachant que vous deviez être une dame bien née, il me fallait vous mettre à l'abri de vos ennemis, loin de moi aussi.

— Chez tante Mundina puis en Sardaigne. Oui, j'étais loin de vous. Et je me sentais en sécurité. Mais certainement, ma réputation aurait pu être préservée sans que j'aille jusqu'en Sardaigne.

— Pas à l'abri de moi, Clara. Je voulais vous épouser, et je le veux toujours.

— M'épouser ? s'écria-t-elle horrifiée. Maintenant ?

— Quand, alors ? répondit-il en rivant sur elle ses yeux gris. Vous semblerai-je plus attrayant dans six mois ou dans un an ?

— Mais comment puis-je me marier avec des cheveux aussi courts ? dit-elle avec une détresse évidente. Et puis je veux passer quelque temps avec maman.

— Voir votre mère est raisonnable, mais je n'attendrai pas que vos cheveux vous tombent jusqu'aux reins.

Clara croisa les mains sur ses genoux et releva la tête.

— Dans ce cas, il vous faudra entamer des négociations avec ma mère. À moins qu'elle n'ait changé au cours de ces quatre dernières années, vous la trouverez à la fois féroce et astucieuse.

— C'est parfait, dit Oliver, et elle me trouvera aussi déterminé qu'elle est astucieuse.

— Il y a toutefois une chose que vous devez révéler à maman.

— Et quelle est-elle ?

— Sa Majesté la reine m'a offert un cadeau de mariage. Une robe splendide.

— Comment Sa Majesté était-elle au courant ?

— Oh, vous devriez peut-être interroger votre sœur. Je la soupçonne de tremper dans plus d'un complot.

— Moi aussi, j'ai une faveur à vous demander. Quand nous partirons d'ici, j'ignore quand, je vous conduirai au couvent.

— Pourquoi ? s'étonna Clara.

— J'ai promis à la sœur tourière que vous viendriez la voir. Elle sera très heureuse de découvrir votre véritable identité.

CHAPITRE XXII

— Maître Isaac, je vous ai fait appeler pour une agréable raison, dit Berenguer.

— Votre Excellence n'est pas souffrante ?

— Nullement. J'ai appris que le seigneur Oliver de Centelles arrive en ville et qu'il escorte votre estimable fille. Ils viendront d'abord ici, parce qu'elle tient à s'assurer qu'il se porte bien après ce voyage.

— Il n'a reçu ces blessures que depuis huit jours et, même s'il les tient pour bénignes, elles auraient pu tuer plus faible que lui.

— J'ai lu un rapport de lui disant, entre autres choses, qu'il a l'intention d'épouser la fille de la señora Serena pour assurer sa sécurité. Mon bon sergent m'a rapporté que dès l'instant où il l'a vue, même piètrement vêtue, il est tombé amoureux d'elle. Ce n'est donc pas étonnant.

— Il s'est mis en danger pour cette famille. Je pensais que c'était par affection pour Pasqual Robert — ou Gil de Finestres, puisqu'il faut l'appeler ainsi.

— J'aime à croire que c'est pour ces deux raisons, dit l'évêque. Mais, maître Isaac, je m'étonne que maître Luis Mercer se soit embarqué dans une aventure aussi folle. Ce n'était pas un homme amène et il avait d'étranges manies, mais je ne l'aurais jamais cru fou à ce point.

— De la folie, Votre Excellence ? Je ne pense pas que ce soit cela. L'avidité est la seule mère de tels actes. Il y a eu tant de morts et d'héritages inespérés que notre époque a engendré une armée de voleurs et de menteurs. J'en suis affligé, mais c'est désormais une composante de la vie ordinaire. Luis Mercer n'était pas fou.

— Ce n'était pas un parent de Gil.

— Non, Votre Excellence, mais c'était un cousin éloigné de la señora. Elle m'a raconté que le père de Luis avait approché sa famille à elle alors qu'il était encore enfant. Il semble qu'il ait élevé son fils dans une optique bien particulière : il devait l'épouser pour rétablir sa fortune.

— Allons, un homme sain d'esprit ne nourrit pas une telle fureur pendant tant d'années.

— Ce ne fut certainement pas le cas, Votre Excellence. Après tout, il a fait un beau mariage, raconte-t-on, mais son épouse et son enfant sont morts tous deux. Je crois qu'il disait la vérité en déclarant que l'insomnie et la mélancolie le torturaient depuis deux ans.

— On prétend qu'il pleurait toujours la mort de sa femme.

— Je crois surtout qu'il pleurait le riche mariage qu'il n'avait pu faire lui-même. Considérez ceci, Votre Excellence. Mercer se trouvait à Barcelone quand sa cousine a épousé Gil de Finestres. Il les a vus descendre les marches de l'église. Pasqual Robert s'est installé ici il y a deux ans, et Luis Mercer l'a reconnu. Il ne voyait pas le valeureux serviteur du roi, seulement l'homme qui avait épousé Serena à sa place. Il était peut-être le seul dans cette ville à connaître la véritable identité de Pasqual Robert. Le rencontrer chaque jour à la bourse de commerce a dû le ronger comme une maladie fatale.

— Voulez-vous dire, maître Isaac, qu'un homme

aussi secret que la tombe et aussi prudent qu'une bête fauve a été reconnu par un individu qui ne voyait en lui que le mari de la femme dont il désirait la fortune ?

— Exactement, Votre Excellence. Il a cru qu'elle s'était donnée avec toute sa fortune à un simple greffier, un être qui lui était inférieur en toutes choses.

— Il lui a ainsi porté le coup le plus cruel en l'assassinant. Qui sait, peut-être espérait-il toujours l'épouser.

— Elle attend un enfant, vous savez, fit remarquer le médecin. Son état l'a aidée à supporter le choc.

— Il y a de bonnes nouvelles parmi tout ce chagrin. Mais je crois que ces bruits annoncent l'arrivée de votre fille et de Sa Seigneurie.

— Qu'as-tu donc, Raquel ? lui dit sa mère avec impatience. Les fêtes commencent dans deux jours, il y a énormément de choses à préparer, et toi, tu restes à rêvasser dans ton coin comme si tu étais une grande dame pourvue d'une centaine de serviteurs.

— Je suis fatiguée, maman. J'ai travaillé dur.

— C'est ridicule.

— Ces cinq derniers jours, soit j'ai consolé une veuve qui a perdu celui qu'elle adorait, soit j'ai écouté les bavardages incessants de deux jeunes femmes qui se croient amoureuses. J'ai dû d'abord pleurer par sympathie puis donner mon avis sur ce que les amants entendent quand ils se disent telle ou telle chose. Sans parler des soins à apporter à un malade qui refuse de faire tout ce que je lui demande. Oui, je suis fatiguée.

— Te voici revenue.

— Elles ne cessaient de pleurer dans mon giron, maman, alors que l'une d'elles avait son amant à proximité et que l'autre n'était qu'à deux heures de cheval !

Elle éclata en sanglots.

— Il va revenir, dit Judith en s'asseyant sur le banc et en prenant sa fille par les épaules.

— Je ne devrais pas être si dure, reprit Raquel en reniflant. Maîtresse Clara a terriblement souffert, et la mère de Doña Tomasa cherche à l'unir à quelqu'un d'autre. Elle a été généreuse envers moi. Elle a fait déposer un paquet dans mon coffre avant qu'on ne le referme. Je vais regarder ce que c'est.

Sans cesser de grommeler, Leah alla chercher ledit paquet.

— Elle a précisé que c'était de leur part à elles deux. Pour nous remercier d'avoir sauvé le seigneur Oliver.

Judith regardait de l'autre côté de la cour, par-delà Raquel.

— Tu me le feras voir plus tard, dit-elle sèchement, je dois demander à Naomi de...

Elle avait déjà disparu.

Raquel dénoua le ruban qui retenait le paquet. Elle découvrit une robe exquise faite d'une lourde soierie, brodée de fils blancs et argentés.

— Maman, regardez ! dit-elle en la tenant à bout de bras. Ce sont des lions qui folâtrent !

Et puis elle se souvint qu'elle était seule.

— Eh oui, ce sont des lions, dit une voix grave derrière elle. Après tout, mon nom est Daniel.

— Daniel ! s'écria Raquel en se levant brusquement. Je vous croyais perdu en mer !

Elle jeta les bras autour de son cou.

— Alors que vous m'attendiez ? Pas question !

— Quand êtes-vous revenu ? demanda-t-elle en se rasseyant. Nous n'avions aucune nouvelle.

— Je suis encore couvert de la poussière du chemin. Ma tante ne sait même pas que je suis là, il me faut la retrouver aussitôt. Mais je devais d'abord passer vous voir. Vous êtes plus charmante que jamais, dit-il. Mais vous avez pleuré.

— Et vous voilà aussi sale et hâlé qu'un marin. Mais vous n'en êtes pas moins le bienvenu !

— Je ne parviens pas à comprendre comment une mère peut perdre ainsi son enfant, dit Judith.

Ils venaient de souper et étaient assis dans la cour. Le vent avait éteint la bougie, et Judith n'avait pas cru bon de la rallumer.

— S'il y avait eu la guerre ou une émeute, oui, reprit-elle, mais là... elle s'est montrée bien insouciante.

— Elle s'en fait reproche, ma mie, répondit Isaac. Et elle aime ses enfants aussi passionnément que toute autre mère. Nous ignorons quelle était leur vie, n'est-ce pas ? La guerre et la maladie qui se sont abattues sur le royaume ont eu des effets inattendus et persistants. Elle a fui le danger, pensant que son enfant était en lieu sûr.

— Tout de même, envoyer sa fille chez les religieuses... Même pas chez des amis. Ce n'est pas comme laisser Miriam aller seule chez Dolsa[1].

— Ne vous montrez pas trop dure à son égard, Judith.

— Je n'aime pas entendre les horreurs qui peuvent arriver aux enfants. Je suis heureuse que Daniel soit de retour. Je commençais à beaucoup m'inquiéter.

— Et pourquoi, ma mie ? Vous semblez mal à l'aise.

— Nullement. Vous me parliez de la señora, Isaac, et je vous ai interrompu.

— Je m'efforçais d'expliquer en quoi la présence de Raquel était importante.

— Elle veillait ce grand seigneur, n'est-ce pas ? Il m'avait l'air d'un plaisant homme, même quand nul ne savait quel était son haut rang.

1. Épouse d'Éphraïm le gantier et, par conséquent, tante de Daniel. *(N.d.T.)*

— Il n'a pas changé. Mais dès l'instant où je l'ai rencontrée, j'ai pensé que Serena de Finestres portait un enfant, c'est pourquoi j'ai été très inquiet de voir son chagrin et sa détresse l'empêcher de boire et de manger. Raquel était davantage là pour la veiller que pour s'occuper du seigneur Oliver qui, malgré sa blessure, aurait pu s'en tirer très bien tout seul. La fille de Doña Serena la remplace à présent, et je les soupçonne de très bien s'occuper l'un de l'autre.

— Comment l'avez-vous deviné pour la señora ?

— Comment dire ? Il y a chez une femme qui porte un enfant un je ne sais quoi... une attitude, une façon de parler, peut-être même un parfum...

— Je me demande alors pourquoi vous n'avez rien remarqué en moi. Ou n'est-ce valable que dans le cas d'une étrangère ?

Il y eut un long silence, rompu seulement par le crissement des insectes dans la nuit tiède.

— Oh, ma très chère amie, dit-il enfin, est-ce vrai ? Je ne puis croire qu'après tout ce temps...

— Les jumeaux n'ont que huit ans. Il y a aussi l'enfant que j'ai perdu. Non, il n'y a pas si longtemps. Et je ne suis pas si vieille.

— Vous ne l'êtes certainement pas, ma mie. Un mariage, un enfant. Je suis le plus fortuné des hommes.

Le médecin aveugle fit doucement courir ses doigts sur les traits de Judith, ces traits qu'il se rappelait si bien.

— Allons, ne tenez pas de tels propos. La chance n'a rien à voir là-dedans, vous le savez bien.

Et elle éclata de rire quand il la serra dans ses bras.

Impression réalisée sur Presse Offset par

BRODARD & TAUPIN

GROUPE CPI

La Flèche (Sarthe), 15393
N° d'édition : 3422
Dépôt légal : novembre 2002

Imprimé en France